九滴水真探系列

坏家伙们

九滴水 著

中信出版集团 | 北京

序　言

　　熟悉我的读者可能都知道，我本人是一名犯罪现场勘查员，主要工作就是在犯罪现场寻找蛛丝马迹，服务于案件侦破。在干好本职工作的同时，我还利用闲暇之余写写小说。这是我第四个以"鉴证科学"为核心的长篇系列。在此之前，我写了鉴证科学在"现发案件"上运用的《尸案调查科》系列，在"陈年旧案"上运用的《特殊罪案调查组》系列，以及在"古代案件"上运用的《大唐封诊录》系列，截至目前，《尸案调查科》系列的前两本已被改编成影视剧《风过留痕》，剧中云集了龚俊、孙怡、姜武、贾冰、王迅、李建义等诸多优秀的演艺人员。虽然我的写作能力无法与专业作家相媲美，但从某些方面来说，这种颇具"纪实"风格的小说，却受到了很多读者的认可。借着新系列出版的机会，再次向广大读者表示感谢。

　　那么，言归正传，这个以"司法鉴定"为背景的系列小说到底讲的是什么故事？

　　其实说简单也简单，说复杂也复杂。简单的是，本系列每本书都会围绕"非自然死亡"的主题来展开；复杂的是，在这个主题下所展现的幽微人性。

　　说着说着，又冒出一个名词：非自然死亡。是的，在我们日常的接案中，"非自然死亡"的现场十分常见，逝者多系自杀或意外，往往报警人发现"亡人"后，并不能直观地分辨"刑事案件"与"非刑事案件"，于是便会报警。我们在接案后，会第一时间赶到事发地，对现场进行勘查，并从痕迹物证上判断"案件性质"，当确定并非"凶杀案"后，我们会出具相关的法律手续，由逝者家属跟进后事。

但，家属是不是完全都能接受逝者的离去呢？不全是。

我曾接过一个现场，独居老人死于家中，身边留有遗书，因其门口装有监控，可查关键时间段，无任何人进入，室内也未发现第二个人的痕迹，通过种种物证分析，最终确定老人系自杀。当其远在外地的女儿赶到时，她怎么也不愿相信，时常和自己通话报平安的父亲会走极端，于是为了弄清楚其中的隐情，她聘请了第三方司法鉴定机构给自己父亲的遗体做了病理检验，最终通过病理分析结论，她知晓了父亲离她而去的真相。

从某种意义上来说，第三方的司法鉴定机构，实际上是对"非自然死亡"事件调查的一种延续，弥补了人情与法理上的空缺。

当然，司法鉴定的范围，并非只针对"非自然死亡"，一般大一点的鉴定所，会有数十种鉴定项目，如大家熟知的亲子鉴定、道路交通事故鉴定等，其中法医、痕检、毒物、理化、电子数据、文书检验、笔迹检验等都属于常规鉴定。

由于司法鉴定行业很少出现在大众的视野中，其运转的模式，也不被人知晓，所以在国内并没有以此为视角的文学作品。另外，涉及"鉴证科学"的悬疑小说，不仅要具备相当高的专业知识，还必须要把握"讲故事"的方法。

毕竟"非自然死亡"这种知道结果的"民事委托"，可能没有"凶杀案件"调查给人的刺激更直接，如何把"人与人之间质朴的情感故事"插入悬疑色彩，讲得"跌宕起伏"，具有"画面感"，这其实很考验写作者的故事解构能力。这也是本系列我构思数年，却将它放在"第四个"长系列去书写的原因。

我写悬疑故事十多年，基本都是着眼于"凶杀案件"，而在创作的过程中，我也渐渐察觉到，人是情感动物，越是顶级的故事，越是要能达到"人性共情"的高度。所以，本系列，它的故事外壳是鉴证科学在非自然死亡上的运用，其内核却是在探讨对于死亡更深层次的理解，从而探寻幽微人性中的复杂和矛盾，展现社会中更为真善美的一面。

希望这个我构思了四年多的新系列能给大家带来耳目一新的感觉，若有不足，还请大家多多包涵，再次感谢大家的厚爱，愿每位读者都能在故事中找到属于自己的那份温情。

九滴水敬上！

九滴水
2024 年 2 月 24 日（元宵节）

"

<u>绝境</u>……

<u>抉择？</u>

"

1

十点之后，逐渐进入深夜的都市，道边大大小小的霓虹灯仍不知疲倦地闪烁，但路上的车流已经变得断断续续，行人也稀落起来。

天边，汹涌的乌云在夜色的掩盖下滚滚而来，云层中挟着细小如亮线的闪电，仿佛酝酿着什么，朝着城中村地带沉沉地压了过来。

这座村落距离主干道有十几分钟路程，比之闹市，这里要冷清得多，路上几乎没有人影，村里做生意的早已歇市，四处都黑乎乎的，只有一座占地极广的四合院例外。

四合院外，一座落地灯牌仍亮着，由LED灯拼成的"草上飞跑腿基地"字样不停地闪烁着七色霓光。虽然有点俗气，但这灯牌效果极佳，保准远远就能瞧见。

为了省电，四合院里的灯都是小瓦数节能灯，散发着幽幽的蓝光。在灯光下，能看到这里被隔成数个敞开的隔间，隔间墙上挂着铭牌，上面分别写着"车棚"、"补水点"、"休息区"、"充电区"等字样，里面也有相应装备。

车棚里整整齐齐停满"小电驴"，补水点内满是桶装水，休息区里则摆放着宽大得让人可以躺下睡觉的半旧皮沙发，甚至还有台老大的冰箱。充电区里设置了多个锂电池充电箱，里面塞着许多电瓶，一部分已经充满，一部分还在闪烁着"充电中"的红光。

翻滚的云头终于卷到了这里，乌云仿佛停下脚步，突然，一道电流试探地朝大地奔去，劈在院外的一株大树上。

炸雷随闪电而来，隆隆的声音仿佛直朝人压过来，把正坐在监控前打瞌睡的周峰建吓得猛地睁开双眼，打了个激灵。他发现眼前监视器上的画面正伴着密集的雪花点剧烈抖动。

很快，雪花散去，画面也停止了波动，他下意识地转头看向窗外，一道电光照亮了他花白的头发和因操劳显得有些苦相的脸。

又是一阵轰隆隆的巨响，这次监控屏幕没有抖动，只是再度布满雪花噪点。

周峰建抓起手边蒲扇，几个黄豆粒儿大的蝇子被惊动，嗡地飞起，在屋里盘旋。

挥手赶赶，他的汗水立即流了下来："也是时候下场雨了，这鬼天气，又闷又热，怕不是要把人心里头憋出病来。"

他一边嘟囔着，一边拧开桌上那台老旧的收音机。周峰建的动作十分轻柔，生怕一个闪失弄坏了它。

"老伙计，你早就该退休了啊！"周峰建边调频边嘀咕，"这打个雷你就快不行了，燕子把你送给我那会儿，我们结婚刚五周年，现在她人走了，你也压根儿充不进去电了，要不是我找人修修，你早就完蛋喽！"

就在此时，收音机里终于传来播报声："由于近期天气炎热，市民在平日的生活中，也增加了许多'火气'。这几天，我市出现了许多当街吵闹、打架等纠纷事件……"

"你看是吧！"周峰建听得直摇头，"天热气血旺，助内火，再不下点雨降降温，怕不是把有些人的性子都给逼出来……"

仿佛响应他的想法，窗外的雷声更密集了。周峰建朝外望望，忽然一拍脑门儿，"唷，差点忘了这茬。"

他三步并作两步，来到院门口的那块灯牌前，抬手看表，发现刚十点过半。他忙将支在灯箱顶的折叠雨篷撑开，确保整个灯箱完全被帆布覆盖，不会沾到雨水，他才松了口气："成了，这样晚上回来的骑手就能寻到家门了。"

他叉着腰，在闪烁的电光中四处眺望，远处村里亮起了灯："燕子，你说你弟开这么大一个公司，怎么就从市中心挪到这鸟不拉屎的市郊了呢？要不是我是个当兵的，手脚还算勤快，就这破地儿，我看真是没人乐意给他打理。就我这腿脚，也不知道还能给他干几年……"周峰建一边摇头，一边往院里走。

虽然头顶隆隆作响，院内的一切却沉默且井然有序。周峰建站在院中央四处看看，露出满意的神情。

然而，就在他打算进屋洗漱时，却冷不丁听见当啷一声。一个物件从黑暗的角落滚过来直到他脚前。

周峰建一脚踩住那个东西，拧亮手电，移开脚尖，一枚闪闪发光的五金轴承安静地躺在地面上。他狐疑地抬起手电光，朝右前方的绿色钢制工具柜看去。

这间占地上千平方米的四合院前身是一家电子厂，厂房年久失修成了危房，房东推倒之后，便在空地上砌了个院墙，盖了一排小平房，甩手租给了周峰建的小舅子贾自明。

当时贾自明的跑腿公司正好因为市容改造，从城中心被撵了出来。他便委托周峰建把这里经营起来。

周峰建是个勤快人，当兵的经历让他做事一丝不苟，几年下来，这里被他打造成了跑腿小哥们的中转加油站、车棚、补水点、休息区之类林林总总一应俱全。加上这里地处偏远，他还自学了修车技术，这个工具柜不但是他亲自管理，甚至连防水漆都是他亲手上的。

此时，在手电的光芒中，工具柜安静如沉睡的绿兽，似乎没有任何异常。但周峰建心里清楚，工具柜里里外外所有物件，都被他放置得稳稳当当，绝不可能轻易掉落下来。

想起之前电台播报的内容，他皱紧眉头，眼中微微放光，缓缓地朝着工具柜走去。在手电光中，工具柜在地面的投影微微扭曲了一下。

周峰建顿时心中有数，来到柜前时，他用迅雷不及掩耳之势抄起柜顶上的扳手，朝柜后怒喝："谁在那，出来！"

那人不为所动，周峰建快步绕到柜后："出来，否则我不客气了！"

手电雪白的光，照出一个瘦小干枯、身穿棉布花裙的身影。气势汹汹的周峰建顿时停下脚步，那人哆哆嗦嗦地朝他转过身来，却是一个头发雪白的干瘦老太婆。

老太婆至少有七十岁，踩着破破烂烂的人字拖，朝周峰建咧开缺牙的嘴，眯眼乐呵呵地道："恰！恰！"（吃！吃！）

说着，朝他走过来，伸出枯枝一般皱巴巴的胳膊，每只手里还握着两个圆溜溜的茶叶蛋："给，拿着！恰！好恰的，煮熟了的。"

"王太婆……"周峰建无奈地道，"你怎么又来了？"

他放下手电，摸出手机，熟稔地伸手扶住老太太，同时拨打了一个电话："小黄啊，你奶奶又偷跑到这边来了。你马上来接？快点啊！要下大雨了……"

2

不久之后，周峰建将一个年轻人和王太婆送出院门。

"恰，恰！"被年轻人扶着，王太婆还连连回头，抬手示意，"好恰的来！"

"知道了知道了，我会留给小哥们吃。"周峰建冲那年轻人道，"小黄，你奶老年痴呆，你要小心点。跑到咱们'草上飞'没事儿，有我照看，要是跑远了，人丢了就麻烦大了。"

"叔，这我都知道。"姓黄的年轻人无奈地道，"这不是那阵子为了阻绝病毒传播，只有你们的爱心速递给村里送菜送药嘛！我奶也不知道为啥，经常连我都忘了，偏偏把你们'草上飞'记得牢牢的，总想着给你们送点啥。其实别说我奶了，咱们全村，不，全市的人都感激你们。"

"嗐！"周峰建不好意思地挠挠头，"抗疫是全社会的事儿，咱们既然能办事，那必须当仁不让。再说了，咱们'草上飞'也不是没好处。"

他平时虽然会随口抱怨小舅子把这一大摊事儿扔给自己，但对贾自明，周峰建是打从心底佩服。在那段最艰难的时期，贾自明没有独善其身，而是当机立断地组织起公司在册的两百多位跑腿小哥，推出了免费的"爱心速递"业务，打通了城市生活所需物资运送的生命线。

当时几乎全市每个小区，都能看到身穿蓝色马甲、帮忙送菜的"草上飞小哥"，而贾自明则负担了所有开支，甚至给小哥们包了宾馆，作为临时的安置点，光住宿和一日三餐算下来，就是一笔不小的费用。

而这一无私的举动，也直接将"草上飞"这个名字根植在了每一位市民的心里。就是因为这样，"草上飞"的生意是芝麻开花——节节高，而周峰建也变得格外地忙碌。

送走了王太婆祖孙，回到自己屋里，他把几个茶叶蛋摸出来放在桌上，又发现裤兜死沉，抓出来一看，是之前攥手里那把扳手。看着几个圆滚滚的鸡蛋，周峰建越想越乐，拉开抽屉，拿出一个摩挲得铮亮的老式相框。

相框里发黄的彩色照片上，五官平平但眉眼明媚的女人微微笑着，看向镜头的方向。

"燕子啊，平时我叨叨小孩舅两句，其实不是真心的。你走得早，我这心里头又只有你，一个人把儿子拉扯大，孩子也成家立业了，我这就又成一个人了。多亏了他让我来管这一摊事儿。这儿啊，人多！喧腾！忙归忙，可我顶顶乐意。你看，咱们帮了老百姓，人家心里也记着咱。这鸡蛋，我馋了，就吃一个，其他的留给那些年轻人……"

说完，他把相框放在桌上，拿起一个茶叶蛋，仔细地剥了起来。

谁知，就在刚要把鸡蛋送进嘴里时，他余光一瞥，门口似乎又突然有了动静。

他放下鸡蛋，瞅瞅电脑屏。屏幕上一簇蓝色光点停留在写着"车棚"的区域，并没有其他类似光点朝这里移动靠近。

又是一个炸雷，他疑惑地朝另一块屏幕看去，这一下惊得他唰地站了起来——监视器画面中，院外栏杆门上的栏杆高高举起，但下面空无一人。

有人刷卡进了院子！可这人是谁？

周峰建提起扳手，健步冲到院内，一名头戴安全帽、身穿蓝色跑腿T恤的青年正推着一辆电瓶车站在车棚外，惊讶地朝他看来。

"周叔还没睡啊！……你这是干吗呢？"青年发现了他手中的扳手，"这，这是把我当贼了？"

"哎呀，是树生啊！"周峰建长长地松了口气，"你怎么回来悄没声息的？"

"有声啊！"青年一乐，拽下安全帽挂在车把头上，"我明白了，刷卡的时候打雷了。"

"还真是。"周峰建也笑起来,"都怪这破天,电台新闻说最近不太平,是我多心了。"

"那是,您也是老板,可不得上心点儿?"

"什么老板不老板的,小孩舅才是老板,我啊,就是个掌柜。"周峰建也明白,计算小哥提成和单量这种活儿,贾自明唯独交给他这个姐夫才能放心。毕竟他也是公司的股东,虽然占股只有百分之五,但这在外人看来,他妥妥算得上是老板之一。

他抱着胳膊,看青年把车推进车棚:"对了,树生。这刷卡我没听见不要紧,你这车进门,GPS怎么没显示?要不然,我也不会让你吓了一跳。"

"这些天我跑得远,路况不太好,估计是跟哪儿颠坏了,回头找人修修。"

周峰建在青年身上、车上看见不少泥,便点头道:"现在到处是监控,偷车的少了很多,你平时送单时记得锁好就成。虽然你交了押金,可这毕竟是公司的车,你小心点儿,跑活不易,最好少赔钱不是?等六月份GPS公司的人来结账时,我再让他们帮你瞅瞅。"

"成,谢谢周叔了。"青年抬起头,冲他笑笑,但笑容很快便从他清瘦的脸上敛去。

"怎么了?"周峰建察觉到一丝异常,"送单遇到事儿了?别是摔了吧!"

"没摔……"

"那就是人事儿咯!"周峰建搓搓脸,顺手拍死了个不知死活的蚊子,"有的话,我本不该说。可你一天天老接什么送流浪猫、流浪狗的单子。人家抓到流浪猫狗,让你送到寄养点去,以后养好了找人领养对吧!可这看着是好事儿,但佣金低,风险高,毕竟是活物,有个万一，人家讹你怎么办，咱们这多少人，也就你愿意接……"

青年叹息道："既然来了单子，总要有人做。能帮就帮呗，况且也不是不收钱。"

"话是这么说，可别人怎么说你知道吗？掉钱眼里了，什么钱都要。咱们这地方有吃有喝，送得晚了还有暂住的屋子，能洗澡能睡觉。你经常搞到大半夜，老在这里睡，我觉得你不是图那点钱。出力不讨好的事儿少做！叔是过来人，不会害你。"

"这不奇怪，他们有家可归，当然会这么想……"说这话时，青年抬起右手，捏了捏自己的左手腕。

周峰建的目光被这小小的举动吸引过去，然而，他只看到青年左腕上有一个加长款的黑色护腕，在旁边还有些貌似猫抓的痕迹。

周峰建觉得对方可能在送猫狗的时候被挠伤了，正当他想劝几句去打狂犬疫苗之类的话时，青年胸口插着的手机"嗡"地震动起来，周峰建瞥了一眼手机屏幕，发现是一串未备注姓名的手机号码。青年并没有直接接起，而是背转身，走得远了些。

那边说话的声音听不清，周峰建刚从兜里摸了支烟，还没点上，对方就转了回来："周叔，我跟您说个事儿。"

他看着青年脸上灿烂得有些谄媚的笑容，狐疑地在手心磕了磕那根烟："你说。"

"以后我晚上不跑了，您从今天开始，给我做个日结吧！"

"晚上不跑了没事儿，"周峰建把烟重新塞回烟盒，眯眼打量青年，"可这日结对你可不划算啊！咱们'草上飞'，要是选月结，按你来这儿的时间已经够转正了，到时候各种金啊险啊的就是按正式员工走，分成也是四六。日结的话，可就只能按试用期的分成比例算了，你可要少拿半个点。"

像"草上飞"这种跑腿公司，跟隶属于平台的外卖小哥还有一些区别，后者是完全依托于大平台，配送范围主要取决于平台商家，而前者更注重用户需求，管理上也要灵活一些，尤其在商业不发达的三、四线城市，跑腿公司更能吃得开。

"草上飞"一直与骑手签订正规的劳务合同，采取公司统一接、派单的模式，营收与骑手三七分账，每日公示。骑手在转正前是"日结"，转正后是"月结"，可以自由选择，两种方式在分成比例上略有区别，这样能增加黏性，让更多人愿意成为正式员工，也能灵活地解决刚来人员的手头拮据问题。

毫无疑问的是，"日结"到手的钱，实实在在被打了折扣。青年的选择让周峰建有些费解。

"我想明白了，就要日结。"青年点点头。

"那行吧！"周峰建领着青年进屋，翻开摞起的账单。

"你是不是遇到什么事了？"他找到属于青年的那一页，"上个月你说，从这月开始月结，也就是愿意转正，这才几天，突然又改回日结，不想继续干了？"

"也不是，就是突然想置办点东西，而且我算了一下，也够缴押金和买制服了，所以……"

"我知道，年轻人嘛！交朋识友，手里头没点机动的钱不行。"老周打开派单系统，选择当天日期，接着输入姓名，单击回车键，一串数据很快显示了出来："扣除车的押金、制服费，还余佣金135元，你核对一下。"

"不用核了，周叔您打印出来，我签字就成。"

"这么着急，到底干吗去？"周峰建随口一问，点下屏幕上的打印按钮。

"来了个朋友，想请他吃顿饭。"

"唉……现在物价贼高，一百多也点不了几个菜。"周峰建突然抬头，揶揄地笑了笑，"女朋友？"

"不是不是，我哪敢想这个……"青年连连摆手，"他本来说不来的，但临时改了主意。其实我想，他要是不来才好……"

"就是，你身上也没几个钱，这一顿吃得，又兜里见底了。"说话间，老周指了指手机，"过去了，支付宝。"

"收到了，真是麻烦您了。"

"算个账有啥麻烦的？"周峰建摆摆手，"赶紧吧，不过一会儿怕是要下暴雨了，你要不要拿把伞？"

"不用了，夏天的雨都是一阵一阵的，躲躲就过去了。"

"行，你们年轻人身体好，淋点雨也没事。"老周把一把钥匙拍在青年掌心，"待会儿我就关大门了，你要是搞完了，从后边的小门进来，记住，少喝酒，否则醒不过来，可得算酒驾。"

"唉，谢谢叔。"

青年朝栏杆门外走去，周峰建回屋来到桌前，看到那个还没吃的茶叶蛋，他一拍脑门子，抓起剩下的几个朝外追去。

"等等，这几个蛋你拿着吃。"他刚追到栏杆门前，天空中突然劈下一道"Z"形闪电，雷声紧随而来，仿佛地动山摇的架势。

周峰建抬头看看天空，心中莫名有些发慌，他忙越过栏杆门追去，嘴里喊着："树生，要不你还是拿把伞……"

沿院墙安装的照明灯有些年头，时不时地闪烁着。青年瘦长的背影在灯光里时隐时现，他正要追上去，却发现前方有人朝青年迎了上去。

那人身形颇为魁梧，穿着件无袖马甲卫衣，奇怪的是，他只在右胳膊上戴着一条彩色防晒袖，头上套着帽子，还戴着口罩。意识到这应该就是青年今天要请客的对象，周峰建自觉不便打扰，便停住了脚步。

"明天再给也一样。"他这样想着，脚下已经转了个弯，可就在这时，他却瞥见口罩男和青年发生了争执。

高大的男人一把揪住青年的衣领，几乎把他整个人提得快离开地面。夜色笼罩加上灯光昏暗，压根看不清那人的神情，但青年似乎并不害怕，丝毫没有挣扎，只是抬手握住对方的手腕，又急又快地说了些什么。

"喂！你干什么？"目睹这一切，周峰建有些紧张地大喊一声。

二人同时朝他看来，口罩男松开了手，转身就走，而青年则冲他笑了笑，微微点点头，便朝口罩男的方向追了过去。

两道人影一前一后消失在夜幕里。

周峰建狐疑地朝院里走去，来到门口时，他才突然意识到，口罩男右臂上的并不是什么防晒袖，而是大片的文身。

他连忙抢进屋去，匆忙调出监控查看回放。青年和口罩男正好位于监控之下，看到口罩男出手时，他点下暂停键，眯眼细看片刻，确定那果然是真真切切的文身。

"这孩子平时老老实实的，怎么会招惹这种人？"

带着疑惑，周峰建拿出手机，翻查起"骑手"名下的电话条目，然而，查找到"吴树生"的名字时，他又踌躇起来。

"要不，还是别打了，明天再寻他问问。"周峰建自言自语地缓缓坐了下来。

屋外，伴着几乎将天空一分为二的闪电，轰隆一道巨雷落下，酝酿到了极致的暴雨，终于倾盆洒落……

3

大雨过后的清晨。

朝霞漫天，温暖的阳光从云层中洒下，照亮世界的同时，也让整个城市公园变得生机勃勃。倒映着云霞的清澈人工湖旁，一列蓬勃生长的柳树也变得如洗一般，翠绿得格外艳丽。

微风习习，碧绦一般的柳条儿轻轻摇曳，几根没入水面的长枝被风牵引着，拖出一缕涟漪。早起觅食的锦鲤受了惊，甩起尾巴，溅起片片水花，扭头朝着湖中心的人工岛游去。

鱼儿的行动引起一只驻足枝头的灰喜鹊的注意，好奇心重的鸦科鸟儿飞下树梢，试图追逐鱼儿，但因为湖面的反光，并未轻易得手，反而被鱼群掀起的浪花弄湿了羽毛。

灰喜鹊急忙扑棱着湿漉漉的翅膀，飞向一片更加茂密的绿林。这片林子位于背阴处，要显得阴凉宁静许多。那只灰喜鹊挑剔地试了试几根树枝，最后才选定一根满意的落下歇脚。

很快，这只灰喜鹊注意到它头顶的叶片上不断滴落下来的露珠。天性使然，它对亮晶晶的水滴很感兴趣，追随着其中一滴，朝下方飞去，落在一根较粗壮的树枝上。

露珠滴在树枝上，被一股系在上面、有些肮脏的凸起绳结撞破成一阵水雾，鸟儿试着啄了几下，歪着脑袋，疑惑地发出"唧唧啾啾"的声音。

它并不明白这是什么，便用嘴啄了啄，梆硬、湿润的绳结一动不动。它跳开一些，试图看清那东西的形貌。

绳结被牢固地系在树枝上，下方的绳索被什么沉重的物体拉拽得笔直。灰喜鹊扑棱一下翅膀，落在绳索上。它身体轻盈，那段绳索完全能支撑住，于是它大起胆子来，迈开步伐，交替张开、抓紧小爪子，一步步朝下挪去。

最终，它来到了绳索的尽头。那里有一簇黑中带黄的丝毛状物，被风吹得簌簌发抖。

灰喜鹊拍打着翅膀，跳到那团东西上，稳稳地站住。或许是"爪感"极佳,它收起翅翼,欢快地鸣叫起来。

鸟鸣声在背阴的树林中响起,更显得四周万籁俱寂。除了风吹树叶的轻响,唯一应和它的,只有一阵令人牙酸的吱呀声。

那声音就来自距它不远处的下方,那个悬在绳索上的"东西",沉重地旋转着、摆荡着,让绳索扭绞起来,发出那种平静而恐怖的声响。

那是一个人。

一个,吊在半空中的人……

4

天鹅湾小区休闲广场上,一群少年喧闹地玩着滑板。众人围成一圈,看一个女孩穿戴着粉色的滑板装备,宛若灵雀一般地跃起,沿着广场台阶栏杆滑下。

女孩落地后引起一阵喝彩声,英气勃勃的她并没停下,而是操控滑板,在空中跳跃、旋转,展示并炫耀着非凡的技巧。

她身后追随着许多同龄少年,这群孩子兴奋地从几座水泥桌前掠过,欢笑声渐渐消逝在风中,反而衬得这广场一角有着异乎寻常的宁静。

最近,龙途司法鉴定所那个风头正劲的真探组组长葛永安,此刻正端坐在其中一张水泥桌前,打开保温杯啜了一口。

这种水泥桌是都市公园中极为常见的"棋桌",平整的桌面上用红色油漆喷绘出象棋、围棋的棋盘格,不但可以置物,还兼具大众娱乐功能。

这倒也不是虚设,小区居民中确有不少好棋之人,带上自家的"装备"来,甭管认识不认识,心痒难耐地找人来上一局。

现在的葛永安,就正在和人"对战"。他对面那位头发全白的老年男子,正手持一"车",在棋盘上方游移不已。

"唉……"杜瑞成终于放下棋子,同时长叹一声。

"真要下这?"葛永安在保温杯后瞥了一眼。

杜瑞成拿起桌旁的搪瓷茶缸,揭开盖子,吹了吹:"就这了,落子无悔大丈夫。"

"那你可就输了。"葛永安提起一"马",斜飞一个"日"字,"将你一军。"

老巢被占,杜瑞成不以为意,将"车"又撤了回来,刚好填在了"马别腿"的地方。

葛永安却似乎早就料到这一步,拉回一炮,隔子打"车"。

"咦?"杜瑞成放下到了嘴边的茶,端详片刻,一拍大腿,痛心疾首,"好家伙,算漏一手,这下被你抄底了……"

他看看葛永安,挑眉道:"要不,你让我悔一步吧?"

"犯不着吧!"葛永安放下保温杯。

杜瑞成直撇嘴,抬手收拾棋子:"这么多年的老同学、老同事、老朋友了,悔一步都不行?你这一板一眼的性子,也不知道红娟到底喜欢你什么,那么多青年才俊不选,偏偏挑了你。"

葛永安安静地听着他的抱怨,平静地道:"故意输棋,是不是挺不容易的?"

杜瑞成的手停在半空中,抬起头:"看出来了?"

"自从你不上班以后,成天都在研究象棋,棋艺突飞猛进,据说还参加了市里的业余棋赛,拿了奖。这手臭棋,实在是太刻意了。"葛永安面露了然,"再说,我一直输给你好一阵子了,今天居然能赢,能不奇怪吗?说吧,有什么事?"

杜瑞成把手里的"帅"棋落在棋盘上,缓缓推到葛永安眼前。

"这段日子,过得怎么样?总算再次出山带队,感觉如何?"

葛永安看见那个大红的"帅"字,眯眼看向杜瑞成:"是你?"

见杜瑞成没有否认,他面露了然,苦笑道:"我就说龙梅怎么会冲着我来,我和她过去可没什么交情。可你不同,你跟她是一个导师带出来的,也都专精文书检验,算是她的正牌师哥。"

"哎!这话不对。"杜瑞成抬手叫停,"师兄妹也就是名义上的称呼,她进校门的时候我早就毕业分配单位了。师出同门这点我不否认,可但凡出了学院的大门,也就每年学术交流会上能见上几面,我跟她,私下可没什么联系。"

葛永安显然不相信他的说法:"那你怎么把我给拱出去了?"

"人家让我给名单,要痕迹鉴定的业内高手,你可不得是其中之一?说到底,人是她选的,这你可不能赖我!"杜瑞成继续把棋子收进一看就上了年头、被摩挲得油光铮亮的老棋盒里,"再说了,你要不想去人家的鉴定所,谁还能拿刀逼你?"

"这事儿,我还没定下来。"

"还没定?"杜瑞成纳闷地插上棋盒盖,"我那几个徒弟说,你可都跟人家干上了,就你们办的那个案子,还上了网,社会评价不错,给龙途鉴定所大大长了脸。"

"确实没定下来,"葛永安肯定道,"我还以为,你今天故意输棋,是打算替她游说我加入。"

"能不能留住你,那得看龙梅的本事,我可不掺和。"杜瑞成乐得眼睛挤成一条儿缝,"你老小子表面不哼不哈,可那脾气就是茅坑里的臭石头,也就红娟看得顺眼。强扭你这瓜,不怕被崩了牙?"

见葛永安若有所思,杜瑞成先开了口:"你对龙梅有看法?"

"业内对她怎么评价,你比我更清楚。"

"那倒是,"杜瑞成叹口气,"一直以来,大家对她是褒贬不一。就连导师在世的时候也说过,她向来为达目的不择手段。"

"这话没错，"葛永安挑眉看去，"和她打交道，目的性是摆在台面上的。"

"你瞅我做什么？"杜瑞成警觉起来，"她是给我开了价码，要是能请你出山，就给我两万介绍费。可这钱，你觉得我能收吗？"

葛永安微微一笑："应该是没有，你向来不做不稳妥的事儿。不过都提钱了，你俩的关系应该真不咋地。"

"没意思，天天算计老哥哥。"杜瑞成摆摆手，"实话实说，这也不是我闲得慌非得帮小师妹一把，症结说到底，在你身上。算起来，红娟走了也有一段日子了，你这天天家里蹲，她要还在，也一样看不下去。再说，当初你那事儿弄得……总之，虽然龙途用你要冒风险，但对你来说，却是好事。"

此言一出，两人颇有默契地沉默下来，葛永安从兜里掏出陈旧的真皮钱夹，打开看了看。钱夹里，一张已经褪色的彩照上，一个长着鹅蛋脸、眉目英气蓬勃的女子正微笑地注视着他。

这便是他的亡妻，张红娟。等他把钱夹塞回去，一直察言观色的杜瑞成才继续道："但凡人活着，饭还得吃，活还得干，你说是不是？"

"那倒也是。"葛永安看看杜瑞成手边的棋盒，"要不然，你也不会沉迷棋艺。"

"嘿嘿！那可不？"杜瑞成拍拍棋盒，但脸上的笑意很快便散去了。

葛永安注意到他的表情变化，试探道："还放不下？也对，你和我不同……"

"你明白就好，"杜瑞成打断他，无奈地笑笑，"我现在就是想干，也干不动了。所以我才看不惯你成天无所事事的样子。"

见葛永安微微点了点头，杜瑞成话锋一转："你觉得，我那小师妹这次搞事情，目的是什么？"

"表面上说，她想开启一种新型的鉴定服务。可我总觉得没有这简单。"

"怎么说？"

"因为……这事儿不赚钱。"

"不赚钱？"杜瑞成有些诧异，"这么大的鉴定量，怎么可能不赚钱？她可是无利不起早……"

"接案价是龙梅亲自定的，在调查过程中，组员照样按鉴定原价拿提成，我算了笔账，第一起案的委托金表面看着还行，其实也就勉强够组员的分成，要是把检验耗材等等都算上的话，我们亏了两万多。"

"这出力不讨好的事儿可做不长，她就不担心所里的股东跳脚？"杜瑞成皱眉道，"我不会坑了你吧！你们那个组，会不会就是博个名声，那岂不是命不久矣？"

"倒没看出她有解散的意思，"葛永安摇摇头，"我能感觉到，她是真心想把这种模式做下去。"

"做一个亏一个，能持续到几时？"杜瑞成拍拍棋盒，意有所指道，"不过，这么有意思的事儿，倒不妨走一步看一步。"

"我也这么想。"

杜瑞成听了一乐，龇牙笑道："那要不，咱老哥俩再来一局？"

"行啊！就怕嫂子不乐意，这可快到饭点儿了。"

杜瑞成一边拆棋盒一边道："嗐！我这情况你清楚，化疗病人最重要的就是保持心情愉快。我要是在家里唉声叹气的，她更担心。有人陪着下棋，开开心心不挺好的嘛！"

说着，二人摆起阵仗来，可刚摆到一半，葛永安就接到了一个电话。

看到来电显示是贾自明时，葛永安"咦"了一声："怎么是他？"

说罢，他按下接听键，听到一段急如连珠炮的话语：

"老葛，出大事了！给你发个位置，赶紧来一趟！这回啊，咱俩可算是掉火坑里了……"

5

挂着"乘风破浪"牌匾的办公室里,身着蓝色工作服的贾自明涨红了脸,吃力地抱起一摞档案摔到老板桌上,疯狂地翻找着。

葛永安站在一旁,皱眉问道:"到底发生什么事了?你急吼吼把我喊来,总得把话说清楚。"

谁想贾自明理都不理,兀自翻找着。片刻之后,他抽出一份资料翻了翻,大喜道:"有了!"这才从桌后走出来,将手里的东西递给葛永安。

"用工合同?"葛永安挑眉打开,在乙方一栏的空格里,发现了三个书写极为工整的钢笔字迹:"吴树生……这位是?"

"这位是?"贾自明蹿到葛永安跟前,眉毛上下挑动,从头到脚地打量他:"不是,老葛,你不认识他怎么的?"

葛永安奇怪地道:"怎么?我应该认识他?"

"不是,葛永安,你纯坑我啊?"贾自明凑到葛永安跟前,皱起眉头试探地问,"你真不记得这人了?"

见他如此这般,葛永安狐疑道:"这个名字我陌生得很,你有他的身份证复印件吗?让我看看脸,或许能想起来。"他又翻了翻资料,"不是我说你,办企业这么随意吗?员工入职,合同上连个大头照都没有?"

"嗐!我就不该信你,"贾自明气得直拍大腿,"人可是你介绍来的,要不是这样,我至于连个照片都省了?"

"什么意思?没身份证复印件?"葛永安问。

"有个屁!"贾自明唾了一口,"他说丢了在补办,我寻思老葛你是个细致人,你介绍来的铁定没事对吧?我就先让他干上了,可谁承想,这还不到一个月,这孩子他就、他就……"

贾自明三番四次提到"介绍",葛永安意识到,这事儿虽然没啥印象,但铁定和自己有关。可他并不是个多事之人,搜寻记忆,他总算想起一桩旧事来。

那是二十多天之前,那天一大早,他准备到龙途司法鉴定所入职,谁知在公交车上,发现一个年轻人意图盗窃财物。

城市公交车上,有小偷小摸并不稀奇,原本葛永安也只是暗中观察,打算在他动手时把人擒获。可奇怪的是,那个年轻人犹豫再三,到底没有动手。

这让葛永安感到年轻人的举动背后恐怕有什么隐情,于是他将那个"疑似小偷"带下车,了解了一下情况,发现这人是因生活所迫,差点走了歪路。

由于年轻人最终还是守住了道德底线,没有盗窃,人品应该不差,葛永安便本着帮一把是一把、为社会解除不安定因素的想法,给他写了一张字条,让他去发小贾自明办的跑腿公司应聘。

就为这事,二人分开之后,葛永安还给贾自明专门打了个电话,适当叮嘱了一番。

眼前浮现起年轻人有些羸弱的模样,葛永安喃喃道:"难道是他?"

"别猜了,就是他!"贾自明用力抓抓头发,"要不是咱俩从小玩到大,你老葛是什么人,我心里清楚,我真的觉得你是竞争对手派来给我下套的。当初你在电话中光说要介绍个人来,也没说跟你是什么关系,我还以为是你哪个混穷的远房亲戚呢。我想都没想,就给应了下来,这下倒好了,摊上这破事儿……你可得给我想想办法。"

见贾自明不像开玩笑,葛永安心头"咯噔"一声,意识到绝非小事,忙问:"他到底怎么了?不是拿了你的东西吧!"

"哎呀!偷拿点东西算个啥啊?"贾自明懊悔得面目扭曲,"他今天早上在龙岩公园树林里,上吊自杀了!"

"什么？"葛永安怎么都没想到会是这个结果，他一把抓住贾自明的胳膊："好端端的一个人，怎么会自杀的？"

"你问我我问谁去啊？"贾自明道，"我还想问你呢！瞅瞅你介绍的什么人！你又不是不知道，我们做生意的，最怕的就是摊上这种事。"

"不对，他自杀的时间地点你怎么说得这么清楚，龙岩公园到你这里，可有不远的距离……再说你们做生意的，多少有点迷信，就算知道了也不可能去看情况。"葛永安露出了悟的神情，"警方出过警了，他们找过你？"

"没错，"贾自明在真皮沙发上一屁股坐下，摇摇头，"据说他上吊之前，把穿在身上的工作服给脱下来放在一边，有人发现报警以后，警方根据外套上印着的公司LOGO（标志）联系了我。"

"具体什么情况，跟我说说？"

贾自明点了根烟，用力抽了一口，耸耸鼻子："那你可得负责。"

"赶紧说！"在穿开裆裤一起长大的发小前，葛永安也不讲什么客气，"早点说，我早点想办法。"

"嘿！这可是你说的，这事儿你得帮我帮到底，送佛送到西。"

葛永安深知贾自明这精明商人习气，是一定要讨价还价的，便迅速点点头。

"警方本来是不想透露的，不过你知道，我这嘴可不只是会做生意。再说了，我这知名企业家的老脸还能用。所以我算是挖了点情况，我姑且说，你姑且听。"

说到这贾自明又狠狠吸了几口气，定定神，继续说道，"据说他上吊的那地儿，就在包公广场后边。那块林子比较密，经常有人在里面幽会，有一些不自觉的人，会在里面点火抽烟，过去发生了好几次火情，所以公园在那地方装了几处监控。说是当天他自杀时比较早，正好是结露水的时候，镜头上有一层雾气看起来十分模糊，但基本能看到他怎么上吊的，反正肯定是自杀，身边没别人。"

"自杀……"葛永安口中喃喃。

贾自明说着火起，兴师问罪起来："你说说，这是不是送了个祸害给我？"

"别着急兴师问罪，"葛永安问，"现在这事儿是什么情况？"

"尸体已经送到殡仪馆了，警方跟我电话约在下午五点来公司调取用工合同等资料，我问他们为啥不早点，他们说还需要勘查现场，来电是想核实死者身份，再就是，希望了解一下吴树生自杀的原因。"

葛永安瞥瞥墙上的挂钟："现在三点多，还有不到两小时。"

"可我现在连他的身份证复印件都没有……他是你介绍来的，所以我只能把你给拽来了。"贾自明把烟屁股狠狠戳进烟灰缸，又拧了拧。

"我的意思是，你要是认识他家里人，就赶紧联系。不管怎么说，毕竟是在我公司聘用期间出的事，赔钱我认了，可要是狮子大开口，你得跟我一起扛。另外，我也安排员工私下里打听，看他生前有没有跟谁发生过矛盾，要是私人原因，我还能少赔点儿。"

葛永安深吸一口气："可是，我根本不认识他。"

贾自明一拍茶几，震得烟头飞起来："你这说的什么话？"

"是真的。"见发小动怒，葛永安只好道出实情，把与青年碰面，到介绍工作，一五一十地交代了。

贾自明脸拧得跟抹布一样，痛苦地捏着太阳穴："也就是说，你和他就是一面之缘，不知道人住哪，家里有什么人，甚至名字都不清楚？"

"对。"

"对你个头！"贾自明无语，"哥！你可真是我的亲哥，是兄弟就得往死里坑是吧？要不是打小你护着我，我真觉得你是故意来毁我的。"

葛永安仔细回忆着与青年分别时的情景，那张犹带几分稚气、在得知能介绍工作后顿时阳光起来的笑脸在他眼前逐渐清晰，他缓缓摇了摇头，笃定道："不对，这事，恐怕有些蹊跷。"

6

与此同时，杜瑞成端着茶缸，腋下夹着棋盒，回到了自己家中。

一开门，就闻到一阵浓浓的饭菜香，老伴听见动静，从厨房里探出头来："唷，回来了？没跟老葛多下两盘？"

"这不是知道咱家饭点儿快到了吗？老葛这人，精细着呢！再说他有点急事，就先走了。"

"那你歇会儿，还有一个菜就开饭！"

"行！你忙你的。"杜瑞成打开电视，挑了个新闻频道，把声音开大，这才捂着胸口，露出痛苦的神情，干呕起来。

声音被电视声掩盖，并没有传到厨房里。杜瑞成好不容易缓过劲儿，起身走进书房，书桌旁坐下，他拉开抽屉，从里边拿出一张照片。照片上，英气的女子巧笑倩兮，而诡异的是，这张照片与葛永安钱包里的，竟然完全相同。

"红娟啊……我不甘心啊……"

他轻抚那张照片，眉头深锁。

"你放心，我一定会让葛永安好好的。"

说完，他将照片放回去，从抽屉里面拿出一个厚厚的资料袋，又从袋中取出一叠东西搁在桌上。

最上面的那一张是一份打印个人资料，葛永安的两寸照，赫然在册……

7

次日清晨。

段木身穿印着"记者"字样的马甲,站立在龙岩公园包公广场的正中央,抬头四望。

广场十分宽阔,一如既往地人来人往,但显得奇怪的是,总有三五成群的人不时驻足,朝后方树林方向指指点点。

段木若有所思地点开微信地图,跳到导航软件界面。脚下转动着,不停调整站立方位,终于,象征他自己GPS定位的小箭头与高亮路段方向重叠,他听到了温婉的AI提示女音:"左转直行,前方300米,到达目的地。"

段木退出导航,回到微信聊天界面。

看着自己发出的红包已被对方点开收下,段木有些心疼地龇牙道:"但愿这钱没白花,老天爷,让我再挖个大新闻吧!要不然,我接下来这一个月可就得喝西北风了,拜托,拜托了。"他双手合十,朝天拜拜,而后绕过那些张望的人群,从侧面偷摸钻入了树林。

广场一贯有人打扫,但树林里却不一样。虽然是大夏天,但去年的落叶还在,踩着被烈日晒得干枯的落叶,每走一步,脚下就会发出嘎吱嘎吱的动静。

段木不想惊动任何人,只能蹑手蹑脚,不过三百米的距离,他足足走了十分钟,才看到那久违的"蓝白警戒带"。

一棵足有成人腰那么粗的香樟树,被围在警戒圈里。段木对植物可没有研究,他端详片刻,咕哝道:"树皮子这么硬,应该是棵有年头的老树吧!"

也许是这棵树的根系太过发达,汲取了周围的所有养分,在它附近的树木无法生存,无意中便创造出一片平整的"净土"来。

这种地方，自然很得进入树林的人青睐，有人时常在此树下乘凉，这片地面就被踩得光秃发亮，连杂草都不见几根。

在香樟树那根最靠近地面、接近胳膊粗细的树枝上，能看见被绳索磨破、泛着青绿的新鲜树皮。

段木往前走了几步，想仔细看看那个地方，就在他几乎要碰到"警戒带"时，一个戴着红袖章的园区工作人员不知从哪里蹿了出来，一把拽住他："干什么的？"

这是一个身材健硕的中年妇女，声音极具穿透力，段木当然没有"超级赛亚人"那种可以随时观察对方战力的眼镜，但他却本能地感受到对方那比自己矮但敦实的身体里有着强大的爆发力。要是把这位惹毛了，蹦起来骂街那只怕都是轻的。

他连忙露出极具亲和力的笑容，掏出记者证递过去："大姐，别误会，我是电视台的记者。"说到电视台，他特意加重了语气："听人说，这里发生了案子，想着过来瞧瞧，有机会的话，做个采访。"

"哪的记者？"大姐刚想拿过红本子细看，段木却手腕一转，适时地收了回去："市电视台的，新闻700。"

"哦？这档节目啊？我和我家老公可爱看了。""核实"了段木身份，大姐突然激动起来，"我说，你们不是什么事儿都管吗？咱们这跳广场舞的事儿管不管？"

"呃，是广场舞扰民？"段木挠挠头。

"不是，"大姐和他咬耳朵，"咱们那个小区，跳广场舞都在篮球场。可最近有些小年轻非得来打篮球，还不肯让地方。最近吵得凶得很，这事儿，能不能上你们节目掰扯掰扯？"

"这个啊……那跳舞的地方，是篮球场？"

"啊，就是篮球场。"

段木困扰地道："那人家来打篮球，这不是很合理吗？"

"可我们就跳两个小时，他们小孩子哪儿不能玩？让让有啥关系？"

段木见大姐不高兴，忙赔笑道："也是，这……要不以后我找个机会，多调查调查，这个争议吧，也挺有意思的。到时候我找您？"

大姐果然喜笑颜开："这就对了嘛！到时候你找我，我什么都告诉你。"

"那……可不可以让我进去看看？"段木用一个手指勾住隔离带。

大姐一把拍掉他的手："不成，就算是记者，我也不能放你进去，我们领导说了，人是自杀的，警方也勘查完了现场，但这警戒带还不能撤，要保留一段时间，等一切风平浪静再说，这期间，可不能多生事端。"

段木连忙竖起大拇指："别说，你们领导可真有先见之明，别看是自杀的，可事情发生在咱们这儿，后期家属找碴闹事的，可不在少数。"

"就是说嘛！咱们领导担心的也是这个，所以他才派人轮流看守这里，你看我，不就是被拖累了吗？"大姐抹一把额头上的汗，满脸不快。

"可不是，这大热天的。"段木抬起头，迎着阳光朝上吊的地方看去，在他眼前似乎浮现出了一道人影，直挺挺地挂在那根树枝上，随风缓缓摇动……

"看什么呢？"大姐烫着卷发的脑袋突然伸过来，吓得段木脖子一缩，眼前画面瞬间消失："没什么，就是听说是个年轻人，挺可惜的。"

"别研究了！"妇女手指不远处水泥杆上的一处监控探头，"都拍下来了，据说就是自己走进去的，没有别人。"

段木瞅着那个监控探头静静地呆视片刻，接着眼珠子一转，嘴角忽然勾起……

8

公园一角,宽阔整齐的灰色平房外,一名身穿藏蓝色制服的老年保安正坐在摇椅上,惬意地晒着太阳。

"对付这种人,怕不是比对付那个大姐更难。"段木嘴里嘀咕着,走了过去。

瞧见有人到了跟前,大爷抬起眼,冷哼一声:"干什么的?有事吗?"

"请问……这里是公园监控室吗?"

"是,"大爷手指身后的平房,"这儿我负责,有事就说吧!"

段木扭头看看,见四下无人,他就又把兜里的记者证亮了出来:"我是电视台的,想麻烦您点事儿。"

"电视台的?"大爷打量着段木,眼神微微嘲弄,"怎么?冲着那个上吊自杀的来的?"

"您老真有先见之明,我想来看看监控。"

"那可不行!"大爷手摆得跟雨刮器似的,"咱们领导说了,除了警察,这监控谁也不能看。年轻人,我给你指条路吧!那派出所已经把监控给拷走了,你真要采访,可以找他们嘛!"

"大爷,咱借一步说话?"段木自来熟地朝屋里走,大爷腾地跳起来,拽住他。

"借一百步说话也不行!"大爷正说着,突然感觉手心里头被塞了个东西,他翻手一看,是一张面值两百的超市购物卡。

"你这是……"

"这是我们单位发的,我也没什么用,给您留着,买点姜茶驱驱寒,这鬼天气,一会儿下雨一会儿天晴的,您这成天守着,经脉不活络,很容易生病不是嘛!"

"这不行，非亲非故的，吃人嘴软拿人手短。你啊！别以为大爷我好糊弄。"大爷正要把那购物卡拍回他手心，段木却一闪身，快速说道："树林里看守现场的宋姐是我亲戚，就是她把我指到您这儿的。"

大爷眉头一皱："什么？小宋是你家亲戚？"

"那还能有假？"段木张嘴就来，"我妈和她妈一个舅奶奶，都没出五服，您信我，我肯定不会给您添麻烦。"

听段木这么说，大爷瞧瞧手心，段木把他的手一把捂住，推到他胸口，挤挤眼睛："我是电视台的正规记者，绝不乱来。"

"你说的啊！"大爷悄无声息地把购物卡插进胸兜。

"那是，这点您老放心，做新闻要走程序的，要是没警方同意，电视台也不敢把视频乱放啊！我就只是看看，知道发生什么事儿就成。"

"只看看？"大爷还有些犹豫，"你可不能拷贝。"

"绝对不拷！"段木把肩上的相机包解开，扔到桌上，"这您总该放心了吧！"

"那……就这么说定了。"大爷满意地点点头。

趁着大爷转身操作寻找记录的空当，段木悄然抬手，在自己眼镜腿上长按了几秒，直到他耳边传来轻微的"开机"声，大爷也点开了文档。

"行了，看吧！"大爷一屁股坐在老旧的电脑椅上。

"哎！"段木嘴角一扬，缓缓地靠上前去。

镜头里，身材瘦削的青年缓缓走向大树，段木死死盯着屏幕，没有放过哪怕一帧画面……

9

傍晚，落日余晖如金色的麦芽糖，黏附在大地上被照耀到的每一个角落,散发出一种令人心醉的柔和暖意。

折腾了一整天的段木从公交站出来,听见站外小吃店家的叫卖声,段木停下了脚步。

店家和他视线一碰,咧开大大的笑:"您请进,要吃点什么?"

"这个啊……"段木活络活络身子,突然拍拍肚皮,"谢了,刚吃饱,眼睛馋,这肚子却装不下了。"

"哦……"店家有些失望,但脸上还是赔着笑,"那下次。"

"哎!下次一定照顾你生意。"段木乐呵呵地转身就走,不大一会儿,他低头钻进了一个不起眼的巷子。

在潮湿阴暗的巷子里头走了好几十米,他的肚子就不争气地咕咕叫了起来。

"哎呀!常年饥一顿饱一顿,这耐饿的能力控制得是恰到好处啊!"段木抚摸着蠕动的肚皮,嘴里叨咕着,似乎这样就能忽略胃部隐约的痛楚。

他继续往前走着,却在一家亮着红灯的"按摩店"门前停了脚,沙发上的年轻女子起身拉开玻璃门,朝他喊:"段大记者,要不要进来松松骨啊?"

一听对方喊他"记者",段木又来了精神,刚才的饥饿感一扫而空,昂着脖子朝女子回道:"就冲你这甜嘴,等哥忙完了,一定点你的钟。"

女子娇笑连连:"那好啊,我可等着了!"

"得咧!"段木说罢,笑眯眯继续在到处挂满电线、只能勉强允许两人并行的逼仄巷子中穿行,也不知拐了多少道弯,段木终于转进一条宽敞些的胡同。

这是一处城中村内的主干道,虽说这路比其他的要宽些,可城中村乱搭乱建,供人行走的地儿却也没有多少,道路几乎被沿街的摊点占得满满当当。

这些摊点如此密集，是因为这里的地价要比车站旁的位置便宜许多，而且城管一般不上这种犄角旮旯儿来。

段木又忍着饿走了三四公里，终于快到他的安乐窝，他缓步路过煎饼摊前，抽着鼻子使劲闻了闻味儿，便铆足劲儿钻进路边一个更窄的巷子。

这个巷口的西边，停着一辆挂着"炒饭、炒面"招牌的三轮车。在车上营商属于钻管理空子的行为，但能省下摊点租金，不好的地方是不能摆在主路上，还时常被驱赶。

这里的老板娘是个六十多岁的老年妇女，年岁比段木母亲小不了多少，勉强算是段木的远亲，按辈分，段木还得喊她一声婶子。因为有这层关系，段木平时也没少照顾她的生意。

像往常一样，段木在摊位前停下脚步。

老板娘抬眼一看，似笑非笑地招呼："呦，我当是谁呢，原来是我们的大记者回来了。"

段木尴尬一笑，算答了话。

"今儿想吃点什么？"她把用得有些发黄的盖布掀开，露出用廉价塑料菜盆码放得整整齐齐的切片腊肠、火腿、咸肉等食材，还有红红绿绿的各色蔬菜。

段木咽咽口水，努力把视线转向空空的铁锅："就……一份炒饭就行，今天不加料了。"

"好嘞，等会儿啊！"

老板娘熟练地拧开液化气，用铁勺在搪瓷盆中舀了勺白色膏状的油脂丢在锅中，接触高温后，油脂很快融成一摊，她快速抓了些葱花、洋葱丢进锅里，翻炒几下，她不知从哪摸出个鸡蛋往锅边一磕，就在蛋清接触到锅子被高温炙烤发白的刹那，段木突然说："不要鸡蛋，我最近吃鸡蛋过敏。"

"啊？不要？你也没早说，我这都磕开了……"

"婶，我不是说了一份炒饭吗？不是蛋炒饭。"

"哦，那我没听清。"老板摸个碗，把鸡蛋打了进去，顺手搁在一旁。接着她从电饭煲中铲出两勺米饭，在铁锅中翻了翻，淋入酱油，直到每粒米都变成黑乎乎的，她才抓个一次性饭盒，三下五除二，把炒饭全都装了进去。

扫码付款完毕，段木从老板娘手中接过打包盒，道了声谢便走了。瞧着段木的背影没入巷底，隔壁煎饼摊的老板凑了上来。

"喂，他当真是记者啊？"

老板娘白眼一翻："是个屁！一天到晚穿个导演马甲，充大尾巴狼。其实就是个二流子，没正经工作。"

"我说呢，怎么连个蛋都舍不得加。"

"你不知道，他我从小看着长大的。他爸妈跟我沾亲带故，就是死得早，他才十来岁就独个儿住在后面的破院里头。这几年刷手机的人不是多起来了嘛，他也跟风弄了一个账号，发发小视频，就说自己是个记者了，还专门在前面的自建楼里租了个房子当办公室。"

那老板一惊一乍："呦，这是准备往大了干哪？"

"干个啥呢！他这都弄了好几年了，也没看折腾出什么花来，不还是拱在这破院儿里？我看哪，有那租房子的钱，还不如让自己吃好点喝好点实在！"

"唉……说得对，这人哪，还得务实一点的好，别整天做白日梦。"

"就是！"老板娘扭头看了一眼漆黑的巷子："就高中学历，整天想着当记者，不想想自己也配？"

……

"咣当！"段木用力将木门一摔，快步来到窗前，把那扇厚得像羽绒服似的遮光窗帘一把拉下，扯亮悬在木头房梁上的灯泡，便一屁股坐在自己的木桌前，涨红了脸，大口喘息着："奶奶的，在背后嚼我舌根子。"

他愤怒地将炒饭往桌上一扔，被挤压的饭盒，顺着边角滴出一些黄褐色的油水，眼看油滴要落在紧挨着饭盒的那本书上，段木连忙将它一把抽走，这才松了口气："我的妈耶，就差一点，这书可是我借的，回头沾上油了，叫我咋去还啊！"

虚惊一场，他仔细把那本封面写着《人民日报记者说：典型人物采访与写作》的书用袖子使劲擦擦，又对光调整位置，来回端详，确定完好无污渍，这才小心翼翼地把书放在了电脑支架的最上边。

摁下开机键，等系统开机的空当，他扯下挂在板凳上的毛巾，胡乱在掉漆的桌面上擦了擦，这才掀开饭盒，拿起一次性塑料勺铲下一大勺送到嘴里。这种透明塑料勺十分劣质，软软的，舀多一点就不得劲儿，段木不得不伸着头吃，好不容易吃到一口，还没咽下去，电脑就发出悦耳的开机声。

他干脆把勺子含在嘴里，腾出手点开浏览器，在打开的默认首页视频网站上输入账号密码，进入后台，查看几幅数据流量树形图。

眼前数据一片葱绿，段木顿时没了吃饭的心思，从嘴里拽出勺子扔在一边："怎么数据下降这么多？"

他挠挠头，跳到信息中心，点开最近更新的视频留言通知。

"这个号，越来越没意思了，都是一些鸡毛蒜皮的事。"

"这都发的什么乱七八糟的，狗咬人还算新闻？人咬狗才算好吧！"

"取关了，取关了，怎么老发这些没营养的，浪费老子的时间。"

"倒也不能这么喷，我是通过这个账号知道了咱们市还有一个'真探组'，他们的官方账号有意思多了，隔段时间，就有人发一些有意思的科普，真长知识！"

……

"就是这个真探组坏我好事，否则老子至于沦落到吃酱油炒饭？"段木咬牙切齿地关掉网页，掏出一张 TF（快闪存储器）卡，恼怒地插进读卡器。不过或许是缺钱的缘故，他虽然气愤，动作却很轻柔。很快，伴着"叮咚"一声响，"我的电脑"文件夹中多出了一个可移动盘。

段木这才捡起勺子，又吃了两口炒饭，旋即打开视频。一段时长为 8 分钟的录播视频，开始伴着滚动条缓缓播放。

段木身子往椅背一靠，呼啦呼啦风卷残云一般将炒饭扒进嘴里，这回直到嘴巴被塞得满满当当，他才面露满足，大口咀嚼起来。

由于是翻拍，加之视频录制时间在深夜，画面显得并不怎么清晰。段木眯起眼仔细观看，终于勉强看到个人影出现在树林中……当视频播放到第五分钟，那道黑影突然晃悠起来。

"我去……"段木虽然不是第一次看这段视频，可说到底，视频上的人已经死了。现在他独自一人观看一个死人自杀的过程，顿时感到胃口全无。他放下吃了一半的盒饭，皱紧眉头，一直盯到播放条走到最右，视频自动停止了播放。

"年纪轻轻的，为吗这么想不开呢？"段木随手擦擦嘴，"再看一遍，刚才吃饭，说不定漏了什么……"

又一次点下三角播放键，在视频播放到一分钟时，画面中，黑影的一个动作突然引起了他的注意。

"他在干吗？"段木将视频播放速度调慢至 0.5 倍："他在一边走一边脱上衣？"

"为什么要脱衣服？"段木又把视频调得更慢，并从头放一遍，这一次，黑影的行动显得明晰了许多。

"吧嗒，段木敲下空格，黑影上衣上的几个反光点引起了段木的注意："草……上……另一个看不清楚，嘶……看起来好像有个弯钩。"

"草……上……弯钩……"段木一边自言自语，一边将关键字输入搜索框，单击回车，一条广告瞬间弹了出来。

一男一女两个年轻人身穿蓝色制服的广告页面上配了几行广告语："草上飞跑腿，飞一般的速度，帝王般的品质。"

"草上飞？"段木眼前一亮，双手飞舞，很快便在搜图引擎中找到了对应的制服，"立领、长袖、反光条、背光字！没错，就是它了，这衣服都一样！"

"这死鬼原来是草上飞的员工？"段木冲着电脑露出狡诈的笑容，"哈哈，这么大的公司，要是他们逼死了员工，这新闻可就好看了。"

段木迅速将几张关键截图贴上文档，并且打印了出来，摸着还热乎的A4纸，段木抬手就将那半盒炒饭给扫进了垃圾桶。

他睥睨着散在垃圾上的饭粒，冷笑道："哼，用卤锅油炒饭，你还有理了，要不是看在街坊邻居的分儿上，我早就给你把炮点了。不过，看来你是狗咬吕洞宾，不识好人心，还敢在背后议论我！等我翻了身，咱们走着瞧。"

10

夜晚，骑手基地院里，贾自明与姐夫周峰建面对面坐在一张简易茶桌前。

"警察那边怎么说？"周峰建拎起紫砂壶，朝贾自明面前的茶碗中续了些热茶。

后者端起，抿了一小口，把茶碗捂在手里，叹息道："反正肯定是自杀，至于其他的事儿，就不清楚了。"

"这可真让人头疼。"周峰建忧心忡忡，"我听说那孩子已经被送到了殡仪馆，拿冷柜冻上了，骑手们也议论纷纷，我总觉得，这老拖着，心里不踏实。"

"可不是吗？"贾自明放下茶碗，摸摸心口，"姐夫你是知道的，咱们做生意的，遇到这种事情，真不太吉利。我这两天心慌得不行，老觉得，就因为他，还会有事发生。"

"你也别多想，这不是警察都说了，他是自己想不开嘛！还能赖到咱们头上？"周峰建正安慰着，突然听到一阵"嘎吱，嘎吱"的声响从院门方向传来。

两人抬头望去，发现一个嘴里叼棒棒糖、圆头圆脑的男娃，歪歪扭扭地骑着三轮童车，朝他们这边过来。

周峰建一下乐了："我当是谁呢？原来是蛋蛋啊！"

贾自明在骑手基地就是个甩手大爷，平素事情大多交给周峰建处理，所以对这个叫蛋蛋的男娃还是头次见，他随口问："这是谁家的孩子？"

"哦，就是请过来帮咱们打扫卫生那个张老汉家的孙子，他们家在村边，过来这里一条直道，这娃就经常来院里玩，挺乖的，还会帮他爷爷捡矿泉水瓶子。"

"哦，那这娃是挺懂事的。"贾自明正夸着，蛋蛋把车骑到了二人的面前。嘎吱一声，小胖脚蹬地停车，伸手摸摸自己鼓鼓囊囊的口袋，发现没东西掉出来，这才放心地把车座后头别着的一个信封拿起来递给周峰建，奶声奶气地说："老板，这是个叔叔让我给你的。"

"给我的？"周峰建直纳闷，他跟贾自明交换了一个眼神，接过信封，掏出三张叠得整整齐齐的A4纸。

"这是什么东西？"贾自明一把抢过去翻开，发现是三张视频截图照，在第三张照片下方，还用宋体打印了一行小字。

周峰建在旁小声读了出来："拿人手短，吃人嘴软。"

二人面面相觑，周峰建喃喃问："小孩舅，这是什么意思？"

贾自明一改喜笑颜开的生意人模样，目露寒光，沉声道："还能是什么意思，看来咱们没料错，这事儿没完，有人想借机敲诈咱们。"

"什么？"周峰建大怒，"想吃人血馒头？"他蹲下，一把抓住孩童："蛋蛋，是谁让你送这个的？"

孩童被抓疼了，忙喊道："我也不知道，是一个叔叔，他给了我好多棒棒糖……"

"姐夫，你快撒手。"贾自明连忙劝解周峰建，上骑手休息室拿了两盒酸奶，一番折腾，才把号啕大哭的蛋蛋哄好。

看着蛋蛋骑着三轮童车离开，周峰建感慨道："没想到，你天天做生意，还有这本事。"

"自家有娃，这点事儿，驾轻就熟。我说姐夫真是急脾气，你跟一孩子较什么劲？"

"我这不是着急吗？"周峰建两手一摊，"这麻烦可是找上门了，你打算怎么办？"

"怎么办？"贾自明盯着漆黑如墨的天空，冷笑道，"我老贾家打民国初年就混社会，黑白两道，谁敢不给面子？要不是祖传的路子野，我贾自明能有今天？占便宜占到我头上了，行，我倒要看看，到底是谁那么大胆子。"

周峰建见小孩舅动了真怒，忙劝道："自明，你家祖上那本经我听过些，可现在是法治社会，咱们干的也都是正经买卖，打打杀杀那一套可做不得。不行就报警。"

"报警？"贾自明摇摇头，"敌在暗，我在明，别回头人没抓到搞一身骚。再说了，人家出手咱们只能应对，这不成，没听说过千年防贼的。不过姐夫你说得也有道理，手段不能太狠，闹出事儿来，大家还指望咱们吃饭不是？"

他背手在院中踱了两步，突然停住："对了，找我发小啊！事情是他惹来的，他应承我要负责的。这老葛，怎么说也算经常跟公检法打交道，说不定他辙比我多。"

说着贾自明从兜里往外掏手机，刚找到那串备注"老葛"的手机号码，没想到那边就打了过来。

"真是巧了！我正想打给你呢！你不是说要负责吗？麻溜地……哦，你就是跟我说这个来了？什么？让我走一个委托程序？费用你承担？行，我知道了，就按你说的办！"

贾自明挂掉电话后，一脸神清气爽地走到院墙边的垃圾桶旁："说曹操曹操就到，有人家真探组给咱们撑腰，还怕跳梁小丑捣乱？"说完，他把那三张纸撕了个粉碎，一把扔进了垃圾桶中。

……

院外，距离这里好几十米开外的空置小院里，段木拿出十根棒棒糖交给蛋蛋："说好的十根，叔叔没骗你吧！"

蛋蛋心满意足地点点头，当即塞了一根到嘴里，迈着肉乎乎的小腿下了车。

段木小心翼翼地从童车的坐垫下取出用胶纸粘贴的录音设备，点下播放键。

当听到真探组三个字，段木顿时怒不可遏："又是这帮人坏我好事……行！看我这次要你们好看！"

放狠的话音刚落，他的肚子里却传出了一阵"咕咕"声。

"叔叔，我这就走啦！"此时的蛋蛋已骑出了院外。

段木连忙叫住他："小鬼，别着急走！"

男娃停下蹬自行车的脚，回头不解地问："怎么了？"

段木讪笑着摸摸雷鸣的肚子："那个……你们这附近，有卖炒饭的吗？最便宜的那种。"

11

清晨，一缕阳光透过百叶窗，在地面上洒下一片均匀的栅格光斑，现代简约风格的所长办公室霎时明亮起来。

龙梅端坐在办公桌前，今天的她身穿一套剪裁合体的新中式手工定制宝蓝套装，胸前点缀一朵和耳环同款的白金珍珠贝梅花胸针，整齐干练的同时，较之平日显得更为素雅。

她正注视着手中相架。

这只相架和市面上常见的不同，由四根小树枝组成，每一根都一分为二，中间安置两片有机玻璃，呈现出一种粗糙的手感，与龙梅这间办公室的精致显得格格不入。

相架里夹着一张男女合影。照片中笑容灿烂、穿着时尚的女子正是龙梅，只是比现在年轻得多。她正挽着一名浓眉大眼的青年男子。男子国字脸，五官周正，仪表堂堂，在身上的警察制服映衬下，显得更加英武。照片上方有一行楷体烫金字：一九九七年结婚纪念。

龙梅注视片刻，忍不住抬起手，轻抚照片上男子微笑的面容。良久之后，她小心地打开相架，揭开合影。

下方露出一张男子的单人照，仍是那一身合体的警察制服，然而这张照片却是黑白的。

默默端详着这张不再老去的容颜，龙梅眼中掠过一抹哀痛，此时，一阵急促的手机铃声陡然响起。

看着来电显示上的"项天"二字，龙梅微微皱眉，不紧不慢地将相架合上，重新收进抽屉锁起，这才拿起电话。

"项总，一大早找我，有什么事？"

"既然龙所先开口问了，我就不跟你说客气话了。"电话那头的项天显然来者不善。

龙梅露出"预料之中"的神情，旋转着手中的签字笔，淡淡道："您说。"

"倒也不是什么大事，主要是那个真探组的事儿。"项天停顿片刻，见龙梅不吭声，才缓缓继续道，"你别介意，说好了我们这些大股东不会参与鉴定所的经营，我一定说到做到，只是……"

龙梅微微一笑："所以，是有人麻烦项总跟我谈，对吗？"

"毕竟都是出资人，其他股东还是有点担心的。当然，我对你是百分之百的信任。可是我觉得，大家的担心也不是毫无道理，或许你可以兼听一下。"

"既然项总话都说到这份儿上了，那我就听听看，他们在担心什么？"

"各行各业要干得好，肯定需要模式创新，这一点股东们也没有异议。可真探组这种模式是不是太激进了？有人告诉我，自从这个真探组亮相，司法鉴定行业里就议论纷纷。有人猜测，你搞这个真探组，是打算在鱼塘中引入一条食人鱼，把整个行业吞并。"

"进步是必须的，可是也要重视一个度的问题嘛！"项天轻叹一声，很是耐心地劝道，"这步子拉大了，难免容易扯到胯。"

"他们是怕撕破了裤子，导致自己的投资裸奔吧！"龙梅轻笑，"要细究找到您门上的那几位，手上也投了别的鉴定所，维持现状对他们来说，的确比较有利。这种话不妨直说，都知道我龙梅向来利益至上，怎么还拐弯抹角的，求到您门上呢？不就是不好意思让我抬一抬手吗？"

电话那头，项天沉默片刻，才道："龙所说话还是这么一针见血！不过钱是赚不完的，多个朋友多条路，全天下都是敌人，你也不好做事。"

"让他们放心吧！我没有那么大野心。"龙梅冷笑，"但技术更新是必须的，一潭死水，别说不会有大鱼，原本的小鱼也会因为缺氧而死，项总自己也是技术人，不会不明白这个道理。"

"也就是说，你铁了心要把这种模式常规化啰！"

"一切才刚开始，不过我打算尽力而为。"龙梅平静地道，"还请项总体谅，要有所得，把事情办成，自然不可能人人满意。"

"我明白了，毕竟鉴定所的主控权还是在你手里。不过还是克制一点，至少不要抢了人家的饭碗。"项天的声音有些冰冷，"所谓断人财路如杀人父母，龙途少了那些人，路不会好走。"

"项总不必担心，"龙梅道，"要说断人财路，现在的真探组是做不到的，实话实说，咱们现在可是亏着本在赚吆喝。"

"哦？这怎么说？"项天顿时来了兴致。

龙梅解释道："您是龙途鉴定所最大的投资人，我向您解释清楚一些情况，是为了让您安心，至于和他们说多少，由项总自己取舍。目前，从单案来看，真探组的运作模式，是真没多少经济效益，第一案我们就亏了本。可从整体的反映来看，确实某种程度上提升了我们龙途的品牌效应。而这种间接获取的品牌影响力，要远超于咱们原本计划宣发得到的收益。接下来，我打算在接案时，选择一些更加有影响力的案子，以此助推整个司法鉴定所的未来发展。"

"听你说话这口气，下一个案子，是不是已经有着落了？"

"没错，和一家著名上市企业有关。如果做得漂亮，可以起到四两拨千斤的效果。小付出，大回报，我想项总和各位股东交流起来，也会容易许多。"

"我就知道，运营这种事交给你没错。咱们这群人里面，还得说是我的眼光更胜一筹。龙所，我个人是完全相信你的能力的，你不要误会……"

莫名从中听出一丝异常，龙梅垂下眼眸，打断他的话："项总过奖了，这是我的工作，没事的话，我还有个会。"

"好，那你忙吧！"

"感谢您的信任。"龙梅果断挂断电话,旋即微微皱起眉头。

"咚咚咚……"办公室的房门突然被敲响,透过玻璃门,龙梅发现葛永安的身影,她冲门口的秘书勾勾手,葛永安便走了进来。

"来得正好。"龙梅从桌面拿起一摞资料,递给对方,"下个案子的资料,尽快抓紧时间了解一下。"

然而葛永安只是站在桌前,并没伸手去接。

龙梅敏锐地察觉到他的反常:"怎么,发生什么事了?"

葛永安道:"这个案子,我接不了。"

"什么意思?"龙梅眯起秀眸。

葛永安与她四目相对,拿起手里的档案袋,放到桌上。

"我有一个案子,需要马上解决。"

12

老牌坊菜市场东头,禽类区。

段木拿着电话,蹲在一排鸡笼的后方,鬼鬼祟祟地观察一会儿后,输入前面7位数字,又快速按下四个"0",电话拨通,他下意识四下看看,再度确认无人,才把身子低下去,又藏匿在鸡笼后。

电话响了许久才被接通,对面的人语气不佳:"啥事?长话短说,我这边忙着呢。"

段木翻个白眼,旋即满脸笑容:"哥,我这边摸到一条大新闻。"

"什么大新闻?告诉你,你小子最近总是拿些鸡毛蒜皮哄我,再浪费我时间,你就滚一边儿去。"

段木忙道:"我保证这回不是!"

他将手机换了只手，压低嗓子："我知道，最近有个自杀案，跟那个炙手可热的真探组有关，你有没有兴趣？"

"真探组？"对面传来一声嘲笑，"怎么，你上次吃他们的亏还没吃够？"

"不是，上回那个事儿，虽然后半截没如咱们意，至少还是炒得挺热乎的嘛！再说了，这种法制问题很夺人眼球的，效果铁定好！再说这回死的还是咱们市里最大的跑腿公司的员工，这要是翻起浪来，铁定能一鸭多吃。"

"吃你的大头鬼，头回你哥我连口汤都没喝到。"

"上次家长里短，我觉着就算真搞起来，怕是落到哥你荷包里的也不多。可这次不一样。那公司的规模不小，够你赚个盆满钵满的。"

"你想得倒是挺美，知道吗？越是法制问题越要谨慎，这种事，要是挖不出确凿证据，很容易惹上麻烦的！"

"明白，我跟哥干了多久，你们记者那些规矩我能心里没谱儿吗？"

"你有个什么谱儿，我丑话可说在前面，我给你合成的那个记者证，你最近可别乱用，上边最近对我们工作要求比较严格，要是搞出事情来，可别指望我给你背锅。"

"知道了，知道了，哥叮嘱的，我一定谨记在心。"

"别光说好听的，你得给我记在心里，就这样，挂了！"

"老子给你端到嘴边吃现成的，你还嫌这嫌那！"段木直起身来，蹲麻了的腿针扎一样难受，他生气地一巴掌扇在一只伸出笼子的公鸡头上，公鸡吃痛，咯咯地叫了起来。

"叫个屁叫，以为自己了不起，等老子这波功成名就，第一个就把你给炖了！"说罢，段木龇牙咧嘴地叉着腿，朝东南方向的一条小路走去。

这条小路，是隐藏在菜市场里边的"一条街"，有很多城市里最早的平房户，所以各家各户的门脸都不大，门头也多破败不堪，有的甚至只剩下了一个空灯架，要不是家家门口都摆着几台破电脑，外人还真看不明白，这条街的商户，原来都是回收、修理旧电脑的。

这条蜿蜒崎岖的巷子从菜市场一路延伸到外面居民区，似乎没有止境。段木走了好一段时间，这才来到巷尾。

他在一家四合院的大门前停下脚步，警惕地四下看看，这才抬手摸上大门一侧悬挂的"八卦镜"上。

他先是向右拧了三圈，接着向左六圈，再向右七圈，当听到齿轮刚好卡住的咔嗒声后，那扇双开大门上悄然挪开一片，露出一个巴掌大的方形空窗。

段木踮脚朝院里边看了看，发现除了几盆半死不活的花草外，连个鬼影都看不到。

他只好试着轻喊："喂，条子在不在，我段木啊！"

"在！"

声音突然从他身后传来，段木吓了个激灵，捂着心口："我去，你怎么出来的？吓死老子了！"

青年男子晃动着手中的钥匙串儿："还能怎么出来，用钥匙开门的呗。"

段木定了定神，笑骂："我还以为你会飞呢！你丫不是死宅，不出门的吗？"

条子指着自己瘦得跟麻秆儿似的身体："人是铁饭是钢，一顿不吃饿得慌！我再宅也得吃饭啊！我寻思吃点烧鸡补补，不然大风一吹，就我这身子骨儿，还不得吹走？就是这家烧鸡不开外卖，叫跑腿的钱够我再来半只了。"说着，他捏着钥匙，胳膊直接伸进了门上的那个窟窿，也不知他究竟如何操作，那扇大门很快便被他用身体推开了。

段木跟着进了院，条子回头又一顿复杂操作，重新把门锁死，这才问:"段大记者,无事不登三宝殿,今日大驾光临,有何贵干啊?"

段木早就盯上他手里的烧鸡了,见鸡腿骨露在外头,伸手就拽了只鸡腿塞进嘴里,一口下去,他眼睛都眯起来了:"找你还能有啥事,老样子,帮我查个人呗!"

"哼!查人,我看你是来劫道的。"段木是什么性子,条子可太清楚了,他忙把塑料袋口系紧,朝院子一角的平房走去。

那门从上到下排列了好几把锁,条子边开锁边问:"有什么信息?你最清楚,知道得越多,查得越快。"

"这信息嘛……你让我想想。"段木跟着他进门,把嗍干净的鸡骨头顺手丢在门口的垃圾桶里,在脑海里回忆起当天和公园值守人员的交谈内容。

……

"我听别人说,这个人叫什么树生,姓不太清楚,不过可以肯定,他是草上飞跑腿公司的员工。"

"草上飞?"条子把烧鸡扔下,拿起桌上的一个名片盒,在杂乱的名片里翻出一张蓝色的名片,正是草上飞跑腿公司的宣传小广告:"就是这家吧?"

"对、对!就这个。"段木在一堆电脑中找了张塑料凳坐下。

"我自己有时候还叫他们跑腿的,服务挺到位的,不过实话实说,他们家的信息可有点贵!"

"贵?"段木腾地蹦起来,扫视条子的小身材:"你小子,该不是看我着急,要坐地起价吧?"

"我坐地起价?这行情一天一变,你又不是不知道。不想想你多久没来了?"

见条子坐在电脑前,似乎没有开机的意思,段木放软态度:"那……现在是什么行情?"

"以前嘛，个人信息便宜，是因为大家都不重视。比如弄个免费上门装系统，或者发个木马软件给公司主机，都能轻易弄来一大堆个人信息，可现在不行了。看新闻了吗？倒卖个人信息入刑了，咱们干这行，担的风险可不比贩毒小。再就是现在杀毒软件功能升级，一般的木马根本放不了，现在得花钱买通内鬼，点对点地放，才能拿到。你说这成本上去了，涨价是不是合情合理？"

"蒙我呢吧！就欺负我不懂，你们这鼠标一响，黄金万两的生意，你跟我这干柴火身上刮什么油啊你？"

"骗你是小狗！"条子干脆翻开手机聊天记录，给段木展示了交易流水："你看，这是我买通的一个快递公司的内鬼，就他负责把木马放进他们站点的电脑里边，放一天，我就得给他五百块，而且这电脑还不能关机，一关机，就要重新放，还得另转三百给他。"

"这么玄乎？"段木还是不信，"你们这病毒不是会隐藏吗？"

"那偷儿也会藏啊，怎么警察还能抓到他呢？"条子冷笑，"要想安全，就要不留手尾，被抓到了毛都不剩一根，你觉得我这么傻？"

"那倒也是……"

或许是长久没跟人接触，条子喋喋不休地道："还有啊！这种快递信息，我卖给上家，一条带有全姓名、身份证、手机号、家庭住址的最多也就值三块。那种没有姓名，只有网站昵称的就更低了，也就一块五。要是碰到阴雨天，快递站点效益不好，我这一天可能就白忙活了。"

"这年头，还真没有好干的活儿。"段木貌似关心地迎合了一句，诡笑道，"既然你做事这么精细，那草上飞的电脑，你是不是已经拿下了？"

"这你倒是猜对了，"条子一乐，"不过有是有，他们公司的信息可是质量最高的，我花高价买来的，你要是想要，那可不便宜。"

"这么巧？"段木狐疑起来，"我要就刚好有，你怕不是打包买的信息库，拿来糊弄我的吧！"

"骗你？我吃饱了撑的。真事儿！这是有人委托我弄的，是谁可不能跟你讲，不然我就有麻烦了。我当时买通他们公司这个内鬼，足足花了两千大洋，才在他们电脑上装上了木马，里面连顾客和员工的信息都被我弄了过来，就刚上周的事儿。"

条子这人虽然嘚瑟，但确实有技术，而且有些怪咖的清高味儿，段木知道他不屑说谎，便道："得得得，咱们不啰唆那么多了，我就查一个人，你开个价吧。"

条子伸出两根手指。

"多少？20？行，支付宝，还是微信？"

"我的段大记者，你寻兄弟开心呢，200。"

"多少？200？你咋不去抢呢？"

"我倒想来着，你看我这身条能行？"条子耸耸肩，"如今行情不好，你到别家，也只会比我贵，我这还是友情价，不信你找他们问问。我这生意一贯是打包出售，单条给你这个价，够义气了。"

段木心知条子说的是事实，极少有人单独销售个人信息，只好咬紧牙关："行，200就200。"

说罢他伸手把烧鸡口袋拿过去，一把拉开塑料袋，将另外一只鸡腿也给拽了下来，光速塞进嘴里。

"全当打个折扣。"段木看着无语的条子说，"赶紧干活，我赶时间。"

条子只好点点桌子上的付款码："先给钱，再干活儿。"

"切，我人在这里，难不成还能跑掉？"

条子瞧着那只已被"五马分尸"的烧鸡，撇撇嘴道："那可不一定。你要非得赖账，我打又打不过你，也不能提刀砍你，要是关着你要债，还得给你饭吃，那我不是亏大了？"

段木嘿嘿一笑："这鸡味道不错，支付宝，过去了，查收。"

伴着"哗啦啦"金币入袋的声音，条子打开电脑，点开加密软件，在搜索栏中输入"树生"并选中"同音",单击回车,一条孤零零的信息蹦了出来。

"有了,应该就是他!"条子念到,"吴树生,1998年6月19日生,手机号码是139XX24XX28。"

段木等了一会儿,没听见条子继续说话,凑过去一看,果然只有短短一行,傻了眼:"啊?这就没了?"

"对,没了,他在公司系统里就登记了这么多。"

"我去,他现在人挂了,我又不给他扫墓,要他生日和手机号有什么用,敢情我花200块钱,就买了个名字?"

段木气呼呼地把鸡腿骨嚼得咔咔响,脖子伸得像只老鹅:"不行,你再给我想想办法,最起码你总得跟我说,他人住在哪儿吧?"

"这个真查不到。不过,人家托我查草上飞的时候,跟我提过一嘴,听说他们不登记住址的人,有可能就住在他们的员工宿舍,毕竟是24小时工作制,只要你能跑得动,啥时候都能抢到单不是。"

"你别在这忽悠我,我不管,你得给我想想办法!"段木耍起赖来。

"我知道的也就这么多,到哪去给你想辙?"条子见段木气呼呼的模样,无奈道:"行行行,我退你一百,要不,你上公交站王姐那儿再想想办法。"

13

与此同时,龙途司法鉴定所。

一则内部播报从各个科室的喇叭中响起:"请王怡文、佘小宇、汪鹏鹏、李霄阳至二楼会议室集合,5分钟倒计时开始。"

"嗡……嗡……嗡……"

法医组解剖间外，私人储物柜里不时传出手机震动的声音。

一个年轻女子瞥一眼储物柜方向，朝隔壁男同事小声问："哎……你说，真是奇了怪了，咱们中心内部明明有屏蔽器，为啥她王怡文的手机还能接到电话呢？"

男同事朝解剖间里忙碌的王怡文撇嘴："人家王大美女，一个手包都好几万，她不得用个上万的手机？你我这破手机才几个钱？跟人家比？"

"说的也是。"年轻女子诡笑，"你说，会是谁给咱们王大美女打电话？是不是她的追求者？"

男同事摇头："不可能，八成是家里人！"

"家里人？你怎么知道的？"

"她是长得漂亮，可法医这个职业首先就劝退其他行当的人。内部消化吧，她从来不苟言笑。再说，你刚来不知道，她跟她家里人啊，是死敌。有几次她爸妈电话都打到办公室来了，她压根不接，电话还是我接的，我当然知道了。"

"听别人说她去了那个什么真探组，要跟人组队工作，我还以为她接触点活人，这性子能改改，没想到回来以后，还是老样子，眼里只有死人啊？"

"死人比活人好，至少不会在别人背后说闲话。"王怡文的声音从解剖室的门那边传来，二人抬头看去，发现她冰冷的目光扫过自己，顿时打了个激灵。

王怡文拽掉沾满血污的乳胶手套，扔进垃圾箱，来到储物柜前，用指纹解锁，拿出了那部最新款的 iPhone 手机。看着屏幕上"王雷军"呼入十多个电话，她面无表情地长按电源键，直接把那部昂贵的手机强制关机，又把它随意地丢进了储物柜："这下安静了，你们的嘴是不是也可以闭上了？"

见那两人不敢看自己，王怡文冷哼一声，双手插兜朝门外走去。

提着半瓶可乐的汪鹏鹏正好走出门，一边打嗝，一边和王怡文撞了个对脸："王姐姐，你还慢悠悠的呢，就剩下3分钟了，迟到了又要扣工资。"

王怡文却不理他，自顾自往前走，汪鹏鹏忙给自己找了个台阶："也是哦！咱们王姐姐不缺钱。那我去提醒下最缺钱的小宇姐。"说罢，他一溜烟地朝前跑去。

扒着理化检验组的门框，汪鹏鹏却没有发现佘小宇的身影，正奇怪呢，他就隐约听见有人议论。

"我听说，佘小宇进的那个真探组鉴定量可不小，她经手的第一案，光是鉴定提成，就拿了一万多。可这刚从案子下来，她就没日没夜地接单子，算下来一个月收入最少也两三万了吧！她这么年轻，为啥玩命赚钱，每个月收入这么高，都干吗使了？"

"对啊，我也没见她穿什么名牌，她那牛仔裤都洗掉色了，还在穿。"

"你们就是闲的，别八卦了，馋人家赚提成，就赶紧干活。"不知谁说了一句，理化毒物组的门嘭的一声关上了。

"不好！"汪鹏鹏受惊地用小拇指掏了掏耳朵，"是不是我偷听被发现了呀！"

说罢，他一回头，发现本来落后的王怡文已来到了跟前，见她还是冷若冰霜，汪鹏鹏讪讪地冲她笑了笑，加快脚步冲到楼上，来到痕迹检验专家组办公室。

见李霄阳在里面和一位上年纪的男子正交谈着什么，汪鹏鹏探头进去，好奇道："阳哥，你咋还在这呢，广播你没听见吗？"

"听见了。"李霄阳手指桌面的一叠卷宗，"又来一新单活儿，是一个大公司委托的，这位就是公司的法务，他正在跟我对接，马上就好。"

"你这是提前知道了！"汪鹏鹏乐呵呵地道，"那我以后得跟你搞好关系，到时候龙所要骂我，你当哥哥的，可得给我担待点。"

- 048 -

"得得得，别跟我贫了，我这倒也对接得差不多了。"李霄阳对那人道，"您先去一楼的贵宾室休息一会儿，接案前，我们说不定还要开个会。"

"行，那麻烦你们了。"那人与李霄阳礼貌性地握握手，夹着手提包走了出去。

李霄阳从汪鹏鹏身边走过，发现后者还在愣神，问道："你发什么呆？还有一分钟就要开会了。"

"我的妈耶！"汪鹏鹏指着门口，"阳哥，你可知道刚才那人穿的什么衣服？"

"我对衣服品牌不太感冒，倒是你，眼珠子要掉出来了，怎么，不得了？"

"那确实，全球排名第一的基顿西装啊！稍微能看上眼的都好几万，不是人民币，是'刀了'（美元）。人家这哪是穿衣服，这是穿了辆跑车在身上啊！这还只是法务都穿这么好……看着吧，我感觉咱们这次接的案子指定牛了去了。"

二人边说边走，李霄阳笑道："你小子有点眼力见，这回涉及上市公司高层领导，你说，得是多大的案子？"

汪鹏鹏昂首挺胸，笑得见牙不见眼："我去！咱们这次要办得好，估计账号又能再涨十来万粉丝，作为账号管理员的我，现在可都有点小期待了。"

14

会议室里，众人将手上的案件资料纷纷放下，葛永安开口问道："你们有什么意见？"

"没意见！"王怡文率先开口道，"只要让我离开那个老有人说闲话的办公室，做什么都行！"

葛永安点点头，看向佘小宇，后者抬头与他对视片刻，摇头道："我也没有。"

"好！"葛永安的视线落在汪鹏鹏身上，"那你呢？"

"这个……我……我嘛……"汪鹏鹏有些欲言又止，下意识地看向了身边的李霄阳。

"葛头儿……"李霄阳将案件资料往会议桌上啪地一扔，懒洋洋地将身体靠在椅背上，"龙所已提前把第二案的材料交给我了，跟你这起，恐怕不搭界吧！"

"什么？龙所定的不是这起？"王怡文疑惑地扭过头，看向他。

李霄阳淡淡瞥向葛永安："作为咱们真探组的组长，说好的案子变了样，至少要给咱们一个解释吧？"

"没错，原本定下的，的确不是这一桩。"

李霄阳点点头："很好，我现在很想知道，一桩自杀案，凭什么有这么大的优先权？排在一个不论是性质、收益，还有影响力都更大的委托前面。"

葛永安沉稳地答道："其实，这起案子，应该算是和我个人有关的委托。"

"那我可以理解为，干私活儿？"李霄阳的尾音拐了个弯，听起来有几分阴阳怪气。一旁的汪鹏鹏挤了挤眼，有些担心地看看针锋相对的二人。

"那倒不是，"葛永安气定神闲地回答，"本案的委托人并不是我，而是与死者有雇佣关系的公司法人。说是私人相关，其实我和死者也就只有一面之缘而已。"

李霄阳冷冷问道："这种情况，别说应该讲个先来后到，咱们真探组难道不应该进行回避？"

"可我和死者并不是亲属，也没有其他法律关系，所以从法理上来说，真探组和我，都无须回避。"

"那好！"李霄阳坐直身体，正色道，"程序上的问题，咱们暂且放下不提。可从案件本身出发，案件材料上说，您和死者也就是在公交车上见了一面，看他可怜，就把他介绍到了朋友的跑腿公司。二十多天后，这人在公园的树林中上吊自杀，并且，当地监控已经清清楚楚地拍摄到了整个过程……"

"纠正一下。"葛永安打断道，"事情发生在夜间，镜头有雾气，拍摄也有些许死角，所以并不清楚，只能在树林中看到一个人影，谈不上什么清清楚楚。"

"钻牛角尖可就没意思了，"李霄阳丝毫不退，"我就问，监控上的人，是不是死者？"

"从衣着，还有正门的视频看，应该就是他。"

"很好。"李霄阳死死盯住葛永安，"请问，这种摆在明面上已有结论的案子，我们真探组接下的意义何在？"

葛永安直视李霄阳，缓缓道："因为我的直觉告诉我，自杀只是表象，并非真相！"

"又是直觉？"李霄阳扶额，"什么年代了，技术进步到这个时代，还在凭直觉做事？咱们龙途大门上可是写着'以事实为依据'，咱们司法鉴定人，凡事讲究证据，应该是最基本的职业操守吧？您一句直觉，就要换案子，很难说服我。"

"技术进步也就是最近二三十年的事，在那之前的年代，没有到处都是的监控探头，办案搜证又靠什么？"

葛永安面对李霄阳的直接挑衅，并无任何动怒的迹象，始终只是淡定陈述："我经历过没有目击证人，没有监控，甚至偶尔还会断电的时代，那个时代的司法鉴定人，靠的就是直觉……直觉是以事实为基础的经验总结，并不是虚无缥缈的幻想，二者之间是有区别的。"

"我承认您经历过技术缺乏的艰难时期，但是客观现实是不断变化发展的，鉴证技术也是，既然本案就发生在这几天，就应该基于现在的技术进行判断。没有本案存在问题的确凿证据，我个人反对真探组接下这起案子。"

二人剑拔弩张，剩下的三个人里，王怡文是不怎么关心，佘小宇则若有所思，只有汪鹏鹏着急地一会儿看看这个，一会儿看看那个，几次欲言又止，似乎想劝，却又不太敢说。

"反对无效！"龙梅的声音，从会议室的大喇叭中传出，李霄阳浑身一震，便听她道："这是我同意接的案子。"

李霄阳霍然起身，盯住监控探头据理力争："所长，你让我提前介入的，是大运科技公司高层服毒的那起案子，我连案卷都看完了，这起案子对我们所很有意义，你为什么要临时变卦？"

"只要还没签订受案委托，我就有权决定真探组接手哪起案子。"龙梅的声音经过机器传播，显得格外决绝无情。

"行，"李霄阳恼火地点点头，"谁让您是一所之长呢？但我提前介入了那起案子，也给出了思路，现在说不接就不接了，是不是该给我一个说法？"

"你付出多少劳务，鉴定所有计量标准，回头会计会把钱打在你的卡上，还有没有其他问题？"

李霄阳长叹一声，却还是有点心心念念："那起案子，您打算怎么办？"

"不用担心，人我已经亲自请走了，龙途接不了，让他们尽快另请高明，免得耽搁人家的事儿。"

"行，我知道了。"李霄阳咬了咬牙，看向泰然自若的葛永安，小声嘀咕，"真不知道，你到底是给所长灌了什么迷魂汤？"

15

三小时前的所长办公室里。

"案子？什么案子？"龙梅诧异地看向葛永安。

"我拟了份大致情况，你先看一下！"

龙梅接过他递来的几页纸，仔细翻看。

"案子的情况简单明了，警方调查也没有异议，你为什么想接？"龙梅不解地放下资料，"真探组刚起步，我之所以不计成本，就是为了先打出名声。这决定了我们需要接一些广受关注的委托，而不是这种没有什么争议的案子。"

葛永安想了想，认真地道："这案子，并不是毫无争议。"

"监控都能确定人是自杀的，还能有什么争议？"

"人是选择了自杀，但是自杀的原因多种多样，未必就没有问题。我的直觉告诉我，死者不是会自杀的人，其中一定发生了什么事情。"

龙梅坐下来，手指在资料上点一点："有时候，也不能太相信直觉，我们鉴定所每年接到关于自杀的委托没有一百，也有七十，有的人丢了张照片都能跑去跳河，人心隔肚皮，你怎么确定，一定能看透别人到底怎么想？"

"要是说别人，我会赞同你的看法。但是这个人的情况不太一样，这次，我必须得接手这个案子。"

"就因为这个人是你介绍进委托人公司的？"龙梅扫视着葛永安的脸，"曾经你在业内的口碑极好，其中一条就是从不徇私。现在看来，你也不是圣人，人情世故还是躲不开啊！"

"这个不是我要接下这个案子的核心原因。"

"那是为什么？"

葛永安表情严肃地看向龙梅："从我入行的第一天，我师父就跟我说，干这行一定要随时记得，人可以选择去死，案情也可以发生，但我们这行，就是要让一切都变得明明白白清清楚楚。对有疑问的案子，必须找出背后的事实真相。我说过，这起委托，绝不会是表面上这么简单……"

"你想通过真探组的调查，验证你个人的直觉？"龙梅抬手撑住下颌，"可我怎么觉得，这是另一种角度的徇私。"

"我不这么认为。"葛永安道，"真探组创新的鉴证模式核心在于主动调查，但是对比警方而言，我们的行动是不具备强制力的。也就是说，无论我们将来接怎样的案子，都不一定会在所有环节通过技术找到确凿的证据。这意味着，我们只有两种选择：一种是收手认输，另一种就是靠着直觉，尝试继续查下去……"

"所以，作为组长的你，直觉是否可靠，实际上关系到真探组接下来会不会失败，对吗？"

龙梅微微一笑："说实话，这个理由想要说服我，还有些勉强。毕竟你并不能保证自己的直觉百分之百不会出错。而一旦出错，真探组还是可能失败。这是让我放弃稳妥，选择冒险，而你也清楚，我这个人，向来不做亏本生意……"

"我明白。"葛永安从兜里掏出了那枚"龙途司法鉴定所"的徽章，抬手别在胸前，"那这样呢？"

龙梅看着葛永安胸口闪闪发光的徽章，面露满意："这次，我可没逼你！"

"有求于人，就要付出代价，这很公平！"葛永安也微微一笑，"要是你不谈条件，我心里反而会犯嘀咕，那可不是你的性格！"

"一个委托换一员大将,这单生意我不亏。"说罢,龙梅起身伸出右手,葛永安握住她的手,龙梅红唇勾起:"虽然有乘人之危的嫌疑,可我还是得说,师兄,欢迎你,正式加入龙途!"

16

公交站,满是岁月痕迹的行政楼内,段木鬼鬼祟祟地踩着一块块九十年代常见的花岗岩地板砖,沿着黑漆漆的走廊,朝尽头走去。

停在歪斜地挂着"机房"牌子的掉漆木门前,段木弯起手指,小心翼翼地敲了敲。

"谁呀?"极不耐烦的中年女声从门后传来。

"王姐,是我,段木。"

"哦,你啊!"声音继续传来,语气依旧不怎么友好,"有事?"

"是条子让我来的,他说,您打的毛拖鞋质量贼好,我寻思,要给家里买两双。"

"那行,"女人说话的口气和缓了些,"门没锁,直接推门进来吧。"

"得嘞!"段木握住门把,侧身用力一顶,卡在门框里的木门嘎吱一声,有些费力地被推开来。只见采光不佳的办公室里,身穿绿色薄毛衣的王姐正低着头,手里飞速打着毛线。从模样看,那是一只快打完了的毛拖鞋面儿。

"王姐……"

"年轻人做事顾头不顾尾,"王姐头也不抬地打断,"门关上再说。"

"您说得对!"段木点头如啄米,转身把木门用力关严实,这才回过身来,"王姐,这样行了吧?"

"说吧!"她依旧没抬头,自顾自地做着手里的毛线活儿。

"我托条子把买毛拖鞋的钱付给您了，您收到没？"

"钱不多，你准备买几双？"

"一双就成。"

王姐冲桌边的便签盒抬抬下巴："要什么款，自己写上。"

"得嘞！"段木小心抽出一张掌心大小的便笺纸，提笔在上面写上了吴树生的姓名和出生年月，谄笑着双手递到女人跟前。

王姐接过看了一眼，放下手中毛活儿，熟练地打开电脑软件，在检索框里输入了纸条上的内容。

回车之后，一堆信息跳了出来，王姐滚动鼠标看了看，抽出圆珠笔，在纸上写了一个地名，交回段木。

段木根本看不懂那些东西，只好接过来，小声问："确定是这儿？"

"这个人自从办了公交卡，每天早上和晚上，都从这个站上下车，你说呢？"

"那铁定错不了！谢谢姐！谢谢姐！"段木把纸小心折好，揣入上衣口袋，脚步轻快地出了门。

直到听见段木的脚步声渐远，王姐这才起身，把手里的毛活儿拾掇整齐，来到走廊左右看看，快速爬上三楼的天台，向下看去，正好看到段木在公交站等车。

一班公交发车，段木等的车还没来，但塑料椅空出来一个，他一个箭步抢过去，喜滋滋地坐了下来。

王姐冷笑着掏出手机，熟稔地输入一串号码，拨通了电话。

"姐给你送了个人去！"

"谁？"

"一个野鸡记者，托人从我这查过几次信息，他也在查你要找的人的消息。"

"他也在查？"

"对，所以我就纳闷，这个人到底怎么了，警察前脚走，这个段木后脚就来了。"

"警察那边，你是怎么说的？"

"牵连到你，我当然是啥也没说，我告诉警察没查到，他们就回去了。话说他们给我开的是派出所的介绍信，我想，应该不是什么大事。"

"谢谢姐。"电话那头的男人对她显然很客气。

"跟我说这些，当年要不是你出面，你姐夫现在可能还躺在床上呢，我还能出来挣钱吗？咱是一家人，不说两家话。"

"那我就不跟您客套了，哪天亲自过去，给姐带点好东西。"

"成。对了，光顾着说闲话，忘了重点了。"王姐伸头看了一眼，发现段木还没上车，继续道："这家伙我了解，没有什么背景，警察那边咱不敢问，逮着这家伙，说不定能问出点门道。他现在正在等公交呢，估计很快就到你地盘了。他穿了一件墨绿色的导演马甲，背着个相机包，很好认。"

"知道了姐，剩下的事儿，交给我办。"

17

司法鉴定所接待大厅，草上飞公司法人贾自明一边签署委托协议，一边对葛永安不停念叨。

"老葛，你不知道啊，我听我姐夫说，这个叫吴树生的小伙子平时可懂事了。现在的年轻人，没有几个愿意吃苦受累的，可他不一样，别人不愿意接的单，只要找他，从没有个不字。刚来公司那会儿，他连押金都拿不出，我也是看他面相实诚，答应让他先干着，对了，还是你介绍的嘛……"

签完了一摞，葛永安又拿来一摞，贾自明看也不看，直接翻到最后一页的右下角，写下大名："这孩子啊！要说干活儿真是勤快，一天二十四小时，除了吃饭睡觉，几乎都在跑单，有时弄得太晚，就直接睡在员工宿舍里。我那个姐夫也是这号勤快人，他那是打从心眼里喜欢他！"

　　总算写完了，贾自明停下笔，活动了下手腕："本以为这小子缺钱，才会这么卖命，后来一问才知道，他是觉得公司给了他工作的机会，心里面很感激，想早点把工作服和电瓶车的押金赚上来。我姐夫说，他才用了半个月，就把全部窟窿给填上了，你说这多好一孩子，可没想到，怎么会这样……"

　　葛永安也有些少见的情绪低落，从好友手中接过那张从派出所打印的户籍照片，看着照片中那张面带微笑且青涩的脸，他微微愣怔起来。

　　李霄阳在一旁快速检查了一遍委托材料，确定无误，他捏住那张写着身份证号码的户籍照扯了扯。

　　"我应该说，节哀？"

　　葛永安这才回过神，放了手，看他把照片装进牛皮纸袋里。

　　把资料装入手提包，李霄阳问："我这边都收拾好了，按您这雷厉风行的性格，是不是现在就要出发去殡仪馆了？"

　　说着，他特意看看贾自明："您作为本案的委托人，按照规定，需要一同前往。"

　　"什么？我也要去？"贾自明看向葛永安，"你不是说只让我走个程序，怎么还要去那里……老葛，你又不是不知道，我们开门做生意的，阴气太重的地方那是绝对不能去……"

　　"我没说让你……"

　　葛永安"去"字还没说出口，李霄阳强行打断："葛头儿，这可不符合程序……"

李霄阳几乎是当面顶撞，葛永安却没发火，他解释道："根据司法鉴定程序，委托人无法到场时，鉴定所可以另外聘请第三方委托代理人到场，行使委托人权益。"

　　说着，葛永安指指卷宗袋："本案委托人签署的第三方协议，就在那摞资料里，代理人现在已经动身赶往殡仪馆，你在核查的过程中，难道没注意吗？"

　　李霄阳吃了瘪，微微一愣，不过转瞬间，他就恢复了神色，拍起巴掌："不愧是组长，做事真是滴水不漏！难怪我反对也无效。"

　　"过奖了，不过是讲理而已，做得周密是本分。"葛永安起身把探头探脑的贾自明送到门外，低声道："别担心，交给我。"

　　葛永安转头对李霄阳道："现在可以动身了，我们组的痕迹专家，应该很想用技术打败我的直觉。"

　　李霄阳似笑非笑地看着他，点头道："好。"

18

　　在公交站点吹了足足半小时风，段木终于等到一辆直达车。

　　看着车头贴着的那张"空调四块"的通知，段木肉痛得直嚼牙花子。上车发现靠窗的"爱心专座"旁空无一人，段木左右看看，选了个靠后的黄色座位，一屁股坐了上去。

　　车辆缓缓发动，颠簸摇晃唤起了他的困意，仔细看看车门上方的路线指示图，数着还有二十来站，他掏出手机，定了个半小时的闹铃，就弯起胳膊，垫在前面的椅背上，沉沉睡了过去……

　　也不知过了多久，他突然感觉背后有人在用力拍他的肩膀，擦擦嘴边的哈喇子，段木一回头，发现一个男青年正靠在后边座位的靠背一侧，勾着嘴角看他。

这人约莫二十出头，染着头淡黄色中长发，一身网购廉价套装，活脱一个社会盲流形象。

"你干什么拍我？"段木见对方没啥来头，顿时把不快摆在脸上。

青年手指他座位前的一位老太太："老人家都站了好几站路了，你这么年轻，霸着爱心专座，不合适吧？"

他这么一说，车上众人齐刷刷看向段木，他就算脸皮再厚，被这么多人盯着，也多少有些不好意思。

段木起身，朝身边的老太太解释道："不好意思，我上车的时候还没什么人，太困了，就睡着了，这位子让给您。"

"不了，不了，我还有几站就到了。你们年轻人上班辛苦，坐着吧！"

段木哪敢当真，忙道："没事儿，我也快到了！"

见拗不过段木，老人便坐在了那个还有余温的专座上。

"谢谢你啊！"老人朝段木道完谢，又看向那黄毛青年，"也谢谢你。"

黄毛青年见状微微一笑，倒也没说什么。

段木打着哈欠朝车尾走去，经过黄毛青年身边，后者一把拉住了他的手腕。

段木转脸，不快道："你又怎么了？"

青年翻手把一个黑色钱包递给他："你刚才睡觉的时候这个掉出来了，我帮你捡起来了。"

段木一摸口袋，瞬间醒了七八成，他一把接过拉开拉链，发现家底一分未少，这才松了口气，朝青年连连作揖："谢谢，真是太感谢了，这钱包要丢了，我可就要喝西北风了。"

"一点小事，不用客气。"青年爽朗地笑笑。

插曲过后，公交车继续缓慢行进，随着越来越靠近老城区，车上的乘客也逐渐稀少起来，最后，车上就剩下段木与黄毛青年了。

眼看距离他的目的地还有一站路，黄毛起身走到了车后门，段木善意地目送青年下了车。

"唉，真是人不可貌相，没承想还是个好人。"

车再次启动，段木长长伸了个懒腰，起身来到后门准备下车。

很快报站声响起，也许是先于真探组寻到了关键信息，段木心情甚好，他身姿轻盈地双手抓着栏杆，以脚为轴，学着钢管舞女郎在车厢后方优雅地转了个圈儿，车辆刚停稳，他的脚刚好落在台阶上。

伴着"开门请当心，下车请走好"的提示音，段木来到那个只竖了个铁牌子的简易站台前。

"不是，这该往哪走呢？"段木挠着头左右看看，有些不知所措，"想说找人问问，可这地方连个鬼影子都看不到，这可咋办？"

正在犯愁之际，他突然瞄见一个熟悉的身影："咦？那不是刚才下车的黄毛吗？"

段木忙冲他喊："喂，兄弟，借一步说话！"

黄毛看了他一眼，却不搭话，反而径直朝巷中走去。

眼看周围没有半个人影，段木咬牙道："不行，可不能让你走了，不然我找谁问道？"说着，他揩着相机包就冲了上去。

他前脚刚踏进巷子，正寻摸黄毛去处，谁知眼前突然一黑，鼻子里传来一股腥臭味，感觉到自己被套了麻袋，他奋力蹬着双脚："你们是谁？要带我去哪里？"

"话这么多呢？待着吧你！"

他刚听见一个男人的声音，就觉后脑一痛，便失去了意识。

19

殡仪馆停尸间内，真探组全员穿戴整齐站在冷柜旁。

"要不要透气？"王怡文问汪鹏鹏，见后者摇头，她上手打开柜门，一股寒雾散开，她抬手就把躺在平板上的尸体抽了出来。

除了葛永安外，其他人都是第一次见到这名死者，他长着一张颇为文雅的脸，轮廓还有些许稚气，在低温的作用下显得格外苍白，这使得他看起来比资料上记载的实际年龄又小了几岁。

"颈部可见半闭合环形索沟，并伴有浅层皮肤擦伤。"王怡文低头查看，"有出血点，系生前反应，虽然还没有做尸检，但光从这一点就不难看出，上吊的时候，他人还活着。"

看着与自己年龄相仿的死者，汪鹏鹏面露惋惜："这么年轻，有手有脚干什么不好？为什么非得寻死？"

"你哪儿会明白，有些人就是爱作践自己。"佘小宇冷漠地瞥着那张惨白的脸，"生命只有一次，那些身体残疾的人，还都那么努力地活着，甚至去打比赛，拿奖牌。有些人却不珍惜这只有一次的生命，这种人，就是懦夫！"

"小宇姐，你没事吧？"汪鹏鹏讶然道，"我怎么觉得，你在发火？"

佘小宇没有回答，而是抬起头，看向葛永安："我承认，您给的卷宗我没有仔细看，这次就算了，如果下次还是这种案子，我拒绝参与。"

真探组里，佘小宇向来是讲道理的那一个，这突如其来的反应，让葛永安也有些不知所措起来，他诧异地问："为什么？"

"不为什么！"佘小宇看向死者，嘲讽地勾起嘴角，"他们既然那么想死，那就让他去死好了，我一点也不想知道，这种人到底为什么要做这种选择，也不想了解所谓的真相。选择舍弃生命的人，从他们做出这种决定的刹那开始，就宣布了为他们做任何事都是无用功。处理这样的案件，会破坏我的心情，所以，我希望这是第一次，也是最后一次。"

汪鹏鹏倒吸一口气，扭头看李霄阳，后者也很吃惊，小声咕哝："还有比我脾气更大的啊！挺狠。"

说完他跟汪鹏鹏眨眨眼，二人又齐刷刷盯向葛永安。

后者若有所思地点了点头："行，我知道了，那这起案子，你要不要考虑回避，临时换人，问题还是不大的……"

"不必了，我既然答应了，就会跟到底！"佘小宇说完，还是按照程序给死者深鞠一躬，旋即便退到一边，开始准备提取工具。

"你这是不是身体不舒服？"王怡文看她一眼，"平时可没看出来，你这人小小的，气性倒是挺大。"

"你这是刻板印象。"佘小宇淡淡回了一句。

"……说得对，"王怡文爽快地点点头，"己所不欲勿施于人，这回是我的错。"

佘小宇并没生气，简短地道："没关系。"

汪鹏鹏用胳膊肘碰碰还在愣神的李霄阳，低声提醒道："哥，赶紧提取指纹啥的，我们去案发现场，兴许，看不到尸体以后，小宇姐的情绪能好一点儿。"

"你说得挺对，情绪性问题要解决，最好的办法就是让人远离唤起情绪的源头。干活！"

李霄阳从身后掏出家传的皮质工具包，意味深长地朝佘小宇看了一眼，便迅速开始了提痕工作。

20

"我腰都快断了，你们能不能慢点！"剧烈颠簸的三轮车斗上，被塞进蛇皮袋的段木发出鬼哭狼嚎一般的动静。

骑着电动三轮车的男人猛踩一脚刹车，扭头朝车斗中的段木没好气道："再叫唤，信不信一会儿把你嘴用泥糊上？"

听出是个陌生年轻男子的声音，段木忙求饶起来："好汉，我到底是哪里得罪了你们，我改还不行吗？你们这是要把我带到哪里去啊？"

"放心，暂时不会动你。"男子重新拧动把手，感觉三轮车又开始颠簸，段木几乎要哭鼻子："暂时？暂到几时啊？"

男子朝前方看看，远处露出挨挨挤挤的村落轮廓："告诉你吧！那得看我们老大的心情，是他要见你，马上就要到了，你再忍忍。"

"你们老大是何方神圣啊？他见我干吗？我无财无势，绑票也不找我啊！"

"废话这么多，到地方不就知道了？"车子嗡嗡飙了起来，男子提醒道："再往前是个急下坡，你可得躺平了，否则摔出去弄个残废，我可不管。"

"你不管？"段木喊道，"我这把老骨头，可经不起这么折腾，你慢点，慢点，哎呀呀呀呀——"

三轮车在陡坡上越下越快，男子已经将脚刹踩死，不过就算这样，也不过是勉强放慢了些速度，前面道上不知什么人设下了木板路障，就在三轮即将撞到路障时，骑车男子大喊一声："人来了，快开门！"

听这一喊，那路障似乎有了灵性，自动朝两边开启，闪出一条双向车道宽的石板路。

"哎呀呀呀呀呀呀呀……"颠簸太过剧烈，段木感到自己已经散了架，直到三轮车停稳好一会儿，他还没缓过劲来，躺在那哼哼唧唧。

不知过了多久，感到头顶有了一丝光亮，他抬起头，夺目的阳光让他满眼泪花，什么也看不清。等他视力恢复正常，却发现自己周围至少围着一二十个盲流打扮、头发五颜六色的社会青年。

"我去，这到底是哪儿啊？"环视着周围破败不堪的房屋，他嘴里忍不住小声念叨。

"怎么样？下得了车吗？"循着还算客气的声音，段木终于看清了骑车青年的面貌，"怎么会是你？"段木眼睛瞪得像鸡蛋大，"你不是在车上捡到我钱包的那位……你说话不是这个声啊！"

"呦嗬，记性还真不赖啊！"黄毛翘起舌头，扔进一节小竹管，微微一笑，"走吧，我们老大在等你。"

他的说话声顿时变回公交车上那样。段木大吃一惊："你这是什么本事？"

"你管什么本事？先跟我们进去见老大。"黄毛一声令下，一群青年就围了上来，一个个横眉冷对，手里敲着管钳或木棍，仿佛但凡他敢开口说个不字，就能把他脑袋打开花。

"不是，我到底怎么惹着你们了……"段木见没有退路，只能长叹一声，老实跟着黄毛朝前走去。

在一群人的簇拥下，经过几栋几乎倒了一大半的砖瓦房，黄毛停在了一扇双开大门前。

"你们老大这么新潮的吗？这什么废墟风格的装修？"段木看看大门两边被拆了大半的院墙，"从哪儿都能进去，要这个大门有啥用？"

"我说你舌头怎么这么长呢？要不想惹麻烦，就赶紧少说两句。"黄毛站在门前，恭恭敬敬地敲响大门。听到有人喊"进来"，他才推开那道似有实无的门，走进了院里。

越是这种一板一眼的场景，段木越觉得荒诞可笑。他轻咳了几声，掩饰住爬到喉咙口的笑意，这才往院内看去。

院里，已经倒了一面墙的平房正堂，一位皮肤黝黑、留着寸头、身材高大敦实的男子，正坐在中式红木圈椅中，挑着粗大的刀眉看着他，他的目光平静如水，段木从中看不出任何敌意。

为了搜寻花边新闻，段木可没少与社会闲散人员打交道，临来的路上，他一直在想象这个老大的模样，并肯定地以为，他会和他见过的社会大哥一样，看起来格外狠戾难惹。可眼前的中年人也就是皮肤黑了点，身材高壮了一些，年龄和他相仿，一身夹克长裤打扮，就是个很标准的普通人。他不禁有些疑惑，同时也稍微安下心来。

"他……就是你们大哥？"段木看向黄毛。

"有什么问题吗？"黄毛面露不悦。

"不不不，没问题，没问题。"

男人听见他的话，微微一笑，朝段木勾了勾手，示意段木坐在他身边的沙发上。

段木心中默念"来都来了"，大着胆子朝那间造型有些像"小卖铺"的平房走过去。

在指定的位置坐下，男人朝他笑笑："觉得这里怎么样？"

段木抬头打量一番，发现这是一间坐北朝南的普通平房，朝南的那面墙不知为何完全不见踪影，有的只是在东西两处墙根旁又重新安装的卷帘门，此时门是收起的，就显得这屋子特别奇怪。

再看屋里陈设，也多是些八九十年代的老物件，八仙桌、纱窗木菜橱、羊角凳，甚至屋内还有一盏煤油灯，从灯芯上附着的新鲜炭灰不难看出，这盏灯一直在使用。

可最令段木惊讶的，还是那张雕刻着鲤鱼图案的木床，这种床一般没有钉子，用的全是卯榫，历史最少也得追溯到段木的爷爷辈。

要不是床上还放着叠得整整齐齐的被褥，段木一定不会想到，堂堂的老大，会睡在这种梆硬的老木头疙瘩上面。

不过物件虽老，屋里面的设备却不旧，宽屏液晶电视、雷蛇电脑，他甚至还在那张老得发黑的八仙桌上看到了一台最新款的索尼 PS5 游戏机。

"来一根？"男人客气地递了一根烟卷，并顺势按动了打火机。

"自己来，自己来。"段木连忙双手接过，对方外表再温和，那外面实打实的十几个手下却不是假的，他丝毫不敢看轻这位。

"客气什么，来的都是客，来来，我给你点上！"

"那……那好吧……"见对方坚持，段木把烟卷叼在口中，烟头对准那豆粒儿大小的火光，吸上一口，段木轻拍对方手背，点点头，示意自己已经搞定。

见那人收了打火机，段木笑道："大哥，您这装修风格，怕不是时下最流行的朋克风吧！这新旧观念的碰撞，给人一种很是奇特的观感啊……"

"哎呀，不愧是段金川，段大记者，"男人笑眯眯地道，"这话说的就是好听。"

段木脸一僵，挟着烟卷的手指微微颤抖，后者道："怎么了？是我哪里说错了吗？"

"你，你怎么会……"

"怎么会知道你的真名，是吗？"男子的笑容更灿烂了，"别着急啊！我还知道，你跟我同岁，都是1986年生。不过你这么大牌的记者，挤在花街区黎明巷58号的破烂平房里边，是不是有点不符合您的身份啊？"

听到对方把自己老底扒了个干净，段木面色苍白："你查我？"

男人手一翻，凭空变出了一张身份证，在手指间把玩着，如一只翩然蝴蝶。

看清证件上的照片，段木赶忙去摸自己的钱包，他这才发现，夹层里的身份证早就不翼而飞，段木猛地抬起头，看向站在男子身边的黄毛，后者双手抱胸，朝他笑了笑。

段木瞬间明白过来："你们，这是早就盯上我了？"

男子两指夹着证件，手腕一甩，那身份证在空中画了个优美的弧线，刚好落在了段木怀里。

"不卖关子了，怕吓破了你的胆。说说吧！你来这儿干吗？"

段木小心翼翼把身份证贴身藏好，不敢再坐着，便起身朝着比自己高半个头、至少有一米八五的男子点头哈腰地赔起笑脸："这位，不知怎么称呼？"

"怎么，想记个名号，回头好出去打听？"男子悠闲地抽口烟，缓缓吐出一个完美的烟圈儿。望着袅袅青烟在空中散去，段木定定神，也挤出个笑脸："要我说，您能神不知鬼不觉地把我撂到这里，我估计吧，我找谁打听都没用。所以，我干脆直接问您。"

"倒也不能这么说……人外有人，天外有天。这是我的地盘，换个地方，却又未必，你说呢？"

"那我也没胆子找别人试试看啊！网上有句话，'试试就逝世'，我胆子小，铁定不会胡乱打听。"

男子嘿嘿一笑，似乎被他逗乐了："告诉你也无妨，道上人都喊我黑皮，承蒙这里的兄弟抬举，选我当他们的老大。算起来，我比你还大几个月份，可你是外来人，再说来者都是客，你喊我黑皮就成。"

"黑老大，哎，不对，皮老大，也不对，黑皮大哥。"

段木见男子没有动气，便调转话头："不是，黑皮大哥，我到底是哪惹到你了？你能不能行行好，直接告诉我？"

"我发现你们当记者的，问题就是特别多。"黑皮和善地道，"可我的问题，你不还没回答吗？你说，你这一路打听到我们这里，到底想要干什么？"

段木舔舔嘴唇，眼珠子一转："我……我就是来拍点纪录片，记录风景。"

"哦？真是这样吗？"黑皮嘴角一勾，似笑非笑地道，"都是道上混的，你是不是觉得，我不认识条子？"

一听条子的名号，段木就知道糟了，他低声骂了句："狗日的，我就吃了他只鸡腿，这兔崽子就把我给卖了。"这边骂完，又立马赔笑道："嘻，黑皮哥，你早说嘛，原来都是自己人，自己人。"

"那你还拐弯抹角？"

"不拐了，不拐了。"段木连连摆手。

黑皮把手里的烟头摁在桌上的骷髅头烟灰缸里，看着烟头咔吱断成两截，段木顿时感到一阵寒意。

"还是那句话，你到底来干什么的？"黑皮笑眯眯地问，"这回，可得想清楚再说。"

段木缓了缓，终于开口道："我……我来找一个人……"

21

留下王怡文在殡仪馆，真探组其他人先到派出所办理了交接手续，随后便赶赴事发地——龙岩公园。

公园内很多区域机动车不得进入，经过协调，鉴定所的指挥车才停进了包公广场。葛永安根据现场状况，制订了勘查计划，汪鹏鹏穿戴上设备，将无人机启动，调为待飞状态。

李霄阳和佘小宇则提着勘查箱，向树林深处走去，沿着较为松软的泥土路，步行大约五分钟，两人来到仍然围着警戒带的中心现场。

李霄阳四顾片刻，感慨道："看起来，现场还算完整。"

"咱们来之前不就知道了吗？公园虽然平时人少，可发生这种事情以后，难免有人喜欢看热闹，或许会特意过来围观。所以他们派人驻守在这里，准备持续一段时间，免得发生什么意外。加上最近天气热，这公园比较偏，来的人相对其他公园少一些，所以现场保护得还算完整。"

耳边通话器响起，李霄阳点了一下，听见汪鹏鹏说："哥，我的强光手电呢？"

"知道了！这就装。"

李霄阳挂断通话，在警戒圈外围立起四根强光手电，方便他们在茂密的树林中显示方位，一切准备就绪后，葛永安一声令下，那架最新款的大疆无人机在汪鹏鹏的操作下，平稳地腾空而起。

约莫两分钟后，一张完整的方位图就被显示在智能眼镜的镜片上。

从俯拍的照片可以看到，整个公园围湖而建，呈现出一个标准的椭圆形，东西宽，南北窄。

在东南和西北，各设置有一扇大门，而包公广场位于公园的西南角，呈正方形。广场正北有一尊包拯断案的石像，正南则由左到右，依次陈列用石头雕刻的"狗头铡"、"虎头铡"及"龙头铡"。

沿着这座广场向西北，便可以进入树林，直走一段距离，就到了那棵很有年份的香樟树下。

葛永安用红色线将照片上的中心现场与最近的东南门相连，标注出直线距离为：3684 米。

"难怪现场保护得这么好，就这个距离，一般人也不怎么过来。"

弄清大致方位，李霄阳和佘小宇的目光就锁定在了面前这片面积不大的泥土地上。

葛永安把一张照片传送到了众人眼前："这是从公安局刑事技术室拷贝的现场原始照片。"

听着葛永安的介绍，李霄阳视线来回切换，开始观察现场概貌。

这是一棵成年人可以勉强环抱的树，也许是这棵树在年幼时有人修剪，致使整个树冠呈很规整的伞状。

宽大的叶片挡住了大部分阳光，所以树冠下的植被失去了光合作用的能力，从而导致地面显得尤其光秃。

看着此情此景，李霄阳扑哧一笑。

"怎么？"

李霄阳大概说了一下这棵树的情况，随后评价道："凡事有弊有利，在这样的情况下，现场遗留的泥土立体鞋印，会变得尤为清晰。"

"原来如此。"佘小宇抬头朝上看，沿着树根往上，大约两米五的位置，有一根大臂粗细的树枝向西边伸了出去，她调整对比原始照片后对李霄阳道："尸体就悬挂在这根树枝的三分之一处。"

"咱们准备从哪里开始？"李霄阳蹲下身，看向警戒圈内的那片泥土地。

"室外现场，干扰物证较多，我不可能什么都提回去检验。"佘小宇从物证箱里取出瓶瓶罐罐，"现在，我需要你把整个过程大致重建，我才能列出重点。"

李霄阳仔细听着佘小宇说话的语气，又看看她的脸色，发现她的情绪平静了许多，便点了点头，从工具箱中取出匀光足迹灯，朝树林深处走去。

"你为什么不直接进入现场？"佘小宇在他身后问道。

"自杀与他杀不一样。"李霄阳缓步走着，"自杀属于自主行为，所以一般而言，都会有一个抉择的过程。这里面最重要的，就是选定要在哪里结束自己的生命。"说着，李霄阳停在了五十米开外的地方。

透过交错纵横的树干，佘小宇看见李霄阳站在一棵比中心现场还要粗大的香樟树下，正提着足迹灯绕树观察，她疑惑地问："你是不是搞错地方了？"

"没错，我就是专门过来看它的。"李霄阳头也不抬，笃定道，"方位照上显示得也很清楚，这棵树树干表面有凸起，便于攀爬，而且树枝更粗，在他自缢的过程中不会发生意外断裂的情况。而从距离上看，这里和中心现场也不太远。"

说着，他已经绕树一圈："奇怪的是，我并没有在树下发现死者的鞋印，好像他并没有发现这个更好的地方。"

也许是职业习惯，只要进入办案，佘小宇就又回到了稳重、细心的状态，她来到李霄阳跟前："你是说，这里明明更加适合自缢，但死者并没有选择这棵树。"

"难道是因为距离太远？"佘小宇提出了一个假设。

"越是临近死亡，人的内心活动就会越复杂，比起中心现场接近两米五的光滑树干，这里可以说简直是没有攀爬难度，而从中心现场到这里，只要走五十米，如果是你，你会怎么选？"

佘小宇皱眉道："我会选择活着。"

"呃……"李霄阳有些尴尬地挠挠后脑勺，"比喻不恰当，抱歉。"

佘小宇的心思很快转回案情："监控显示，事情发生在凌晨时分，而这里没有路灯，中心现场是距离包公广场最近的地方，会不会是因为视线昏暗，死者压根就没有发现这棵树，只看见了那棵呢？"

"也有这个可能！"李霄阳提着足迹灯又折回现场。他蹲在警戒圈外，用手按了按泥土地面，看着两枚手指凹陷的坑道："四天前的夜里，我们市下了一场局部阵雨，看来，这里也是降雨区……"

"这不是挺好嘛，最起码从松软湿润的泥土上取痕，比干燥的硬土难度要小很多。"佘小宇说着，从箱子里取出用透明物证袋包裹的一双黑色回力运动鞋，她还贴心地将鞋底朝上，递给了李霄阳。

后者双手接过，用指甲在鞋子边缘掐了掐："加固型塑料泡沫底，优点是轻盈，落足有缓冲，缺点就是不耐磨，穿得多走路多的话，估计半年就要换一双。"

佘小宇看着快被磨平的鞋跟："能看出这双鞋穿了挺长时间。"

"那倒不怎么重要。"见李霄阳将目光锁定在了鞋的前脚掌，佘小宇挑眉："发现情况了？"

"对！"李霄阳指指两只鞋底的凹陷型条状痕迹，"这种特殊磨损，并不是人行走的过程中形成的。"

"哦？"佘小宇好奇地问，"那是什么原因造成的？"

"人在落足时，整个身体的重量全部压在了鞋底上，而鞋底磨损，是由于人的走路姿势发生改变所导致的，简单来说，是鞋底与地面的相互摩擦导致。而想要造成这种凹陷，必须要对鞋底施加一个反作用力。"

"我明白了，这种痕迹，是由于踩在某种圆柱体上留下的？"

"没错！不过……泡沫底本身就有回弹，简单的一次踩踏不会留下这种固定的凹痕，只有长期、反复的踩踏，才会使得鞋底留下类似的痕迹。"

"反复踩踏？"作为理化毒物检验组的"劳模"，佘小宇跟在痕检组后面出过很多次现场，她对现场的分析能力要远超其他同组的组员，很快便给出了一个可能性："难不成他经常上下梯子？"

见李霄阳的眉头依旧没有舒展，佘小宇问道："难道不是？"

"确实只有攀爬挤压才可以造成类似的凹陷。"李霄阳伸出小拇指，与那横线形的条状凹痕做了下对比："可你见过这么细的梯子吗？"

如此一对比，佘小宇也发现了异常："也对，梯子的横杆不可能只有手指粗，难道是……"

"像不像大门栏杆……"

在李霄阳的提醒下，佘小宇也难得不经思索，重重地点了点头："像。"

"如果真像我猜的那样的话……"李霄阳与佘小宇对了个眼神，"他为什么要频繁地翻越大门？正常人好像不会这么干！"

"一个连身份证都不敢提供的人，你觉得，他真的是个正常人吗？"

扭头看向停在包公广场、喷涂着龙途司法鉴定所 LOGO 的依维柯，李霄阳道："和这种人只有一面之缘，他就敢介绍到自己朋友的公司，现在出了事，还拉整个组下水……"

他收回目光，看看佘小宇："别说你了，要是下回还这样，我也选择退出。"

22

"找人，找什么人？"

一座没有窗户、密不透风的自建房里，昏暗的灯光之下，缭绕的烟雾仿佛有生命一般在空中盘旋扭曲。

一名脖子上文着眼镜蛇的尖脸青年挑起稀稀拉拉的眉毛，有些纳闷地看向身边的黑T恤小年轻。那人抬起文有蝎子图案的右手，递过一支烟："蛇哥，我这也是刚刚才打听到的。黑皮今天一大早就绑了个人来，那人是个记者，口口声声说，要在咱们这儿找人。"

蛇仔点燃烟卷，用力吸了一口，拿近看看："妈的，什么破玩意，一点劲儿没有。"

他顺手一砸，烟卷在地面上燃起一簇火星，带着青烟滚到角落里。蛇仔搓揉着鼻子，打了个呵欠："不行，得想办法弄点货来。"

"蛇哥，别动气……"

青年摆摆手："蝎子，我这不是冲你来的。老子就是最近瘾老犯，还弄不到货，这心里头气不顺……"

蝎子叹了口气："这些天，也不知道怎么的，咱们市里那几个供货的，齐齐整整地不露头了，会不会是警察那边要扫毒？他们收到风了？"

"扫毒？"蛇仔哈哈一乐，"条子①哪个月不扫啊？从年头到年尾，

---
① 即警察，黑话的一种。

也没见这些人停过卖货。这几个都是千锤百炼的人精，突然都收手了，告诉你，这里面铁定有事儿。"

蝎子挠挠头，一副不知怎么接话的样子。蛇仔瞥着他有点憨实的脸，摇头道："算了算了，你就不擅长这些心机，咱们也不聊这些烦心事了。你接着说刚才的事儿，黑皮弄来的那个记者，上咱们这破地方找谁来了？"

"蛇哥……"蝎子凑到他耳边，"他说，他是来找书生的。"

蛇仔一脸迷惑地看看蝎子："怎么又是找他的？"

"要不我也觉得奇怪呢？虽然这事儿不大，但我还是上了心，专门过来跟你说道……"蝎子思索道，"不过，我觉得这个记者看起来，和之前咱们遇到的那两位，应该不是一路人。"

"这怎么说？"

蝎子道："蛇哥你也知道，黑皮还是挺信我的。他和那记者说话，我在旁边听着呢！据说，那记者是想给书生做个人物专访。"

"专访？"蛇仔轻蔑一笑，"书生这家伙，屁本事没有，他也配？"

"这记者在乎的东西，和咱们不太一样，据他说，那书生在跑腿公司，经常送一些流浪猫、流浪狗，挺有爱心的，在那群搞流浪动物救助的人里面口碑挺好。加上他那个跑腿公司好像也挺有名儿的，那记者搞了个自媒体账号，觉得有点意思，就想采访下书生，然后一路找到了这里。"

"流浪猫，流浪狗？还有爱心？"蛇仔冷笑，"你小子知道，这书生在外面干了什么勾当吗？"

蝎子摇摇头："这我哪清楚？咱们跟他又不是一路人。"

"远了咱不说，你知道，就前几天来找书生的那两个家伙，他们是干什么的吗？"

"那两个？"经蛇仔这么一提，蝎子便想起了好几天前那个大早上……

清晨，落仙桥桥南的闸口一侧，两名男子正交头接耳地观望着什么。

"喂，你俩是干啥的？"在那扇双开门的木板路障后，蝎子透过门缝，窥视着两个陌生男人。

"唷，有人呢？"其中一个个子高高大大，长得像黑旋风李逵一样的男子伸手递进来一张照片，他手指一挪，那照片下面露出一抹粉色，原来垫着一张百元大钞。"你瞅瞅，这个人，是不是住在你们这？"

"挺讲究啊！"蝎子伸手接过一看，一下认出了那张熟悉的脸，却反问道，"你找他做什么？"

高个男拍拍木板："问那么仔细干什么？咱们和你们这儿的杂耍、牙套都认识，自己人。我们就是找书生有事儿，这你就没必要问了吧！"

"哦？"听他这么说，蝎子嚓嚓牙花子，"那就奇怪了，他俩小屁孩，平时一门不出，二门不迈的，你们怎么认识的？"

"嗐，这话说来就长了……"高个男低声道，"兄弟，麻烦你把门打开，要问什么，我们进去唠呗。"

蝎子一笑，把钱和照片递出去："不好意思啊！我们老大今天不在，没他允许，谁来也不能开门。"

"这是谁来了啊？"蝎子闻声回头，见蛇仔夹着人字拖，朝他慢悠悠走来，他忙道："蛇哥，你来了？"

蛇哥来到他身边："是什么人？"

"他们说，是来找书生的……"

"找书生？"一听这名字，蛇仔满脸嫌弃，好像有点犯忌讳，他瞅着门外二人，"他很久没回来过了，你们找他什么事，跟我讲就行。"

那两人面面相觑，异口同声地道："到现在都没回来过？"

"怎么？我骗你们还能有好处？"蛇仔按动手中的遥控器，将木质路障打开，"我这人实在，既然怀疑我的话，你进来搜，找得到书生算你们厉害。"

高个男与精装矮个男交换了一下眼神，看向蛇仔："兄弟人挺爽快，怎么称呼？"

"我是蛇仔，承蒙兄弟们抬举，有几个小兄弟愿意叫我一声哥。不能跟黑皮哥相提并论，但在这儿，我说话，应该还是有人听的。"

"那不就是二当家喽？"话说出口，见蛇仔没否认，高个男忙递了支烟过去，蛇仔接过来，他便说道："兄弟我绰号'大桶子'，旁边这位是我哥，绰号'四毛'。我和牙套、杂耍很早就认识。前几年兄弟遇到点事儿，进去蹲了几年，这不刚出来。我也是因为牙套、杂耍才认识的书生。生活不易，哥几个寻思一起整点生意，可这刚有点起色，书生他人就不见了，咱们是担心得吃不好睡不好，寻思人别出啥事儿吧！就干脆来贵地找找看。"

蛇仔边听边分神打量，这名叫大桶子的男子，年岁约莫四十出头，个子看来比黑皮还要高一点，国字脸，留着一口浓密的络腮胡，大眼浓眉，眼珠子往外凸，给人一种脾气很火爆的印象。

从留的那头"劳改发"倒也不难看出，他确实跟说的一样，刚出来没多久。相比之下，他身边半天不作声的四毛，就要显得和善得多。他要比大桶子矮上一大头，可能还不到一米七，一身休闲装配运动鞋，不知道的还以为他是出来晨练的。

蛇仔打眼一瞧，心里边给这俩分了主次，他朝大桶子跟前挪了两步，低声道："这里人多眼杂，二位要真打算寻人，能不能借一步说话？"

……

"我想起来了。"回忆至此，蝎子手里的烟卷已烧到了屁股，烫得他手一哆嗦，连忙扔地上，问道："那天你跟他俩在屋里聊了很久，你们都说什么了？"

"你就那么想知道？"蛇仔眯眼盯着对方，露出黄牙。

"蛇哥，你怎么用这种眼神看我？"蝎子搓了搓胳膊，"搞得兄弟鸡皮疙瘩都起来了。"

"哈哈哈！你瞧你那点儿出息。"蛇仔朝他勾勾手，后者凑过来，听他在耳边道："告诉你，那俩的来头可不小……认真说，咱们能不能翻身做这落仙桥的主人，怕是得全靠他俩了！"

"啊？有那么厉害？"蝎子将信将疑，"可要是这样，他们找书生干什么？"

"干什么？"蛇仔往地上啐了口唾沫，用人字拖踩成一摊："我跟你说，书生这家伙，看起来一贯是文质彬彬的，张嘴闭嘴仁义道德。可见到这两位，我才知道，他背地里就没干什么好事儿。他沾上的事儿，要是给查出来了，可是要掉脑袋的——"

蝎子被他吓了一个激灵，蛇仔好笑地拍拍他胸口："这就怕了？告诉你，老子要干的事更危险，你怕不怕？"

怕被他看扁了，蝎子连忙嚷嚷道："蛇哥要干的，就是我蝎子要干的。是男人，就不尿！"

"嘿，好兄弟。"蛇仔拍拍他，低头又去摸烟。在他身旁，蝎子瞅着蛇仔的目光却变得有些复杂起来。

23

中心现场外围的痕迹全部提取完毕，李霄阳这才进入警戒区。

几乎光秃的泥土地虽然坚硬，但几日前的一场降雨让地表有所浸润，日头虽旺，但由于层叠的叶片阻隔以及树根的固水作用，现在的地面正好柔软而不黏，中心现场里的所有印痕也清晰可见。

李霄阳打开足迹灯，均匀的光线让一枚枚泥渍立体足迹变得清晰可见。

　　佘小宇在他的身边蹲下，看着地面上密密麻麻的鞋印，难得地发愁起来："怎么会这么多足迹？这要分辨到什么时候？"

　　"那没办法，谁让咱们是'二道贩子'呢……"李霄阳自嘲，"这现场人家警方都已经勘查过了，踩成这个样子，不是很正常？"

　　听出李霄阳话里带着一股邪火，佘小宇没接他的话，李霄阳察觉到异常的沉默："不过还好，咱们市刑事技术科的技术员，还是挺有专业素养的。至少，他们勘查现场时'三套一罩'①穿戴得十分整齐。"

　　李霄阳调整匀光灯的方向，对准那一大片带着褶皱的足痕："鞋套均为无纺布材质，不可能完美贴合脚面，尤其在前后两端，都会有多余的空间。这就决定了在行走中会相互挤压，在地面上形成这种类似于皱纹的痕迹，只要呈现出这一特征，基本可以确定，是警方留下的。"

　　说罢，他站起身，从那个镌刻古朴花纹的工具箱里摸出一个有奶粉罐那么大的黄色木桶，佘小宇正想问是什么，李霄阳就拧开木盖，从中抓出了一把与土壤颜色相仿的粉末撒在那些褶皱鞋印上。

　　"小宇，麻烦帮我个忙。"

　　"好，你说。"

　　李霄阳手指工具箱："里面有一瓶我调好的黏稠剂，一会儿等我把这细土粉撒上，你在每枚足迹上加入20毫升的黏稠剂，这样二者就会发生反应，在鞋印上形成一层硬膜，一来可以遮盖干扰痕，二来，我们踩着这些硬膜进入，就不会在现场留下新的痕迹，方便我们复勘现场。"

　　佘小宇晃晃装在黄铜罐中的液体，感到黏稠度和清水差不多，她好奇地插入带有刻度的塑料吸管，被抽出的液体显露出如蜜糖一般的

---

① 手套、头套、脚套、口罩。

色泽，职业的敏感性让她问道："这里面都有什么东西？"

李霄阳对冷静且睿智的佘小宇一贯欣赏，对她也毫无保留地有问必答："这就是我们家祖上留的一个方子，是一种混合多种中草药制成的天然黏合剂，这种玩意儿没接触空气前，流动性会很好，和水差不多，但一旦静置在空气中发生氧化，就会慢慢变稠。"

说着，他晃动手中的木罐："再加这种质地均匀的黄泥粉，可以在短时间内，变得像水泥一样梆硬。"

佘小宇一笑："你们封诊道神奇的东西可真多。"

"你要是感兴趣，我可以把配方给你。"

她摇摇头："那就算了，这毕竟是你们独门秘方，泄露给外人不好。回头给我取点样儿，让我自己研究研究，满足下好奇心就成。"

"那没问题。"

说话间，李霄阳在数十枚鞋印上均匀地撒上黄泥粉末，佘小宇将黏合剂注入李霄阳交给她的喷枪，均匀快速地喷洒上去。

硬膜很快就完全凝固，李霄阳弯指一敲，听到清脆的邦邦声，他才再次打开匀光足迹灯，当佘小宇看到现场仅剩的两种足迹后，微皱的眉头瞬间舒展开来。

她指着数量较多且集中的格块状鞋印道："死者鞋底有凹痕，踩在松软的泥土上，就会形成凸起，很好辨认。"

她又换了一个相反的方位："而这几枚数量较少，且距离自缢位置较远，可能是发现者留下的。"

"这只能是推测……"涉及专业领域，李霄阳神色严谨，"就算现场只有死者的鞋印，也不能直接断定就只有死者一人在场。"

"哦？你为什么会这样认为？"

李霄阳边取出测量工具边道："在他杀伪装成自杀的现场中，嫌疑人穿着死者的鞋子移动尸体的情况，着实不在少数。我爸是个老刑警，他就曾经勘查过一起这样的案子，凶手将死者勒死后，把死者的鞋子套在脚上，伪造成自缢的现场，而他本人在作完案后，则顺着树枝跳到了更远的树上，这就造成了现场只有一种鞋印的假象。乍一看，的确很像是自杀，实际从痕迹上说，却是漏洞百出。"

"确实。"佘小宇点点头，"人负重与否，所形成的立体鞋印深度，肯定是不同的。而且他杀留下的勒痕与自杀也并不一样，另外，就算前两者做得再完美，法医的尸检也能看出猫腻。他这么做，估计是无脑的推理小说看多了，自以为很聪明吧！"

"所以我从小接受的教导告诉我，一切推理都必须要建立在实证的基础上，那些经验之谈当然不能说一棍子打死，但哪怕出现百分之一的错误，也会造成无法挽回的局面。"

说着，李霄阳掏出三把造型古朴的黄铜尺，叹了口气："就像咱们面前的残局一样，也不知要收拾到什么时候。"

24

"黑皮哥，忙着呢？"身穿印着龇牙咧嘴兽头的潮T，蛇仔嘴里叼根牙签，晃荡着枯瘦的身子绕过院墙，径直走到了黑皮那间怀旧与现代相互碰撞的平房前，蝎子身穿短打牛仔机车背心，胸前挂着墨镜，领着另外三名小弟寸步不离地跟在他的身后。

"我说是谁这么打出溜滑呢，连大门都不走要钻洞，原来是蛇仔啊……"

蛇仔像是听不见黑皮的暗讽，自来熟地从桌面的烟盒中抽了支软中华烟："就知道黑皮哥这里有好烟，赏兄弟一根呗！"

见蛇仔答非所问，黑皮倒也不生气，笑道："你不是不好这口儿嘛……怎么，最近手里缺钱了？"

"缺钱那不是秃子头上的虱子——明摆着的吗？说来我要是哪天真吃不上饭了，黑皮哥，你可得罩着兄弟点……"

"那没问题啊！"黑皮也抽出一根烟卷点上，挟着烟的手指指蛇仔身后的四个小弟："现在城市用工荒，尤其缺肯下力的人，那些刚毕业的大学生眼高手低，不乐意干这个。我谈下的那个物流园有的是空位，算上你，一共五个人，但凡肯出力，一天六七百块还是有的。这活儿，不错吧！"

"哈哈哈……"蛇仔一口烟还没出口，就笑起来，白雾直从鼻子嘴巴往外冒，"黑皮哥可真会说笑，你看我们几个这身架，哪像是干苦力的样子。"说着他斜倚在沙发上，吊儿郎当地嘎嘎笑着："不瞒你说，我找人算过八字，人家大师可说了，我这一辈子，就只能捞偏门儿，吃不了正经饭……"

"哦？哪位大师算的，这么灵，回头我也找他问问去……"

"嗐，这都多少年前的事儿了，早找不到了。"蛇仔把抽了不到一半的软中华烟随意往院子里一弹，突然坐直了身子，"今儿来，倒是有件正事想问问你。"

"哦？什么事？"黑皮神情自若地给茶壶添上水。

"我听说，今天早上你绑了个人来，是干吗的？"

"听说？"黑皮嘿嘿一乐，"你听谁说的？"

"落仙桥就这么大点地方，那人进来的时候嗷嗷叫，我只要不聋，铁定就能知道！"蛇仔龇牙一乐，抬起手背，贴在鼻子上猛地一吸，"我缺这个，四处薅钱还来不及，可没让人盯着的工夫。"

"也确实。"黑皮没在这个问题上多纠缠，"你是落仙桥的二把手，也该让你知道。这人就是个记者，我收到风，说他在打听咱们落仙桥，所以有些担心是政府的人，这万一把我们都弄去收容站……"

"那指定不能去！"蛇仔连忙打断，"收容站虽然有吃有喝，可那些工作人员会直接把人给遣送回户籍地，这等于把咱们各个击破。"

"可不就是吗？"黑皮叹了口气，"咱们这些有人生没人养的孩子，聚在一起还有条活路，真要落了单，一准得饿死。既然大家推选我当落仙桥的大哥，我就得警惕些，你说是不是？"

"对对，黑皮哥说的是。"蛇仔心不在焉地奉承一句，眼珠子一转，又道，"那这记者来咱们落仙桥，是来打听谁的？"

黑皮也不隐瞒："他是来找书生的，说是他当了跑腿小哥以后，挺热心，想采访他。"

"书生？他不是离开落仙桥好些日子了吗？"

"我和书生之间的过节，你也是知道的。"黑皮浓眉一皱，还是坦然相告，"打从上回大闹一场后，我俩就没有什么交集了。他现在也被赶出了村子，在外头都干了什么，我也不太清楚，就说他当跑腿这事儿，还是这个记者说的，我才知道……"

话说到一半，见蛇仔偷偷发笑，黑皮挑眉问道："怎么了？我又没讲笑话。"

"没什么，想到一件搞笑的屁事，突然跑神了……"蛇仔摆摆手，脸上笑容淡去，"对了，那个记者现在在哪儿呢？"

"盘问了一圈儿，我看他没啥恶意……就把他拍的东西都删了。然后就让快手把他给送走了呗！我收到风，最近是多事之秋，咱们还是不要惹出事端的好……"

"还是黑皮哥你考虑得周全，既然只是一件小事，那我就不打搅了。"说罢，蛇仔起身，带着小弟们朝外走去。

重新回到自己居住的自建房，蛇仔单独将蝎子给叫了进去，边走边说："黑皮这次还算实诚，没有隐瞒，但我总觉得，这个记者一定知道什么事儿。"

蝎子看他的目光有些崇拜："蛇哥，你连人都没见到，是怎么看出来的？"

"黑皮这些年带着小弟们去扛麻包，把脑子都扛傻了，才会相信这人只是来找好人好事的。你想想，咱们市那么大的地盘，什么奇葩事儿没有，为啥单单对一个跑腿小哥那么感兴趣？还费劲巴力地专门到处打听，跑到这里来寻摸？"

"对啊！蛇哥这么一说，的确挺奇怪的。"

"记者我又不是没接触过，这种屁大一点儿的新闻，通常都是打个电话问问，如果人家不愿意采访，就算了，哪有钻窟窿打洞去找的？"

"不过，那俩找书生的不是说过，他电话好像几天前就关机了，会不会是因为打电话也联系不上，那个记者才来的？"

蛇仔白了蝎子一眼："你真是没白叫蝎子，这脑子就属螃蟹的，只会直来直去，一点弯儿都不会拐。"

"我……"蝎子小声道，"这蝎子和螃蟹也不同种啊！"

"脑子更小！"

见小弟语塞，蛇仔打开了房间里的电脑，在主机嗡嗡启动的间隙，蛇仔咂巴咂巴嘴："不过好在你小子脑子笨，要不然我还对你不放心呢……"

"蛇哥，你这是不是夸我啊？"

"你就权当是吧！"蛇仔好笑地边说边操作。说话间，电脑屏幕上显示出一幅监控画面，画面中，一名黄毛男子骑着电动三轮车，而坐在车斗中的便是耷拉着脑袋的段木，三轮车拉着他经过一座石桥，接着穿过木板路障消失在了画面中。

"别说，这百十块钱的视频监控挺不错，还能录像。"蛇仔将画面放大，那时候，段木是被麻袋套着，还没解套，看不到他的脸，"蝎子，把咱们的兄弟都撒下去，一定得要找到这个人，就算把他打出屎来，也要问清楚，书生到底怎么了。"

25

香樟树下，李霄阳把两端雕刻有兽头的黄铜足迹尺打开，使其呈直角，放在地面那串泥土鞋印上。

去掉干扰项之后，整个现场看起来清爽了很多，李霄阳一边测量，佘小宇在一旁帮他记录，一串又一串密密麻麻的数据被标注在笔记本上特定的鞋印图案旁。

李霄阳直起身来瞧瞧，随后用红线圈出了一长串鞋印，他又拉出一根蓝线，沿着那串鞋印的中轴往后拉长，直到蓝线被拉出警戒圈，他这才对一脸蒙的佘小宇解释："每个人在行走的过程中，都会不自觉地沿着一条轴线行动，无论脚步快慢，以何种姿势，这条轴线的角度和脚印必然成一定的比例夹角，不过因高矮胖瘦、穿衣薄厚等个体差异，不同人的轴线彼此也会有所区别。"

李霄阳指着那条绷直的蓝线："有没有发现什么？"

佘小宇放眼望去，发现蓝线正好系在一棵胳膊粗细的樟树上，而十分巧合的是，这棵樟树对应的方位，就是死者悬挂绳索的地方。

"是看出了点什么，但我可能表述不清。"

佘小宇这种丝毫不做作的态度，李霄阳很是欣赏，他点点头道："这里有三个问题。第一，鞋尖方向朝着正东，步伐不乱，能看出他落足很稳，我甚至从鞋印上，没有看到他在当时有任何的情绪波动。"

"情绪波动？这也能从鞋印上看出来？"

"当然。"李霄阳整个人都散发着无比的自信，"情绪，是人在经历某件事时的心理状态，如兴奋、恐惧等，一般不同的情绪会伴随有不同的肢体动作。例如，在兴奋的状态下行走时，双脚交替的频率变快，步长就会变短。这种鞋印，经常会出现在诱导杀人案中。而人恐惧时，会因骨骼肌战栗，导致步子长短不一，并且鞋印边缘会出现明显的抖动叠加痕迹，在胁迫、威逼性质的杀人案中，这种痕迹也很常见。所以，从成串鞋印里，我可以很清晰地看出人当时处在什么状态。"

"有意思，那在你看来，本案死者寻短见时，又是处于什么样的心理状态呢？"

"这附近没有路灯，夜里到处都黑灯瞎火，监控咱们都看了，也就能分辨出有个人影，你设身处地想一想，如果是你在深夜，独自一人站在树林里，你是什么感受？"

佘小宇闭眼思索片刻："多少会感到害怕。"

"对，正常人都会是这个心理状态。"李霄阳伸直胳膊，对着那串鞋印比画了一下，"这种情况下，你还能毫不犹豫，走出这么直的步子吗？"

佘小宇摇摇头："我虽说不怕黑，但是单独一个人，身处在这种环境的时候，不可能这么有胆量。"

"所以，我觉得这里有蹊跷。"李霄阳在足迹本上勾画出第二组数据，"而且他不光走得稳，步子迈得也很大，这串足迹的步长几乎相等，让我感到更惊讶的是，他的最后一步，刚好站在自缢点的正下方。"

"会不会只是个巧合？"

"我也试图这样猜过，但用巧合二字，说服不了我自己。"李霄阳一扫平日嬉笑的模样，"每个人的身高与步长成一定的比例，按照死者的身高估算，他平时走路的步子不可能迈那么大，你要说他赶时间，完全可以用跑的，然后在树干下急刹车，那就会形成一段越来越短的足迹，可他并没有这样做。"

佘小宇站在足迹旁迈开步子，由于身高比死者矮，她尽管努力把腿伸长，也没办法做到与死者步幅等距。

李霄阳看她认真的模样，摸摸鼻子："迈大步需要协调自身的重心，所以走路一定会变得比较慢，但这样做的好处是可以控制落足的声音，在一些入室盗窃的外围现场，这种足迹很常见。"

佘小宇站直身体："你的意思是说，死者是不想发出动静？"

"我觉得差不多，毕竟这里是公园，晚上有人值班，夜深人静的时候，一点点响动，都能被值夜的人听到，万一被发现，估计就死不成了。"

佘小宇冷笑："这种一心想死的人，就算不吊在这里，也会吊在其他地方的。"

见她又来了气，李霄阳连忙转移话题："我还有最后一个问题。"

他快步来到树下，取了根更长的黄线团，朝空中一抛，线团绕着树枝画出弧线，旋即落在了地上。他捡起线头，在黄线上端打了个活结，剩下的部分则让它自然垂下，此时，绳子末端正好卡在地面上两个半圆形的凹痕里。

"这是……"

"人在正常站立时，必然是全脚掌着地，重心处于人体垂直的中轴。而当人踮脚时，重心就会前移，原先承担大部分重力的脚跟会抬起，无法起到有效的支撑作用，压力就会全部转移到前脚掌上，由此导致这种印痕较深的立体痕迹产生。"

"踮脚？"佘小宇品出味儿来，她抬头看向拴活结的黄绳子："他是在做自缢前的准备。"

"对！但这就出现了不合理之处。"

佘小宇纳闷道："可我看你整个分析下来，理由都很充分，死者的行动也很正常，并没有什么好怀疑的。"

"他的行动，过分精准了。"李霄阳转身，瞅着远处那棵绑着蓝线的细樟树,"没有留下一点多余的痕迹,人在第一次办一件事的时候,是不可能做到精确无误的。他一定不止一次来过这里,并且尝试演练过很多次。"

"不止一次来过?"佘小宇顿时明白过来,扭头看向远处那棵更易攀爬的樟树,"如果是这样,那他更不可能没发现前面的那块地方……"

"所以,死者是特意选择这里,必然有某种特别的目的……"

26

"你为什么会选择自杀呢?"

殡仪馆里,比外间寒冷得多的空气中,王怡文将死者身上的衣物脱去,整齐叠好,分件装入物证袋。

随后,她来到桌前,选了一首汪峰的《生来孤独》。陪她一起"履行程序"的见习法医胡雪极为自觉地把板凳搬到了门外,不打搅王怡文干活儿,这已成了二人的默认程序。

低沉的歌声响起,王怡文打开录音夹,将尸检记录本翻到第一页。

"吴树生,1998年生……"看到这,王怡文看向躺在解剖床上的尸体,轻叹道,"你才24岁,就选择结束,是不是对这个世界感到失望了?"

当看到父母一栏写着"已故"时,她的目光变得柔和起来:"难怪如此,原来,你也是个被父母抛下的孩子。"

将记录本放在一边,王怡文注视着死者那惨白的脸,轻声低语:"这不是案件,委托人和你之间也没有直系亲属关系,所以按照程序,我无法尸体解剖,只能对你做最简单的尸表检验,所以,你也不用紧张，这不会有什么痛苦，只要好好躺着就行。"

门外，胡雪听着琐碎的话音，浑身一抖，掏出兜里的蓝牙耳机塞进了耳朵眼儿。

对她的举动，王怡文浑然不觉。一旦开始尸检，她的注意力就格外集中。

"那接下来，我们就正式开始。"说着，她拉开皮尺，放在死者身边，"尸长175.3厘米。"

她上手探入死者发中，用力按压头部，同时说道："颅骨完好，无钝器伤。"

她又扒开头发，仔细检查："头皮上未发现锐器、孔状伤。"

顺着头部往下，当她翻开眼皮时，却突然"咦"了一声："你的眼底为什么充血这么严重？而且……还伴有水肿。"

旋即，她将两只眼睛的眼皮都翻开，并发现这一特征都存在。

王怡文站直身子，皱着眉自言自语道："当人颈部受到压迫时，声门紧闭，呼吸中断，同时压力会压迫颈部血管。由于静脉血管与动脉所处的位置、粗细程度不同，当颈静脉因为压迫而完全闭合时，动脉仍然会缓慢地运行，这会导致部分血液流入头部。与此同时，静脉血管无法回流，就会使得颅内压突然增高，形成脑部淤血。颅压增高，又会使得脑部脊髓液经淋巴间隙渗透进视网膜中，在眼底形成白色水肿斑……此时脑部淤血还处在流动状态，也会在颅压的作用下，通过毛细血管渗透出来，形成大片的淤血瘢。"

说到这，王怡文取了一根针管，用力挤出里面的空气："不管是血液渗透还是脊髓液，如果颅压不够大，根本不会在眼底造成这种瘢痕。而颅压的高低，又取决于静脉和动脉的闭合程度，只有在静脉瞬间闭合、动脉短时间内还能持续泵血的情况下，才会造成这种结果。"

说罢，王怡文先用手摸了摸死者脖颈上的勒痕，又用棉签探入死者的左右耳道。

当她看见抽出的棉签头上沾有黏稠的血迹，王怡文瞬间明白了过来："原来，是这样……"

27

汪鹏鹏从外勤车里取了个折叠梯送到李霄阳他们跟前，小胖子气喘吁吁地道："阳哥，放哪儿？"

李霄阳让他把梯子靠在树上，地面有些斜，为了保证安全，汪鹏鹏双手抓紧梯子下方，寸步不离。

蹲在梯子最上方的方板上，李霄阳取了一盒粉末握在手里："鹏鹏，还有小宇，你俩一会儿憋口气，不要呼吸，我这盒子里装的是金粉，吸入体内，很难代谢。"

一听是金粉，汪鹏鹏冒着星星眼，直瞅着那有罐头大小的圆柱形木盒："阳哥，难不成真是金子磨成的粉？"

"怎么可能！"李霄阳把木盒打开，展示给汪鹏鹏看，"这一盒要是金子，那得值多少钱？"

汪鹏鹏揉揉鼻头，发现里面是一种黄褐色泛着金光的粉末，嘿嘿笑道："你们封诊道财大气粗，用金子我也一点不觉得奇怪。"

"你小子就会耍嘴皮子，咱一个案子的委托费才多少钱，就算祖上有家业，也不能这么败家吧！"李霄阳收回木盒，"这里面只有一半是铜粉，剩下的就是一些草药末，是专门用来提取植被表面的指纹的。"

"铜粉我可以理解。"佘小宇在一旁说，"毕竟咱们鉴定所常用的指纹金粉主要成分就是铜，这草药末还能用来显现指纹，又是依据什么原理？"

"很简单。"李霄阳道,"不同种类的植物,会吸收不同类的金属、蛋白质和无机盐。比方说,板蓝根和茶树根对铅都有良好的吸附作用;而柳树根对镉吸附效果较好;龙须菜对硼也有很强的吸附作用。根据这种特性,科学家还专门培育出用于处理重金属的植物。而植物的吸附作用,则主要取决于细胞壁。它的主要成分包括纤维素、半纤维素、果胶和结构蛋白等。其中果胶分子里的羧基在正常状态下是游离的,所以使细胞壁带负电荷,而负电荷的多寡,决定着细胞壁与阳离子结合的强弱。"

"这和指纹又有什么关系?"

"指纹的成分主要是皮肤分泌的汗液、油脂,其中包含蛋白质和无机盐。咱们封诊道的祖先经过多次尝试后发现,某些植物的花粉与汗液指纹有极强亲和力,比如说松花粉,它的细胞壁就对指纹中的蛋白质、无机盐有很强的吸附作用,如果把松花粉撒在汗液指纹上,它就会牢牢地粘于纹线上。"

说着他示意大家戴上口罩,左手抓起一把粉末,沿树干缓缓撒下去,同时右手拿着一个乳胶吹,不停地捏着吹开多余粉末。

事实果真如他所言,当粉末滑过树皮时,带有指纹的地方,瞬间便显现出清晰的指印,而那些没有痕迹的地方,粉末便轻而易举地被吹得干干净净。

汪鹏鹏看着树干上的六枚掌印,哑巴着嘴:"三两下就爬上去了,这家伙的攀爬能力够强的啊!"

"地面上没有助跑脚印,他是站在树下,环抱树干爬上树枝的。掌纹清晰,交错向上,而且每次落掌都在树皮集中的地方,这样做可以增加手掌的摩擦力。很显然,他非常熟悉这棵树的状况。"

"阳哥,你是说……这树,他不止一次爬过?"

"大概率是这样。"李霄阳踩着梯子,爬到了那根有小腿骨粗细的树枝上。

李霄阳咬着工具包，两腿交叉夹紧，双手抓着树枝缓缓向前爬，挪到系绳点时，他发现了两条交织呈"Z"形的树皮勒痕，其中一条较深，而另一条则相对要浅一些。取出黄铜卡尺，在深条痕上测量，得出一个数值后，他又用卡尺测量了另一条勒痕。

"居然有将近一倍的差量……"李霄阳捏着下巴，"如果是正常体位自缢的话，肯定只会形成一条深痕，而就算在窒息的过程中，有本能的自救反应，让绳索移动了位置，那也不会形成一深一浅的Z字痕啊？"

他低头看一眼两米多高的落差："看来，吴树生是采用了一种极端的方式，来结束这一切……"

28

"果然是这样。"殡仪馆里，王怡文退后了几步，让自己能完整地端详眼前的尸体。

"颜面部青紫明显，眼底有水肿，同时伴有片状出血；鼻腔、双侧耳道均有血痂，口腔黏膜及牙龈充血发绀，舌尖位于齿裂外。颈部可见两条索沟，深浅不一。其中位于下方喉结处的深缢沟呈暗褐色，为开放式，斜行走向，左高右低，沟缘可见出血点，生前反应明显，这条缢沟向两侧延伸，在枕部及左侧下颌角处提空，随后颜色逐渐变浅。而另一条位于甲状软骨上方，缢沟呈紫红色，也是开放式，斜行走向，左高右低，与深缢沟呈 65 度夹角，索沟苍白，没有生理反应，同时在左颈部形成提空，索沟内可见明显花纹。触摸可辨，舌骨、甲状软骨、环状软骨均有明显骨折。"

说到这里，王怡文才走近了一些："据我分析，你是把绳子套在了脖颈上，接着从树上跳了下去，由于受到极大的冲击力，从而在脖颈上造成了第一道深的勒痕，也正是这道勒痕，直接夺走了你的生命。而在死亡后的几分钟内，由于重力作用，你脖颈上的绳套又向上移动了几厘米，从而在你脖颈上造成了第二道勒痕，而这时，你已经失去了生命体征，所以在这道勒痕下，没有发现任何出血点，因为这时你的血液循环已经停止了。"

还原出了大致经过，王怡文拨通了李霄阳的电话，告知他自己的判断。

"意见一致，我可以确定，现场痕迹和你的尸检结果对得上。"

"知道了。"听到李霄阳的回应，王怡文干脆地挂断电话，把这个结论详细记录在尸检报告里。写到最后的"体表外伤"那一栏时，她停了下来。

"好像没有什么要写的。"她轻声说道。

尸体解冻之前，她曾简单地看了一眼尸表，并没有发现死者有明显的疤痕、手术缝合伤之类的痕迹。

"那就写个'无'？"

就在她再度抬笔时，死者的左臂突然从解剖床上耷拉了下来。

王怡文抬头望去："怎么，你还有什么话要对我说？"

说罢，她上前握住死者的手腕，准备把小臂重新放回去。就在她戴着薄乳胶手套的手触碰到死者手腕时，一种奇怪的凹凸触感，让王怡文"咦"了一下。

"正常的皮肤，怎么会这么不平整？"

她翻过死者的手一看，原来是多条不明显的锐器线条状伤口："原来真是我漏看了，你在提醒我是不是？抱歉，因为你是自缢而死，尸斑完全沉积于下体位，这样已愈合的锐器伤不仔细看，是很难被发现的……"

王怡文用手使劲搓了搓死者手腕，皮下毛细血管中的血受到挤压散去后，皮肤上的痕迹也逐渐清晰。

　　"这些痕迹，甚至不是一次留下的。父母双亡，多次割腕未果，难怪你会采取这么极端的方式离开，想来，你应该有不得已的苦衷吧……"

　　王怡文将那只手重新摆回死者身侧："有些人不能理解，在24岁，正是朝气蓬勃的年纪，为什么有人会这么想不开？可有些时候，人会觉得好像置身于一个漆黑的牢笼里，始终看不到光亮，这在外人看来是无法理解的，然而身在桎梏之中，无法轻易摆脱，逐渐走向绝望……那么这种时候，人很容易就会走极端，说实话，这种感觉，我也亲身体会过……"

　　她垂下长长的睫毛，似乎看到了过去的一幕……

　　2008年，夏天的一个傍晚，刚上初一的王怡文背着书包百无聊赖地走在回家的路上，沿途不时有三两同学结伴从身旁经过，而她则始终形单影只。

　　那些同学都尽量从她身边绕开，或者看到她过来，就主动避让一些，似乎没有人愿意靠近她。

　　"喂，你能不能走慢点？"一名扎着马尾、辫子上系着红色蝴蝶结的女孩，突然用力往后拉了一把身边的同伴。

　　"为什么？"身穿蓝色格子裙的蘑菇头少女不解地问。

　　"没看见吗？王怡文在前面……"

　　"她在前面又怎么了？感觉你们好像都挺排斥她？"

　　"你刚转学过来，不清楚她的情况。"马尾辫说，"你不知道，她家可怪了，有两个爸爸。"

　　"什么？谁不是只有一个爸爸？她还能有两个？"蘑菇头露出万分

惊讶的表情。

"你小声点儿，可别让她听见。"马尾辫表情诡秘又嫌弃，"咱们班山楂妹的妈妈，看到她妈跟一个男的去招待所，而且，那个男的绝对不是王怡文她爸。后来山楂妹把这事儿给说了出去，让王怡文知道了，王怡文直接把山楂妹胳膊打折了，进了医院。"

"我的天，还有这事？她也太狠了吧！"蘑菇头听得汗毛直竖，"那后来怎么处理了？"

"山楂妹被打了，家里人肯定不干啊，后来闹到了学校，你猜怎么着？"

"怎么了呀？快说快说！"

"王怡文的两个爸爸一起来了，她一个爸爸是电厂大领导，在校长办公室里嚷嚷着，说要把学校的电给停了；另外一个，据说也是很大很大的官，具体是什么，我也不清楚，反正来学校劈头盖脸把校长给骂了一顿，说学校校风不行，管理也不行，不然怎么会传出这种风言风语……"

"还有这事？"蘑菇头瞪大双眼。

"那可不！"马尾辫儿转着滴溜溜的大眼睛道，"后来山楂妹顶不住压力，只好转学了……"

"打人的还在，被打的转学了？"蘑菇头难以置信，"这也太没天理了吧！"

"可不是吗？"马尾辫认真地对蘑菇头说，"现在你知道，为啥我让你等一等了吧！你的学籍本来就不在我们学校，要是把王怡文给惹了，保准让你哪里来回哪里去，连校长都不敢惹的人，你还敢去靠近？"

"不敢不敢！"蘑菇头慌忙摆手，"我是借读的，就想安安心心念个书，这种大神咱可惹不起……"

她俩并不知道，这些交谈顺着风儿，早就灌进了王怡文的耳朵眼儿里。不过她只是微微紧咬牙关，并没有如两个少女以为的那样，对她们进行可怕的"报复"。

二十分钟之后，王怡文站在了自家单元门前，那是一栋六层的楼房，她的家在一层西户，附近类似的楼房还有十多栋，但唯独他们家在一楼用砖石围了个院子。

院里亮着灯，温暖的灯光从虚掩的门缝里射出来，建在院里的厨房中，传来锵锵的锅铲炒菜声。她安静地站了片刻，才推门走进去。

"文文回来了？"一名穿着时髦的中年女子拿着锅铲，从院里走出来迎接。

王怡文头也不抬，径直朝屋门走去，就在她换鞋的空当，一名男子的声音弱弱地传来："文文放学了？"

王怡文一抬头，看见眼前一位身穿白色衬衫的中年男人，见到这张笑眯眯的面孔，她就像被拽掉拉环的手雷，瞬间被引爆："谁让你来我家的？给我滚！"

"文文你……"

"你怎么跟叔叔说话的？有没有礼貌？"

王怡文回头一看，是系着围裙的母亲。

"这是我家！你让他滚！"

"这孩子，我是不是给你脸了？"女人松开围裙，几步走到王怡文跟前，"你忘了你叔叔是怎么帮你的了？"

"帮我？我要他帮什么？"

"你在学校打人，要不是你叔叔，你早就被开除了。怎么，你还有理了？"

"打人？"王怡文怒视着自己的母亲，"我为什么打人你不知道吗？拜托你，下次跟这位叔叔去招待所时，不要让别人看见！"

"别人乱说的，你还真信了？"

"乱说？"王怡文手指门里，"从我打小记事起，这个所谓叔叔就跟你成天在一起，只要我爸不在家，他就往咱们家里钻，你自己做的事，别以为我年纪小就记不住。"

"我……"女人顿时语塞。

"你什么你？我上幼儿园那会儿，你就整天带着我去见他，你俩亲亲热热，把我扔在一旁自己看动画片，那时候我还高兴，反正有动画片看，你们在做什么我都不在乎。可我现在长大了，不是几岁的小毛孩子，你口口声声让我喊他叔叔，他到底是我什么叔叔？你俩到底是什么关系？你说啊！"

女人支支吾吾道："他……他就是你叔叔。"

"哼！都这么多年了，居然连个像样的理由都没编出来，韩玉萍，你要出轨，也做得干净点，少拖累我不行吗！"

"文文，你不能这么说你妈！"男人终于忍不住了。

"我怎么说关你什么事！"王怡文对着男子咆哮道，"给我滚！"

见她凶男人，女人一改刚才的模样，生气地挡在二人之间："王怡文，你今天是不是吃错药了？"

王怡文丝毫不去理会母亲，愤怒地瞪着男人："你滚不滚？你到底滚不滚？你还嫌我不够丢脸是不是？"

"王怡文，你没有资格这样对他！"

"好！他不走是吧！"王怡文猛地冲进厨房，再次出现时，她的手上多了一把锋利的菜刀！

"文文，在干什么！"一声浑厚的男声从门口传来。

王怡文转脸看去，发现是自己的父亲："爸——你就不管管妈妈？为什么要让这个人来我家？"

令她意外的是，她的父亲丝毫没有生气的意思，反而转身把大门关好，反问她："他为什么不能来？就是我让他来的。"

"那你知道他是谁，和我妈是什么关系吗？"

"他是你叔叔。"父亲盯着王怡文，一字一顿地道："他跟你妈有什么关系，不该你来管。"

"他俩背着你去招待所，王雷军，你是个瞎子吗？"

"你给我住口，没大没小。"父亲把手伸了过来，"你先把刀给我放下！"

"你别管我。"王怡文瞪着发红的双眼，怒视着屋内的男人，"你就说，你今天滚不滚？到底滚不滚？"

"王怡文！把刀给我放下！"父亲在怒吼。

"把刀放下！"母亲也在喊她。

"把刀放下吧……文文，别这样。"男人对她面露恳求。

三人缓缓逼近，王怡文则退到了墙角，她嘴里发出一声尖锐的喊叫，紧接着她将手里那把锋利的水果刀朝自己的手腕割去，在大人们震惊的目光里，鲜血顺着少女纤细的手滴落下来……

29

从落仙桥站上车，一屁股坐在公交车尾的座位上，段木才终于有了那么一丝安全感。望着车窗外远去的破败房屋，段木抬起发抖的手，用袖口擦擦额头渗出的冷汗，长叹道："娘的，总算是渡了一劫，要不是老子脑子转得快，估计今儿就交代在这了。"

公交车平稳地开过一站又一站，望着车厢中逐渐密集的人群，他把抱着相机包的手又紧了紧，紧盯着车厢闪烁着LED灯的站点指示牌，每到一站，他都会在心中默算，还有多久才可以回到家，直到最后一站的灯亮起，车厢内的人群鱼贯而出，他终于如释重负地起身，抱着相机包飞快下车。

闻着熟悉的烟火味儿，段木的脚步也轻快了许多，他七拐八拐又走到了自家的巷子口，挂着"炒饭、炒面"招牌的摊点内，熟悉的老年妇女正笑眯眯地看着他，那眼神似乎在说："要不要来一份？"

段木嘴角扯出了一个轻蔑的笑容，大步流星地走过去，却只是从摊点前掠过，朝隔壁的"吴山贡鹅"走去。

"老板，给我来只烧鹅，捡最大只的！"他的嗓门大得甚至盖过了旁边的电音喇叭。

"得嘞！"老板用铁钩将架子上的"样板鹅"钩下来，上秤一称，老板眉头一皱："这只太大了，得一百大几十，行不行啊？"

段木没吭声，打开相机包，抽出两张百元大钞往摊位里一扔："剁开装袋，剩下的给我再整点鹅杂，我回去喂猫。"

"哎哟，拿这个喂猫，您是不是有点大手笔了啊！"老板说归说，却笑眯眯地把钱装进围裙上的布兜儿里："咱可是看出来了，老板您不差钱！"

"我去对面买点啤酒，弄好叫我。"

等段木走远，巷口煎饼摊的老板瞅瞅炒饭摊那位："喂，你上次不是说，他兜比脸还干净吗？怎么出手这么阔绰？"

"我也不晓得……不过上回他炒饭连蛋都不舍得加，你也是看到的。"

"舍不得加蛋，说不定人家在忆苦思甜呢，那有些大老板身价上亿，还喜欢吃臭酸菜呢……"

这么一说，反倒把炒饭摊主给整蒙了："这么一说，好像也对……"

见她有些不确定，女子靠近了一些，小声道："你刚才没注意，我看到了，他打开相机包时，里面装了那么厚一叠大红百（百元大钞）。"

瞧着女子用手指比画的厚度，差不多有小一万，炒饭摊主酸溜溜地道："看来，这小子是深藏不露啊！"

……

拎起烧鹅，走在狭窄的城中村街道上，段木哼着小曲儿，迈着"六亲不认"的步子朝前面的自建楼走去，爬上了六层，用钥匙轻松拧开房门，眼前的一幕却让他彻底傻了眼。

他不自觉地往后退了一步，却被人一脚踹了进去，身后铁皮防盗门"嘭"地关严，接着又响起一阵令人毛骨悚然的锁门声。

"你、你们是？"段木害怕地望着坐在电脑椅上聚精会神盯着电脑屏幕的青年，屏幕上泛着的微光，将他脖子上的那片眼镜蛇文身照得颇具恐怖色彩。

除他之外，在电脑桌的两侧，还站着两位像保镖一样的年轻男子，他们正很不友好地朝段木上下打量着。

作为一个专挖社会墙角新闻的记者，段木哪见过这种阵仗，他哆嗦着两腿，不知该如何是好。此时从他身后又走出一名男子，顺势将段木手中的烧鹅、啤酒给接了过去。段木注意到，这人的右手背上文了一只张牙舞爪的蝎子。

"好汉，你们到底是谁？要是有我能帮得上的地方，你们尽管开口。"

"说得好，哥们儿等的就是你这句话。"文蛇男子接过烧鹅，从里面拽了只鹅腿咬了一口，一边咀嚼，一边手指屏幕："你怎么这么喜欢看欧美爱情动作片？我把你的隐藏盘翻了个遍，一部日韩片都没有，上来就战斗有啥意思，得带点剧情才好看……"

"这……"段木被说得脸上红一阵白一阵，不知该不该接腔。

文蛇男起身，把烧鹅分给小弟们，然后从兜里掏了把甩刀，在手里翻了个蝴蝶花，来到段木跟前。

男子舔舔嘴角，甩刀拍拍他的脸："听说，你在找书生？"

段木一愣："书生……是谁啊？"

"哦，忘了告诉你，书生是他的外号，人家大名叫吴树生。"

"怎么又是他？"段木几乎是哀求道，"各位大哥，我错了，我不追这个新闻了还不行吗？你们能不能放过我？"

"新闻？他身上有什么新闻？"

"这……"

"别这个那个的，我可不像落仙桥的黑皮那么好说话！不怕告诉你……"文蛇男将折叠刀卡死，用刀尖蹭了蹭头皮，"我跟他可不是一路人，你最好不要跟我耍心眼儿，否则的话……"

"不敢，不敢！"段木秒尿，"这么说，各位不是落仙桥的？"

"你这人怎么问题这么多？职业病啊？都这会儿了，还想挖点消息？"文蛇男慢悠悠地朝前走了两步，被刀锋逼到墙角的段木连忙求饶："不问了，不问了，你们想知道什么，我都说，绝不隐瞒！"

"那就把你调查书生的目的，一五一十地给我说一遍，你要是敢扯半句谎……"文蛇男将刀尖对准了段木的裆部，"我会让你以后看再多爱情动作片，也不中用……"

段木大汗淋漓："明白，明白，我说，我什么都说！"

30

中心现场勘查完毕，已是傍晚时分，汪鹏鹏的肚子早就闹起了革命，本以为终于可以打道回府了，可让他没想到的是，李霄阳却一屁股蹲在外围现场，研究起一组条纹状鞋印来。

"阳哥，你这在干什么？我都饿死了……"

"我觉得，这组鞋印有些可疑。"

一听"可疑"二字，汪鹏鹏脑瓜子"嗡"的一声，险些跌一跤：

"别是他杀吧！"

"那倒不会，自杀是板上钉钉的事儿。"

"吓死我了！"汪鹏鹏拍着胸口，"我差点以为要重新返工呢……那你就会看到我变成饿鬼了……"

"没那么严重，就耽搁一会儿，饿不死你。"

"行吧！我再忍忍，不过这到底有什么问题？"汪鹏鹏看看那一圈密密麻麻的鞋印，"案发后公园派人来这里巡视过，会不会是他们留下的？"

"不会。"李霄阳指着足迹，斩钉截铁地道："鞋印在现场外围十分密集，甚至有几枚已踩进了警戒带，而所有停顿鞋印前端的方向，都指向中心现场，也就是说，他每走几步，就要停下来看看现场。我刚才细数了一下，这个人在现场外围一共停顿了十次，方位上看，他正好绕了现场一圈儿。"

说着，李霄阳随手捏了片落叶，把叶梗插入立体鞋印的前端，用右手拇指掐了个大致深度，他又用左手捡了一片，同样放在了鞋跟的位置。

将两片树叶并排，他问汪鹏鹏："发现什么了没有？"

"这也太明显了吧，右手的叶子比左手插得更深。"

"这就是问题所在。"李霄阳扔掉落叶，拍拍手，"人如果处在平行站立状态，鞋跟部位承重量最大，不可能出现鞋印前端比后跟还要深的情况……"

"阳哥你的意思是说，他踮脚了？"

"如果是踮脚，身体重量全部集中在前脚掌，后跟应该几乎没有鞋印才是。"

"也对，那是怎么了？"

"我怀疑他停下来的时候，双手可能拿着什么重物，又或者，是以某种特殊的姿态观察中心现场。所以鞋印的主人，绝对不是巡视员，而是特意赶来观察这里的情况的！"

"特意赶来的？"汪鹏鹏不解，"来这干吗？死了人的地方多晦气。"

"凶杀案件中，经常有凶手返回案发现场观察警方办案的情况，自杀案件中，或许也会有。"

"阳哥，你说笑吧！自杀还有凶手……"汪鹏鹏与他对视，看着李霄阳严肃的表情，"你好像……不是在说笑……"

"如果这个人，是被迫自杀的呢？不过……这个观察者，到底是谁？"

"嘁！想知道是谁还不简单！"汪鹏鹏一拍大腿，"我看你就是分析痕迹分析糊涂了。"他手指远处头顶上方："你看那是什么？"

……

公园监控室的大屏上，身穿导演马甲的段木正举着相机，三步一停地朝中心现场拍照。

"难怪阳哥你会说，他用了某种特别的姿势。"汪鹏鹏瞧着段木那圆润的大屁股，哈哈笑道："这家伙还真是阴魂不散，哪儿都有他！"

李霄阳也跟着笑起来："还好不是什么逼迫人自杀的变态。他既然是做自媒体的，就指望这个吃饭，毕竟我们接手的是民事案子，也不能强制他不跟……"

"哎，你这个小青年说话我就不爱听了。"身穿保安制服的大爷手指屏幕，"什么杨梅体、话梅体的，人家可是正儿八经的记者！而且这个人好着呢，说话也好听，也特会做人，不像某些人，就知道拿领导来压我！"

"记者？"汪鹏鹏纳闷儿道，"这家伙能是记者？"

"你听听你听听，你们年轻人说话这口气！"保安大爷撇撇嘴，"门缝里看人，把人给看扁了。他要不是记者，难不成你是？"

李霄阳也不知大爷从何而来的怒火，但从只言片语中，他还是能感觉到，这位大爷和段木似乎有着某种他们不知晓的关系。为了不把事态扩大，他顺着大爷的话道："对，您要说他是记者，那一点毛病没有。"

"喊。"大爷看向汪鹏鹏，"可这个小胖子好像还不服气，人家规规矩矩有证的，我都看到了，电视台记者，牛得很呢！"

31

自建房里，段木瞅着塑料盒中仅剩的几根光溜鹅骨头，差点没哭出声来。

他颤巍巍撑起身子，不放心地来到门前，朝门外看看，确定那几个人真的走了，他赶紧把门反锁，拨通了那个尾号是四个"0"的号码。

"你又怎么了？"电话那头的人十分不耐烦。

"张哥！你可得帮帮我。"段木带着哭腔喊。

"你小子发生了什么事？"那边的声音立马警惕起来。

"我之前不是跟你说，要跟个法治新闻吗？这下好了，跟了个法治炸弹出来。"

"炸弹？什么炸弹？赶紧说清楚。"

"我也不知道那个叫吴树生的，到底是什么来头，一圈人都在找他，我先是误打误撞去了个叫落仙桥的地方，谁知道刚下车就被人给绑了，凭着小弟我能说会道，好不容易虎口脱险。又来了一帮人，把我工作室的门给撬了，他们威胁我不说，还把我刚买的烧鹅给吃得一点都不剩！"

那边气笑："都什么时候了，还惦记你那烧鹅？"

"那我能不惦记吗？"段木扯着嗓子嚎，"我忙活一天，都没来得及吃饭，就指着这只烧鹅填饱肚子呢！"

"你要再这么废话，我可撂了啊！"

"别别别，张哥，你在电视台路子广，你能不能帮我查查，刚才来我工作室的是什么人？他们一个个身上雕龙刻凤的，而且我这房门他们撬开了，锁头居然还没坏，这是什么技术？我心里头怕啊……"

"你活该，让你小心点小心点。你看看你，跟个二傻子一样，怕不是被人算计了吧！你都不知道什么情况，还有脸来求我？"

"我也只能求你了啊，张哥，也就你人面儿大……"

那边的人冷言冷语地打断他："帮你个锤子，我一个正规电视台记者，让我找人去给你寻社会上的混混，亏你想得出来。这种事情，你报警不就完了！"

"报警？你是不是看我活够本儿了？"

"不然呢？我是警察吗？你也不觉得敲错了门。"

"你没办法？"段木拉下脸，冷笑道，"张哥，有件事我可得告诉你，这帮人把我的身份证拿走了，这我不担心，身份证而已，补办一个临时的就行了。关键是，你给我做的那个假记者证，可也给他们拿去了！"

"什么？你再说一次，谁给你做的？"

"不就是你？"

"我可不知道这事儿，不是你看了我的证，自己找人假冒的吗？我告诉你，别指望赖在我头上！滚——"

听着话筒里"嘟嘟嘟"的忙音，段木欲哭无泪，他呆呆地盯着手中电话许久，又突然暴起，将手机摔在了破沙发上。

他指着电话，就好像指着挂了电话的那家伙一样，怒吼道："狗日的，你能当上电视台的大记者，还不是靠老子卖命给你挖新闻。老子又不是夜壶，你想用就用，想扔就扔。把老子给惹急了，你干的好事全给你抖搂出来！给我瞧好吧！我段木就算不靠你，也一样能吃记者这碗饭！"

骂了半天，火总算泄了不少，段木拿起桌上的塑料饭盒，不嫌弃地把鹅骨头放嘴里嚼了嚼，接着他又拿起手机，找到那个新存的号码，迅速打下一段文字："我想好了，就按照你们的意思来！"

没有丝毫犹豫地点了发送，听见"嗖"的发送成功通知声，段木恶狠狠地笑了起来。

32

两天后，清晨的阳光透过落地窗洒满会议室，真探组全员在列，大屏幕上显示出一张以"龙岩公园自杀案"为标题的思维导图。

在导图上，一个大标题引出四个小标题，分别命名为"痕迹检验"、"理化毒物"、"法医"及"电子数据"。

葛永安将光标放在四个子标题之间，看向众人："你们谁先来？"

见无人应答，葛永安看向李霄阳，在他面前的检验报告，明显要比其他人厚一大沓："你先吧！估计你要说的话不少。"

"组长可真是看得起我。"李霄阳阴阳怪气了一句，但专业素养让他很快翻开面前的报告讲述起来。

"中心现场的足迹只有一种，与死者所穿鞋子比对，无论是鞋底磨损特征，还是足内底痕迹特征，都可以确定系死者所留。而且计算步幅、步角、步长，均与死者体貌特征相吻合，并未发现存在伪造痕迹。

"通过这些痕迹，我重建了整个自杀经过：在其自杀当晚，死者是径直走到树下，大致拴好绳索后，便徒手攀爬到树枝上，最后他将绳圈套住脖子，起身跳了下去，导致自己窒息死亡。"

说着，他将一张绿色绳索的照片打上大屏："双股涤纶绳，直径

0.8厘米，绳索无摩擦痕，手触光滑。在放大镜下，能看到部分表面纤维完整，是一根新绳，经市场查询，该绳每米的价格在三块钱左右，警方在现场取下的绳索总长大约四米，价值12元，假设还价，10元就可以拿下。该绳用途多样，但购买者一般为长途货运司机或河运的船商，由于其铺货量很大，在各个劳保用品店都有销售，所以目前无法查询购买渠道。"

葛永安看向汪鹏鹏："派出所有没有发现死者的手机？"

"没有！"汪鹏鹏直摇头，"据出警民警描述，在他身上没有发现任何电子设备，至于他的手机在哪儿，警方到现在也不清楚。"

"好！"葛永安又看向李霄阳，"你这边应该还有其他情况，请继续。"

李霄阳看着他，似乎有些情绪，但他很快又换了张绳结的近景照："不知大家有没有注意，我刚才说了一个细节，警方是将绳索取下，而不是剪断，这是因为，死者在自缢的过程中，使用了这种'拴马结'，也叫'链马扣绳结'。相传它是由古代马匪发明的，这种绳结在牵引的过程中会十分牢固，而当遇到危险时，只需轻轻一拽，就可迅速解开，非常适合在紧急情况中使用。也正是因为如此，我们才得到了一根完整的绳索。"

"拴马结？这种手法有什么特别之处？"葛永安问。

"这种绳结打法不复杂，但它有个缺点，就是会露出一节绳头，用于拖拽，所以这东西拴不住人，只能拴牛、马、羊等牲口，所以在民间，它还有一个比较粗鄙的名字，叫牲口套。

"我在现场时就发现，死者不止一次去过现场，并且他还对自杀的过程进行过演练，否则不会连一点多余的痕迹都没留下。那么，他选择用牲口套结束自己的生命，各位不妨猜测一下，他是怎么想的？"

"自我作贱，宽慰内心的负罪感。"王怡文很快给出了她的答案。

"负罪感？"佘小宇皱起眉头，"难道他还做了对不起别人的事？"

王怡文又补充："我所说的负罪，不一定是在背负别人的罪恶，也有可能是自己。"

佘小宇用很不理解的眼神看向王怡文："什么意思？"

"尸检过程中，我发现他曾多次试图割腕自杀过。"王怡文看了一眼左手上的那块宽带石英表，"有些人从一出生就是一种罪，他们作践自己，其实是希望让周围的人理解自己，尊重自己的想法罢了。"

发现没人说话，王怡文抬头一看，见众人都注视着自己，意识到异样，她轻咳一声："工作原因，我接触过不少这种情况。而吴树生的资料明确写着他父母早亡，虽说我并不清楚他们的死因是什么，但这种原生家庭的悲惨遭遇，确实可能给他带来了持续性的负面心理。通过他手腕上的伤痕，我分析出，他最近一次割腕，大约是在两年前。"

李霄阳接话道："也就是说，他有严重的自杀倾向？"

"现在还很难讲，不过他确实有过割腕的行为。"

"牲口套可能反映其心理问题。"葛永安在思维导图上打下这行字，问李霄阳，"这样记录你觉得行不行？"

"成。"李霄阳显然不怎么想搭理葛永安，惜字如金。

"你那边还有没有其他情况要说？"

"还有一点，不过跟小宇那边交叉，还是让她来吧，到时候我再补充。"

葛永安点点头，将光标移到了"理化毒物"子标题的下方，佘小宇适时地道："口鼻血、食糜、心血、指甲、排泄物等样本中，均未检测出毒物残留。而现场痕迹物证附近，也未发现可疑的生物检材。

"但是在警方移交的物证中，有一件跑腿公司的外套，还有八朵较为新鲜的白色小雏菊。我在外套的底层提取到的泥土颗粒与现场泥土成分吻合。而在外套领口部分提取到的大量的黄色花粉，也与白色雏菊花粉一致。据此，我再补充一点死者自杀的推断情形，很可能在案发当晚，死者在上吊前，还做了两个动作。他是先把跑腿公司的外套脱掉，整齐地叠好，然后再把八朵小白菊放在了衣服上，做完这一切之后，他才开始捆绑绳圈的……"

李霄阳补充道："而我在小白菊的枝条末端，发现了规整的剪切痕迹，在比对显微镜下放大观看，发现痕迹截面有细长的条状凹痕，测量长度，推断应该是花木剪留下的剪痕。痕迹对比之后，确定剪刀品牌为得利牌，其市场售价在百元左右。剪痕面宽及倾斜方向几乎一致，反映出修剪人技术很熟练。这八朵花虽然没有任何外包装，很像是从路边采摘的，但通过痕迹细推，我基本可以断定，这些花应该源自花店。"

会议室里响起噼里啪啦的键盘敲击声，汪鹏鹏单击回车，读出自己查询到的结果："白色菊花一般不会用来送给活人，而是表达对去世之人的哀悼之情。他在自杀时给自己摆上几朵，好像也能说得过去。不过这种具有悲情意义的花，普通花店走量较小。"

"没错！"李霄阳道，"除非是清明节，或在一些祭祀的节日里，某些花店会进一些应个景，其他时候多少显得有些不吉利。本来就开在墓地、殡仪馆的花店除外，所以说，在这种非特定的日期里，这种白菊花应该是在固定的销售摊点才买得到。"

"不过这点信息，好像也起不到什么大作用。"汪鹏鹏挠头，"这菊花长得都一样，它又不会告诉我们它来自哪个花店。"

"谁说不能的？"李霄阳将一张指纹照打在投影上，"我在多枚叶片上提取到了汗液指纹，通过观察指纹的疏密度，可以判断出这是一名年纪约四十五岁的中年女性所留，也许是平日修剪枝条太多，她的指纹存在伤疤、脱皮等特征，尤其是她的拇指上，有一条明显的锐器擦划伤。"

"就凭这几枚指纹，就能看出对方的年龄？"汪鹏鹏诧异地道，"阳哥，你是神仙啊？"

"什么神仙？人的指纹是基因表达的结果，而个体在发育的过程中，指纹也会随之发生改变，利用指纹的变化特征，不光可以推测年龄，甚至还能推测出点别的。"

"还能推出什么？"汪鹏鹏来了兴致。

"这个……"

"哎呀，阳哥你快说！吊胃口最讨厌了。"

在汪鹏鹏的催促声中，李霄阳看向组长葛永安："组长，啰唆点和案件无关的，不介意吧。"

后者点头道："多了解些专业知识，有助于组员们彼此提升，不是吗？"

"这可不是提升不提升的问题！"李霄阳诡秘一笑，看向另外两位，"你们确定要听？"

"嗯！"佘小宇和王怡文几乎同时点头。

"人就是八卦。"李霄阳把指纹放大，将光标移动到两条纹线中间的空白处，"这叫指纹白线，有专家做了研究，这些线条除了可以用来判断性别、年龄、职业等基础信息外，还能帮助判断女性月经初潮的年龄。"

"噗……"汪鹏鹏一口可乐喷出来。

"看吧！"李霄阳双手一摊，"还要继续吗？"

"话都说了半句，干吗不说完！"王怡文落落大方，"都是成年人，女性月经情况生理卫生课都教过，有什么大惊小怪的？避讳月经的只有你们男人。"

"不要性别炮啊！"李霄阳无奈地道，"毕竟有的人认知还比较传统，你们女生买卫生巾，不也经常要个黑口袋？我也是怕你们觉得尴尬。"

"放心吧！科学里可没有这些避忌，接着往下说。"佘小宇道。

李霄阳继续道:"月经初潮,是女性性成熟和具有生殖能力的重要生物学信号,它和女性的健康有着密切的联系。作为卵巢周期性变化而出现的子宫内膜脱落及出血现象,月经受到激素的调节。所以,初潮年龄的提前和推后,都预示着女性的身体可能出现了异常。有研究表明,女性初潮通常出现在12岁左右,提前会增加乳腺癌和子宫内膜癌的患病风险,而延迟则会使阿尔茨海默病症和骨质疏松症的患病风险增加,所以说,它可以成为提早预防疾病的一种指标。专家们对此做了很多方向的研究,其中'指纹学'也给出了相应的研究结论。指纹作为基因表达的结果,遗传机制又决定了人后天的发育,经多方论证,指纹白线越多,月经初潮年龄就会越大,反之亦然,所以只要看看指纹,就可以判断出,一个女性后天的患病风险大小。"

"我去!"汪鹏鹏惊讶道,"小小的指纹里,竟然藏着这么多秘密!痕迹学真是太牛了。"

"别吹彩虹屁了!"李霄阳摇摇头,"扯远了,咱们还是言归正传。"

"还有正事儿?"

"当然了,咱们不是要找花店的老板嘛!"

"对对对,我把这茬事儿给忘了。"汪鹏鹏干笑道。

李霄阳看一眼大屏,续上了刚才的话题:"我在团购和外卖APP上梳理了一下,从草上飞跑腿基地到龙岩公园这条路上,并没有任何一家花店在出售白菊花。于是我又查阅了电子地图,在公园西南1.5公里处,就有一片公墓,而那里有十多家花店。从监控上看,死者没有交通工具,大概率会就近购买。现在有了指纹样本,只要注意观察花店老板的指纹特征,就基本可以确定,他到底是在哪家购买的白菊花。"

"厉害!"汪鹏鹏竖起大拇指,不过很快他又想到了新的问题,"跑那么远,怎么就买八朵花,这种东西价格本来就低,总价不过五块钱,难道说,这么做有什么特殊含义?"

"其实这个问题我也想过。"李霄阳道,"来回三公里,如果步行,至少得二十分钟。要是说仪式感,似乎也太牵强了点。所以要想解开这个答案,就要找到店老板,搞清楚到底死者是专门跑去买的这八朵花,还是从别的渠道弄来的。"

"就是弄清楚,似乎也没有什么大作用。"瞧着李霄阳不置可否的态度,汪鹏鹏有点叹息道,"那这么看来……这问题只能暂时搁置了。"

葛永安瞧向佘小宇:"你那边还有没有要说的?"

"现场的物证就这么多。"佘小宇摇头,"我暂时没有了。"

"法医组呢?"

"高空坠落,导致闪电自缢而死,可以排除他杀。只是自杀原因不明,但从体表多处不规则的割腕伤分析,他在某段时间内,很可能无法控制自己的言行,处在轻度精神疾病的状态下,怀疑存在抑郁史。"

"好,汪鹏鹏,该你了!"

"哦,我的可简单了。"汪鹏鹏迅速调出了一段长5分钟的视频片段:"我把公园各个出口,能调的监控全部拷贝了过来,以中心现场的监控时间为点,向外辐散,由此确定了死者进入公园的整个过程。"

他单击空格,播放了一段视频,伴着视频画面,他同步说明道:"死者是从公园的东南门步行进入,全程无人尾行。"

他又调出一段白天的剪辑视频:"正如阳哥推断的那样,在自杀前,死者曾三次来过这里,这三次,他都骑着跑腿公司的电瓶车。每次都是先把车停在包公广场,在短暂地进入树林后,他很快就会出来,全程不超过五分钟,至于他在树林里做些什么,里面的监控拍得不清楚,我们一概不得而知。"

"就目前看,自杀已是毫无疑问了。"葛永安停止记录,手停在键盘上。

"挺好,速战速决。"李霄阳接了一句。

"什么意思？"葛永安眼皮一跳，看向对方。

李霄阳挑眉看向他："怎么？还用我把话说得更清楚吗？推掉那么大个委托来接这个案子，不就是因为死者是您介绍的，担心给您朋友的跑腿公司引火烧身吗？现在好了，您可以把心放肚子里了，吴树生是家中独子，他的父母也不在了，人走了这么几天，也没见一个亲朋来找。现在我们真探组还帮着找到了这么多可以脱身的证据，就目前来看，您觉得，咱们还有必要在这个案子上纠缠下去吗？"

葛永安淡淡地道："我认为有必要。"

"为什么？"李霄阳顿时来了火气，"文姐刚才也说了，死者极有可能有抑郁史，现在他家人不在了，只有公司的委托，根本没有办法做尸检。再说了，我们又不是他肚子里的蛔虫，能搞明白他为什么去死？现场痕迹也已非常明了，他对这次自杀，预演了很多遍，以至于自杀当天，还心心念念要给自己买八朵白菊花。警方都给出了结论，请问，您拖着我们整个真探组，到底想干什么？"

"封诊之道，明案之微末，现冤之纤毫，掌黄泉之下，水落石出之技，断人间之中，生老病死真相。"

葛永安看向李霄阳："这是你们封诊家族入门拜见祖师时，必须背下的第一句话，也是你们封诊道，传承至今唯一不变的准则，我觉得这话很好，所以第一次听，就背下来了。可是，你作为封诊道的弟子，自己还记得吗？"

"这是祖训，我记得很清楚。"李霄阳一字一顿，语气冰冷，眼里也没有了平日玩笑的色彩。

"那好。我问你，这起案子的真相，现在已经算彻底明了了吗？"

李霄阳冷笑："怎么，还有什么不清楚不明白的？请葛组长指点。"

葛永安点点头："好，那我就和你说道说道。其一，从吴树生工作的地方到龙岩公园，有近二十公里的距离，他也不住在公园附近，要说极为熟悉，怕是很勉强吧！那他为什么要选在那里自杀？这反不反常？其次，包公是北宋名臣，以铁面无私、英明断案著称，被老百姓誉为'包青天'，你自己也说，死者多次去过现场，可你有没有发现，公园很大，有很多地方都符合自杀条件，他为什么要选择在包公广场？夜半时分，他单独一人，在几乎一片漆黑的环境下，可以迈着几乎相等的步子走到自缢点，这种心思冷静缜密的人，你觉得，他选择在这里自缢，难道没有一点深意吗？最后，你口口声声说事情已经很明了，好，各位谁能告诉我，这个叫吴树生的人，到底住在哪儿？"

"住址？"葛永安突然的提问，打得众人措手不及，就连李霄阳也去翻手头的案件资料。

"你们不用看了！"葛永安道，"吴树生的原户籍在杨桥小区3号楼2单元，经询问户主得知，从房屋装修至今，都是户主一家三口在居住，他们并不认识吴树生。为何身份证上的地址会登记错？警方也闹不明白。究其原因，是由于2000年初，我们市发生内涝，很多纸质档案都泡了水，其中也包括派出所的户籍资料。天灾导致这些东西没了，因此再往前，根本无从查起。我仔细询问过派出所的接案民警，他坦言，并未发现任何关于吴树生的购物、上网、住宿等信息。跑腿公司那边也称，他只是偶尔单子多的时候会睡在基地的临时宿舍，平时应该有住处，至于他住在哪里，公司也不清楚。所以，这个问题，目前还没有答案。"

说着，葛永安看向众人："你们在司法鉴定行当从业多年，对于自杀委托也并不陌生。你们心里怎么想的，我也很清楚。没错，我并不否认，因为某些个人原因，我必须接受这起委托，但我的目的，并不是为了给朋友洗清嫌疑。如果是那样，我根本不用力排众议，甚至还得去说服龙所长，换掉既定的案件。从人情世故上说，就算我给他介绍了工作，也不过就是一面之缘，他的死跟我又有什么关系？"

汪鹏鹏托着下巴思索了一会儿："葛头儿说得好像也对……"他不解地歪头看葛永安："那您这么做的目的，又是什么？"

"怡文也说了，吴树生最近割腕是在两年前，也就是说，这两年多来，他没有再自残过。在我接触他时留下的直观印象里，他绝不是一个会轻易寻死的人，所以我坚信，其中必有原因。我的师父告诉过我，我们司法鉴定工作者，只要接手了委托，无论大小，都必须还委托人一个真相，给死者一个交代，这是我们必须秉承的职业信念。"说到这里，葛永安平静地扫视众人，"这么多的疑点还没解开，你们觉得，真的应该草草结案吗？"

33

鉴定所食堂里，汪鹏鹏端着满得快要溢出的餐盘，一屁股坐在李霄阳对面。

"阳哥，还生葛头儿的气呢？"

"人在屋檐下，不得不低头……"李霄阳用筷子用力戳了戳盘中的凉拌菜，丝毫没有进食的欲望，他干脆把筷子往金属餐盘上一横，冲着远处葛永安的背影道："反正你们都投票继续查了，还有什么好说的。"

"也不是全票，你和小宇姐不都没举手？"

李霄阳撇嘴看向汪鹏鹏："你要是不举手，这事儿不就黄了？"

"不是，我为啥不举手？"汪鹏鹏满脸无辜。

李霄阳咬牙切齿地道："你整天不是口口声声说，咱俩是一伙儿的吗？"

"那不一样！"汪鹏鹏头摇得跟拨浪鼓一般，"私下是私下，工作是工作，这两码事儿。"

"呵呵,你分得倒挺开。"

汪鹏鹏仿佛根本听不出话里的好歹,嘴里咔咔嚼着洋葱,冲李霄阳点头:"那是自然了。我们毕竟干的是取证的活儿,我觉得葛头儿说得有道理,这个委托背后到底藏着什么秘密,我也挺好奇的。"

"你是不是悬疑小说看多了?告诉你,少阴谋论。"李霄阳道,"你嘴里什么味儿?没刷牙吗?"

汪鹏鹏连忙呵气,皱眉道:"刷了啊……你不喜欢吃洋葱吧!"

"算了,我告诉你,老葛说的那个一二三,听起来好像挺有道理似的,可那也就是唬唬你这种啥也不懂的小白。我打小看过不知多少案例,吴树生这种曾有过自杀倾向,兴许还带点抑郁症史的人,经常是表面看着好好的,有时还能一天到晚嘻嘻哈哈。可其实他们根本不能遇到事儿,一旦有些事突破心理防线,很容易走极端。你也不想想,他做的是什么活儿?"

"什么活儿?不就是跑腿小哥吗?能遇到什么大事儿?"

"对啊,这种活儿很容易和雇主发生摩擦,我看过他的送货单,别人不送的流浪猫、流浪狗的单子他都送。这些是什么?都是活物。我不否认他有爱心,可往往这种人,最容易被情感所牵制。正所谓,容易感情用事的人,也容易被感情所伤。咱们来假设一种情况,如果在运送的过程中,造成了动物的死亡或者患病,你会怎么办?"

"那我肯定会很自责、内疚啊!"

"对,这是普通人的想法,但换成吴树生就不一定了,他可能会自责到产生极端的念头。"

"这么恐怖?"汪鹏鹏一脸不相信。

"自杀的案例我接触得不多,可凶杀的案子我看过不少!"李霄阳道,"我记得日本有个案子,被害人就是因为不小心撞死了嫌疑人家里养的一只猫,然后凶手就以相同的方法,将被害人撞死,还大卸八块！警方在调查的过程中发现，其实嫌疑人与这只猫并没有什么深厚的情感，他杀人的原因，就是因为产生了一种精神幻想。"

见汪鹏鹏听得津津有味，李霄阳从餐盘中挑出一根粉丝，用叉子灵巧地打了个"拴马结"："小动物在运送的过程中，都要放在箱子里，可它们是活物，是不可能乖乖地待着的，尤其是长途行驶的过程中，更不可能。"

"没错！"

"那么是不是就要用绳子拴住？"

"对，那肯定要！"

"而跑腿小哥，最赶的就是时间，毕竟所用时间要计算在他们的绩效奖金里。"

"对对对！谁也不希望超时！"

"那这种一秒解绑的拴马结是不是最适合？"

"那是，那是！"

两人一唱一和说到这，李霄阳目光一凛："人在上吊时是说不出话的，动物也是一样。"说着，他把"粉丝拴马结"套在了牙签上，缓缓拎起，"如果在运送的过程中，他没注意，小动物从箱子里跑了出来，脖子挂在绳索上……"

汪鹏鹏听言，打了个冷战："那……那指定活不了了呀……"

"发生这种情况，正常人都可能会造成心理阴影，何况是他呢？"

"合情合理啊！"汪鹏鹏惊叹道，"这也就解释了，他为什么会选择这种绳结自缢，他是在赎罪啊！我的个乖乖，难怪你不同意往下调查，原来阳哥你早就推理出了过程！牛了个大发了！"

"事实到底是不是这样，还真不能确定！"李霄阳笑道，"不过我告诉你，凭经验推理这一套，连写小说的都会，我们封诊道传承数千年，讲究的就是一个'实'，没有证据，你就全当听个故事，不能当真。"

"细节都对上了,还不能当真?"汪鹏鹏不解。

李霄阳抬头看向食堂远处葛永安的背影:"既然你那么确信这背后有问题,那我倒要看看,接下来你到底要怎么办!"

34

次日下午五点,在葛永安的召集下,真探组全体再度来到会议室。

"为什么要在快要下班的时候开会!不怕被诅咒吗——"李霄阳低声抱怨,葛永安拿着一摞检验报告走了进来。

见他布满血丝的双眼,李霄阳满脸无趣地闭上了嘴。

但他并未安静太久,就扭头问正在写写画画的佘小宇:"上次开完会以后,老葛有没有给你安排活儿?"

后者摇摇头:"接案的事儿,你投的是反对票,我投了个弃权,散会后我就一直在做别的单子,所以……"

"本案不能做解剖检验,你又没插手……"李霄阳看着正在翻报告的葛永安,"那现在他手上的那一摞报告是谁做的?"

佘小宇也抬头看去:"不清楚。"

见葛永安还在准备投影,李霄阳又朝佘小宇凑近了些:"咱们八卦一下,我铁定是反对派,可你为什么投弃权?"

"之前我就说过,对这样的案子不感兴趣,尤其它会影响我的情绪,干扰检验工作,所以就不想接。不过……"

"不过什么?"

"不过既然大家投票决定继续,我不会意气用事,葛组长安排工作的话,我肯定还是会按照他的要求做,只是,他也并没有找我……"

"我没有,你没有,文姐更不可能有,那会是谁做的?"

"今天找大家来，就是想和大家通报一下案件进度。"葛永安把思维导图点开，将光标落在"吴树生居住地"的子标题上。

"我询问了跑腿公司，发现基地的员工宿舍是临时性住所，并且每次居住都需要进行登记管理。翻阅公司相关记录之后，我发现吴树生在职的 26 天里，只在前半个月有 8 次居住记录，近期则并没有任何登记的情况……而派出所到公交站查询了他的乘车记录，发现在他名下也并没有办理公交卡……所以他在下班后到底住在哪里，目前无人知晓。"

说着，葛永安播放了一段录像，画面中，一个文着花臂的口罩男与吴树生纠缠在一起，而后，花臂男松开双手，两人一前一后，双双消失在了画面里。

"这是在他自缢四天前，基地门口的摄像头拍摄到的一段录像，至于这个花臂男是谁，与吴树生有何过节，是否与吴树生的死有关联，暂时还不清楚。基地附近都是城中村，也没有安装监控，不能判断他们俩当晚到底去了什么地方。不过据基地负责人周峰建介绍，吴树生声称要跟朋友吃饭，他怀疑这个人就是那个'朋友'，而且吴树生第二天是照常上班，并没有发现任何异样，所以他虽然注意到这一段情形，却并没把此事放在心上。一直到吴树生出事以后，他才想起这个插曲，我也是刚刚才拿到这段录像。"

汪鹏鹏若有所思："自杀前与人有过矛盾，看来这起委托果然不简单。"

"别把事情想复杂了。"李霄阳瞧着汪鹏鹏，"监控是你分析的，吴树生自杀前后，根本没有人尾随，他身上也没发现手机，除非意念会杀人，否则你觉得他的行为能跟谁扯上关系？难不成，我四天前跟你吵架，四天后你突然想不开，上吊了？就算是真的，警察还能把我给抓起来吗？"

"好像也对哦……"被说服的汪鹏鹏不由自主地看向葛永安，"您觉得呢?"

"道理的确是这样。"葛永安说着,翻开一份检验报告,投上大屏。

当佘小宇看到报告上那一张张被染色的植物细胞照片时,她猛然起身,惊讶道:"组长,这是谁做的?"

"哦,我在以前的鉴定所做过类似的单子,所以找龙所长借了套检验设备。"

"这是您做的?"佘小宇听完更惊讶了,"就算是我,也不能把细胞染色做得这么均匀。"

如果把理化毒物组的技术员分个三六九等,佘小宇绝对是金字塔尖的那位,连佘小宇都这么说,其他人也都大吃一惊,不约而同地朝葛永安看去。

尤其是李霄阳,他那眼神仿佛想把葛永安看穿。不过很快他就抓抓头发,移开了视线。

"我们继续吧!"葛永安轻描淡写地把大家的注意力拉回到案件上。

大屏上出现了一张死者尸体的完整照片,每次点击鼠标,都会以尸体为中心牵出一条引线,而每一条引线的末端,都会配套出现一张照片。

葛永安连点数次,将死者从内到外的所有衣物,包括脚上的袜子均特写显示了出来,就在众人觉得已差不多时,葛永安又连续点击起来,直到连头发、耳道、鼻孔、腋窝、会阴全被引线照片覆盖后,他才停下操作。

"既然从外界已得不出答案,我试图从死者身上找找,看能不能解开谜题。"葛永安的目光扫过充满疑惑的众人,"很多时候,死者的贴身衣物可以反映出其生前的环境和状态,为了搞清楚死者到底在哪里居住,我把这些衣物拿进了检验室。"

"从衣服上找答案?这也可以?"

汪鹏鹏的话问出了大家心中的疑惑,葛永安抬头看向大屏:"半个月前气温骤降,所以在夜晚送货,需要穿得很厚。我们能看到,死者上身从内到外分别是灰色秋衣、黑色毛衣、紫色薄羽绒马甲,最外一件是跑腿公司的蓝色工装夹克。他的下身从外到内则是配套的工装裤、白色护膝、灰色秋裤还有一条棕色的平角内裤。

"分类物证时,我闻到死者身上有一种轻微的腥臭味。这不是尸体腐败所导致的尸臭,于是,我开始在电子显微镜下观察死者的随身衣物。"

说着,葛永安又调出数十张显微镜照片。

"有圆的、方的、长的,还有的像茶壶盖,葛头儿,这些都是什么?"

"是硅藻!"汪鹏鹏刚问出口,佘小宇就给出了答案。

"硅藻?"愣神的王怡文听到了一个自己熟悉的名词,扭头朝大屏看去:"这玩意儿一般溺死的案子中才会涉及,死者衣服怎么会有?难不成,他掉水里去了?"

"我也这样想过,可如果是意外落水,不至于连秋衣裤甚至内衣上都有。"

"难道……死者曾用河沟湖的水洗过衣服?"

葛永安看着李霄阳,欣赏地点点头:"我也是这个观点。"

李霄阳却神色不佳,显然不打算领受葛永安的好意:"这又能查出什么?"

"水生态。"葛永安说出一个名词,"简单地理解的话,就是一个水域中的生态平衡,其中包括水环境的物理、化学性状,以及水中动植物的种群状况等。往往一个地方的动态水生态循环,不仅会关系到一个地区的农作物及植被分布,甚至还会直接影响人群的健康状况。所以每个地方的水质部门都会对所在城市中的水域生态进行检测和评估。其中就有一项名为'硅藻指数'的检测方法。"

说着，葛永安调出了另一组照片与之前的进行对比，佘小宇道："从种类上看，这两组好像没有什么太大的差别。"

"是。"葛永安道，"如果一个水生态区域稳定，那么在水环境中的动植物种类也会相对固定。而政府相关单位每年都会委托龙途做水质检验，我在咱们所的数据库中找到了相关的检测报告。之后，我把死者的随身衣物全部浸泡在酸性溶液中。"

"为什么是酸性溶液？"

针对汪鹏鹏的疑问，佘小宇解释道："硅藻是一种生命力极其顽强的单细胞光合有机体，细胞壁主要由果胶组成，除个别种类外，它们的细胞壁呈高度的硅质化，因此得名'硅藻'。"

"没错！"王怡文接话，"在溺死案件中，检验脏器内的硅藻含量，是判断死后抛尸还是自主溺亡的关键，可由于硅藻体积太小，黏附在内脏中的时候，就会极难剥离，于是根据硅藻耐腐蚀的特性，将组织样本浸入强酸中，这样就能排除干扰，得到比较纯净的硅藻样本。不过由于强酸对一些体积较小的硅藻还是具有一定腐蚀作用，会使得在肝、肾等硅藻含量较低的器官中出现假阴性，所以随着科技的进步，又出现了更多、更优质的检验方法。这方面，小宇才是专家。"

后者点头道："是的，强酸消解法在以前很常用，但目前已几乎不再使用在生物组织样本的检验上，取而代之的有酶消化法、微波消解法、分子生物学方法，具体使用什么方法，还要看委托人提供的样品性状。不过处理纤维物上的硅藻，使用强酸消解法的确是最便捷的一种方式。"

听了两人的解释，李霄阳与汪鹏鹏同时看向了葛永安。

他适时地继续说道："为了获取准确的结果，死者的每件衣物我进行了分别浸泡，一共获取了七份样本溶液。在取样观察记录后，我发现这些溶液中的硅藻成分几乎相同，大致有十五种。"

李霄阳微微点头:"有了这个检测结果,他在某一固定的水域中洗衣服的结论,也就更加明确了。不过,现在最重要的是,要尽快找到他洗衣服的那片水域。"

"说得没错。"葛永安说,"比对水域检测报告时我发现,一般的沟河,由于污染严重,硅藻种类较为单一,通过筛选,目前只有我们市北边的三佳河符合条件。"

"三佳河?"汪鹏鹏焦躁地挠挠头,"这条河可是横跨多个省份,途经我们市的只是一条小小的支流,这沿河洗衣的多了去了,这到哪里找?难不成还要跨省?"

"那倒不必!"佘小宇解释道,"三佳河虽是一个整体,但在不同的流域,受居住人口、城市排污等影响,其水生态都不尽相同。现在政府对水域环境治理很上心,别的沟湖不敢说,据我了解,咱们市三佳河流域的水生态常年都保持在一个良好的状态。"

"那也秃头啊!"汪鹏鹏道,"三佳河那么长,难不成还得挨家挨户地去问?"

"也不用那么麻烦!"葛永安道,"现在自来水并不贵,而且公园、社区,都有免费的水龙头,不是条件所限,一般人应该不会把衣服放在河里洗,尤其是内衣裤。"

"这倒是,葛头儿说得没错,也不是乡下,这年月谁还舍不得那几个水费?"

"一般来说,只有长期生活在水上的船民会这么干。"

汪鹏鹏眼前一亮:"难道,他住在船上?"

"不,因为不符合实际情况。"葛永安将众人视线引向大屏,"种类虽然大致相同,但硅藻个体情况却有很大的差异。从死者衣物上分离出的硅藻,个体要小很多,而且有些硅藻出现了白化状态。"

"白化状态?"

"硅藻是浮游植物，也需要光合作用。"佘小宇看向葛永安，"也就是说，死者洗衣服的地方在长期背阴处？"

"是，但这个结论，却和客观现实存在矛盾。"

"矛盾？"

"是！"葛永安调出一张水域截面示意图，"我以河流的宽度为标准，将三佳河分为三部分，由近及远分别是：岸边区、过渡区、中心区。

"中心区始终有货船来往，水域波动较大，所有硅藻种类并不集中；过渡区水面相对平稳，接受光照时间长，这一区域的水藻种类多，且个体较大。

"而岸边区不时会有浪花冲击，使得水域极不稳定，但由于水浪是由中心区沿过渡区一路冲过来的，所以岸边的硅藻种类品种也十分丰富。

"但是在这种极不稳定的环境中，只有能够长时间随波逐流的圆饼状硅藻可以顺利完成光合作用。这就会使得硅藻种类发育严重不均。那种从过渡区漂来的个体较大的船状藻、条状藻会很快死去，只留下更能适应环境的小个体。

"这就会产生圆饼状硅藻越生长越大，其他状藻类越来越小的情况。可死者衣物上的样本，却和这种情形恰恰相反。"

"为什么会相反？"佘小宇这种专家也不禁纳闷起来，"难道是水域环境发生了临时性的改变？"

"没错！"葛永安道，"最先改变的就是光照条件。光照不足的情况下，圆饼状硅藻没法完成光合作用，会快速死去，但是这种情况非常有利于条状藻的发育，这还只是其一。

"其二，洗衣服都需要用到洗衣粉、肥皂等物。这种洗涤用品，会造成水的富营养化，使得各种藻类迅猛发育。如果洗衣服的水是死水，那么样本中的硅藻个体，不可能这么小。由此可判断，死者是在一个背阴处，且水域不停流动的河边洗衣。"

"但是这又产生了一个新的问题。"李霄阳抓住了关键,"就算是背阴,也不可能一条那么宽的三佳河都处在背阴的状态。如此一来,个体较大的硅藻,还会随水流从过渡区冲到岸边。而死者衣物上清一色的都是小硅藻,这说明,他把岸边的水取走了,改变了水的外界环境,额外形成了一个隔绝三佳河的水生态。"

"什么?"汪鹏鹏露出绝望的眼神,"他从河里打水洗的衣服?这不是更没办法查了吗?"

"不至于那么绝对。"葛永安将画面调回死者的照片,"因为除了衣服,我还在死者的头发根、腋窝、鼻孔、耳道甚至会阴肛门等处,都发现了硅藻黏附,而且也都是小号硅藻。"

"如果是这样的话……"李霄阳继续分析起来,"就只有长期在河水中洗澡,才会造成这种粘连。之所以会出现背阴的情形,或许也跟这个有关。"

佘小宇大胆进行了假设:"所以说,死者是自己在背阴处挖了个坑,从三佳河取水,然后洗澡洗衣,当水质发生改变之后,他就换水,这样就能解释为何硅藻种群会这样分布。"

"等一下!小宇姐。"汪鹏鹏举起手,"为什么不能是把河水拎回家洗澡洗衣服?为什么非要挖坑呢?"

"这边取河水那边用的话,不太可能使硅藻个体形态发生变化,需遮光时长足够才能达到这个效果,此过程短则一周,长则半月,甚至更长。又因河水中微生物群落较多,别说是闲置一周,就是一两天,都可能发出难以名状的腥味。比如,去河中游泳穿的游泳衣,若不加清洗,会比去游泳馆穿的泳衣更容易发臭。而死者并不介意,说明他的储水量肯定够大,河水不易快速变质。而且刚才葛组长也说了,死者洗衣一旦用了洗涤剂,会让水质富营养化,可为什么黏附在他身体和衣物上的还都是小号硅藻呢?这很有可能就是因为水池够大,他可以把肉眼可见的藻类划拉走，只留下清水的缘由。"

"另外，还有一个重要因素你们有没有考虑过？"李霄阳冷不丁出声。

汪鹏鹏看向他，疑惑道："什么因素？"

"气温！"李霄阳摇了摇手机，"这么冷的天，他为什么还要用河水洗澡洗衣？图省钱也说不过去吧！"

"对啊！"汪鹏鹏道，"我在家洗澡，水温最低都调到四十多摄氏度，他出事儿那几天有寒潮，挺冷的呢！"

"只有一种可能了。"葛永安接话道，"他居住的地方不仅缺饮用水，还缺煮饭烧水的燃料，或者说，这两者对他来说弥足珍贵，所以必须得省着用，只有这样，他才会忍着寒冷用河水洗澡。可若是河水需要很费力气才能取到，死者或许不会费那个工夫。毕竟他是做跑腿的，时间就是金钱。所以我推测，死者多半是长时间居住在三佳河附近，而且他的住处，应该距离河岸不远。"

35

巨石堆砌的河堤上，汪鹏鹏操控着一架最新款的"大疆"腾空而起。从三十多米的高空往下望去，三佳河就像一条蜿蜒向前的水龙，盘旋在这片土地之上。

自古以来，文明的兴盛就与河流息息相关，正所谓一方水土养一方人，水是生命和财富的源泉。哪里有水，哪里就有了生的希望……

数十年之前，三佳河沿岸满是密密麻麻的村落，但随着工厂修筑，水污染加剧，城市化进程加速，如今三佳河沿岸的这些村落早已破败不堪，大多都被弃置了。

看着无人机传来的画面，李霄阳不由叹息："早年我听说，咱们市要大力发展沿河经济带，在三佳河两岸修建公园，当时这附近的房子都拆掉一大半了，可主抓这项工程的上级领导却意外摊上事，一切就都停了下来。"

"可不是吗！"汪鹏鹏手指无人机遥控器上的电子屏，"阳哥，你看这些残垣断壁的样子，知道的这是拆迁拆一半，不知道的，怕不是还以为这刚打过仗呢。"

李霄阳眼前什么东西一闪，他忙抓住汪鹏鹏："哎！你等一下。"

"啥？"汪鹏鹏被他拽得一个趔趄。

他手指屏幕："你往西边飞一点。"

李霄阳看看屏幕右上角同步显示的电子地图："就落仙桥附近。"

汪鹏鹏低头一瞅，道句"好嘞！"便操纵右手遥感，缓缓让无人机朝指定目标推进。

"好，就是这！再往下一些，停在大概十五米的高度上。"

"明白！"汪鹏鹏将无人机飞到了指定位置后，松掉遥感，遥控器屏幕上便传来了清晰的俯拍画面。

李霄阳张开手指，拉大屏幕画面，画面上，在远处的堤坝上，身穿导演马甲的段木正手举望远镜朝向天空，他所对准的方向，分明就是正在飞行的无人机。

"又是他，还真是阴魂不散。"汪鹏鹏也认出了段木，嘴里抱怨起来。

……

"什么声音？"染着一脑袋绿毛的青年男子从桥洞里钻出来朝天空看去，在他身后，一位身材魁梧、面相憨傻的男子也跟着从搭建在沟底的塑料棚子里跑了出来。

见他正仰头朝天看，后者傻傻地问："托尼哥，你看啥呢？"

绿毛眯眼瞅着上面，疑惑地问："傻强，我有近视眼，你帮我瞧瞧，这天上是不是有个东西？"

傻强手搭凉棚，抬头望去："哦，我当是什么呢，不就是架无人机嘛，我在抖音里刷到过。"

"无人机？"托尼突然警惕起来，"这东西以前好像从来没在附近见过，肯定不对。不行，得把牙套和杂耍给喊醒。"说罢，他就朝左手边另外一个桥洞跑去，傻强蒙头蒙脑，但一看他跑了，连忙喊着"等等我"，高一脚低一脚地跟在身后。

托尼推开木门，只见阴冷涵洞里，一名男子手握蓝色硅胶牙套，躺在折叠床上呼呼大睡着。而涵洞的另一边，还睡着一个与他年龄相仿、留着鳖尾发型的青年。听见动静，鳖尾发型青年揉揉眼，嘴里呻吟："什么呀，这么大动静……"。

托尼走过他："杂耍，别睡了，赶紧起来。"说完，他一巴掌拍在牙套青年的屁股上："牙套，你也别睡了。"

"怎么了？"两人翻身坐起，杂耍睡眼蒙眬地不满道，"我们一大早去物流园下了将近一吨的货，这刚睡没两小时。"

在杂耍的抱怨声中，牙套趁机拿起手中的硅胶牙套，卡在了豁掉的上门牙上，这么一挡，刚好完美遮盖。

他看着比杂耍大几岁，也没有只管发泄情绪，而是淡定地问："托尼，别着急，到底怎么回事？"

托尼朝门口一昂头："来了架无人机，在咱们桥洞上方飞了好几分钟了。"

"无人机？"牙套一惊，"打从书生和咱们断了消息，最近老有怪事发生，我这段时间一直心慌得很，总感觉要出大事。"

见眼前几人眼巴巴看着自己，牙套一咬牙："是福不是祸，是祸躲不过，这样，你们待着，我先出去瞧瞧。"

杂耍习惯性地把那根拴着红绳儿、有半臂长的鳖尾甩向脑后："咱们几个这些年跟在书生后头，成天住在这落仙桥村外的桥洞里，干的都是正经营生，跟他们那些家伙井水不犯河水。"他手指头顶，"退一万步来说，咱这石桥还在木板门里，算来仍然是他黑皮的地盘，要是出了事，也有个子高的顶着，你们别怕，不行老子找他去。"

"你给我等等！"牙套呵斥道，"又不是小孩子了，你做事能不能不要那么冲动？现在书生下落不明，就算要露这个头，也不能是咱们几个。你是不是忘了书生走前的交代？"

"牙套，我想书生了……"傻强说着，像个孩子一样，揉着双眼放声大哭。

"托尼。"牙套抬手一拍他的肩膀，"咱们都明白，傻强和书生有过命的交情，关系不一般。如今书生活不见人，死不见尸，你先安慰安慰他，把他看牢了。这事儿我和杂耍出去处理就行。"

"明白，放心吧！"托尼说着把傻强抱在怀里，像个老母亲拍着受惊的孩童一样拍着他背，"傻强不哭，有托尼哥在……"

说来也怪，傻强似乎就吃这一套，慢慢收住了眼泪。

把嵌在桥洞上的木门推开一道缝隙，阳光便顺着门缝溜了进来。牙套抬起头，眯眼逆着阳光，竭力朝天空看去。

那架发出"嗡嗡"声的无人机已渐渐升高，向着东边缓缓驶去。干涸凹陷的桥底与正常路面有将近五米的落差，以牙套现在所在的位置，压根看不清无人机飞离的方向。于是他跑出门去，飞快跑向最南边，在那里，竖着一扇被拆下来的金属栏杆大门，门是铸铁焊造的，看起来非常结实。

牙套一脚踩上根手指粗细的栏杆条，从身材上看，他怎么也有一百六十斤，但栏杆条没有一丝被压弯，牙套二人扒住铁门，就像爬梯子一样迅速爬上去，几个快步就翻上了河岸。他们又手脚并用，飞快地上了个斜坡，这才来到了正儿八经的水泥路上。

但就算动作极快，他们还是晚了一步，那架无人机已不知去向，天空中除了飘荡的白云，什么也没有……

36

"落仙桥，这名字不错……"趁汪鹏鹏收起无人机的空当，李霄阳打开手机百度："有了。这地界是因为村口的一座三拱桥而得名。"

"为啥会叫这个名字？有典故吧？"汪鹏鹏见缝插针地问。

"还真有！"李霄阳翻翻手机道，"早年间，在落仙桥下有一条三佳河的小支流，沿这座村子流过。相传在这条支流里有河神显灵的事儿发生，所以村子就集体出资，在显灵的地方修了座石桥，取名叫落仙桥。不过近些年三佳河非法采砂太严重，河床下沉，村口的那条支流早就干涸了。"

"难怪刚才那些人敢放心大胆地住在桥洞里面。我还担心他们，万一下暴雨涨水了要怎么办？"

"你别说，他们住那地方距离河底的落差还挺高的。"李霄阳调出无人机测量数据，"估计怎么也得有个三四米，就算是暴雨，降雨量通常也不会那么大。刚才你在无人机里也看到了，就他们居住的那一段，明显被人修整过，沟底很多地方都打的是水泥地坪，在沟边还有排水凹槽，应对一般暴雨，绰绰有余，除非遇到百年不遇的大洪水，否则还是挺安全的。"

"也对，估计就算这条河不干枯，也很太平，要不然，这村子也不会沿河建这么多房子了。"

"所谓成也萧何败也萧何，就是因为落仙桥距河岸太近，早在十多年前就被规划了。说是影响河道构造，有碍观瞻，现如今是被拆了个七零八落，也不知啥时候才能启动后续。说来住户早拿了赔偿搬走了，这里没水没电的，真不知道桥洞那几个人要怎么住下去……"

"确实，不过我看你马上就知道他们怎么过的了。"汪鹏鹏用胳膊肘杵了下李霄阳，"说曹操，曹操到。"

"啥？"李霄阳茫然地看他。

汪鹏鹏手指远处堤坝："瞧，那不就是刚才从桥洞里出来，追无人机那个……"

李霄阳望着远处的人形麻点儿，惊讶道："这么远，你都能看清？"

"嗐，又不是望远镜！"汪鹏鹏笑着用手机展示刚用无人机拍摄的画面，"这鸟不拉屎的地方，穿条亮绿色的裤子，不要太好认哦！"

"还真是的。"李霄阳看看，"你说得对，兴许能问出点什么来。"说罢，他快步朝那人走去。

"阳哥，你倒是等等我，一有好事就撇下我不管，是不是兄弟了？"汪鹏鹏连忙把器材往车上一扔，喘着气朝他跑了过去。

37

另一边，坐在副驾驶的葛永安扭过头，看看后排座的佘小宇和王怡文："这堤坝太窄，车开不过去，看来咱们得迈开腿了。"

佘小宇从包里找了顶渔夫帽戴在头上，跳下车来，而王怡文依旧"稳坐钓鱼台"，不解地问："这起委托又不能做解剖，我还用去吗？"

"我们是一个团队，就应该团队行动。"葛永安说罢，也不管王怡文做何选择，大步走开。

"团队……啧，行吧！"王怡文取出防晒霜，精细地涂上裸露在外的每一寸皮肤，"到处都是紫外线。"她抱怨了一句，撑开了那把名牌遮阳伞。

葛永安赶到时，李霄阳和汪鹏鹏刚好把那名绿裤青年给拦了下来。

青年想退后，却被绕到他身后的汪鹏鹏给挡了回来，他立即面露慌乱："你们是干什么的？"

李霄阳没有着急回答，而是上下打量他。此人短发，圆脸，除了那条扎眼的裤子之外，他身上的其他搭配还算普通，不过是一件黑色卫衣，脚上踩着双有些破旧的运动鞋，瞧他年纪也就十八九岁，李霄阳问："小兄弟，你认识吴树生吗？"

"怎么又是找书生的？他到底出了什么事？"

"又？"李霄阳品出味儿来，"这么说，之前还有人找过他？"

"这个嘛……"见青年欲言又止，葛永安抬手递了张名片过去，"刚才的无人机是我们飞的，惊动了你们，不好意思。不过，吴树生应该和你们一起住在那桥洞里头吧？"

"葛……永……安……"青年猛地一抬头，眸中提防全消，眼睛晶亮地盯住他，"你就是葛永安？"

"你认识我？"葛永安有些疑惑地反问。

"那太认识了，不过，你不认识我。书生他跟我提过你！"青年小心翼翼地把名片贴身收好，"虽然你们只有一面之缘，可他说你人特别好，这个跑腿公司的活儿，就是你给他介绍的。"

"提过就好，这样你就能放心了，我们不是坏人。"葛永安和善地问，"小兄弟，怎么称呼？"

"哦，他们都叫我牙套。"

"牙套？"葛永安早就注意到了青年嘴巴里的那一抹怪异的蓝色，微微点点头道，"挺形象。"

"嘿嘿！"牙套不好意思地挠挠头，"对了，葛大叔，你能不能告诉我，我们书生到底怎么了？他都好些时候没回落仙桥来了。我们有心找他，可他走的时候特别嘱咐，不让我们乱跑。"

迎着牙套希冀的目光，葛永安感到胸口微微发闷，语气也迟疑起来："书生他……"

看出葛永安为难，李霄阳轻叹一声，开口问："牙套，能不能让我看看你的鞋底？"

"鞋底？"被他一打岔，牙套的注意力转移到自己的脚上。

"对，抬起来，我看一眼就成。"

"那，那好吧！"牙套金鸡独立，抬起右脚，李霄阳蹲下身，看到那熟悉的凹陷条状磨损特征，他问："你们为什么不在沟底弄个梯子？整了扇大门当楼梯用？"

"弄过，不过那梯子太轻，老被偷，后来书生就想了个招儿，去废品收购站买了扇大铁门回来，那个重，别人不好搬。"

"原来是这样。"

见牙套不再追问书生去向，葛永安别有深意地看看若有所思的李霄阳，温和地问牙套："你们桥洞里住了几个人？"

"我、杂耍、托尼、傻强，算上书生，一共五个！"

"我们能不能去书生住的地方看看？"

"这……"牙套面露为难。

"有什么不方便的吗？"葛永安道，"兴许他留下的东西，能给我们提供点线索。"

"葛大叔，这不是我乐意不乐意的事儿。"牙套警惕地朝四周望了望，指向西北面那片破败的房屋群，"你们是外人，不清楚，这落仙桥看着废了，实际上村里面还住了好几十号人。负责这片儿的老大，叫黑皮，我们书生和他是死对头，有一回两人吵架，黑皮差点动了刀子，要不是念在两人打小住在一个村子的份儿上，我们可能早就被赶出这里了，险些连桥洞都没得住。"

"你们？"李霄阳最擅长抓住关键，"也就是说，除了书生，你们其他人，也都和这个黑皮有过节？"

"过节倒谈不上，就是咱们跟他们融不到一起。"牙套老实道，"住在落仙桥的，都是一些像我们这个年纪，走投无路的人。这地方靠近河边，还有一些没拆完的房子，可以遮风挡雨，渐渐地这里就汇集了一些人。黑皮仗着是本地人，把这些人收拢到自己手底下，跟附近的一个物流园谈判，承包了物流园的装卸工作……"

"听你这么说，他们也算是干正经营生的人，怎么会和你们不对付？"

"可体力活儿，有的能干动，有的干不动啊……干不动的就要想别的法子。他们看咱不顺眼呗。"说到这，牙套一脸诡秘，压低了嗓子，"说起来，在这落仙桥里边，还有一个叫蛇仔的人，连黑皮都拿他没办法，他跟他手下那几个就是专门吃偏食的……"

李霄阳眉毛乱动："偏食？什么偏食？"

"具体什么……我也不清楚。"牙套讪讪一笑，明显他是知道，但不好往外说。

葛永安一看就明白，便转过话头："既然你们和他们不对付，甚至住进了桥洞里，那我们去看看，又有什么不可以呢？"

"虽然这都到村边了，可那算起来也是黑皮的地盘。"

"扫黑除恶都搞了三年了，现在还搞黑社会那套，不是找死吗？"佘小宇一直没开口，张嘴就如此犀利，搞得在场的人都是一愣。

佘小宇又道："一帮社会闲散人员，有手有脚，去哪里找不到正经工作？但凡好好做人，要租个小窝不难，几十人宁可聚在这搅和，他们能干什么好事？"

"这位姐姐，您说的是黑皮，不是我们吧？"牙套微怒道。

佘小宇瞥了眼有些怒意的牙套，没有继续说下去。汪鹏鹏眼珠子转转，忙帮腔道:"那当然，小兄弟别多心，你们也没有那几十号人啊!"

虽然汪鹏鹏这么劝，牙套还是能听出些好歹来，念在葛永安的面子，他叹了口气:"我就直说了，你们看看当然可以，可落仙桥有落仙桥的规矩，强龙还不压地头蛇呢!要是出了事情，我可不负责。"说完，他转过身，一马当先地大步离去。

38

黑咕隆咚的自建房里，电脑屏幕上散发着幽幽蓝光，蝎子叼着烟卷，聚精会神地瞅着屏幕上的实时监控画面。

蛇仔坐在沙发上，左手捏着锡箔纸，右手用打火机不停地炙烤上面的白色粉末，把冒出的袅袅青烟用塑料管一股脑吸进鼻子，蛇仔往后一躺，搓着鼻尖，发出了满足的呻吟。

"这货的味道，就是正点……"

蝎子扭头看去:"蛇哥，不是严打吗，你哪里弄的货?"

"你又不搞这个，问这么多对你没好处，看你的监控去!"

被蛇仔这么数落，蝎子"哦"了一声，头又扭了回去。

百无聊赖地盯着如画面死机般一动不动的监控屏幕好几分钟，蝎子突然"咦"了一声。

"怎么了?"蛇仔打着哈欠问。

"有一群人下到沟底了!"

"一群人?"蛇仔伸了个懒腰，起身晃悠悠走过来，"都谁啊?"

"有男有女，看打扮，好像是社区的工作人员?"

蛇仔盯着屏幕，看清那些人长相，他摇摇头:"前一段时间有流行病，社区的人一天来八百趟，早就看熟了，化成灰我都认识，这几个，绝对不是社区的。"

"那怎么办？"

"什么怎么办？通知黑皮啊！这种麻烦的破事，当然是他来处理，人家才是老大，我们哪能越且代庖！"

"蛇哥，那成语念越俎代庖！"

蛇仔顿觉没脸，怒道："你大爷的！我说且就是且，再敢顶嘴，信不信我把你家祖坟刨了！"

"哦……"蝎子老实地点点头。

"这才乖。"蛇仔咧嘴拍拍蝎子的脸，瞅着监控，露出诡异的笑容。

39

村口这座名为落仙桥的石拱桥，长约五十米。以一座老石桥而言，它的桥面不窄，容得下两辆小车并排行驶。桥下有一大两小三个拱洞，如今每个洞上都安装有木门，粗粗一看，倒有些西北窑洞的味道。

真探组众人学着牙套，沿着厚重的栏杆铁门下到河底，这落仙桥下的环境，也就被他们尽收眼底。

桥洞附近约十米的范围内，都打有水泥地坪，在地坪的西北角，有一间用雨布搭建起的独立单间，单间另一侧，还有一座水泥修葺的洗头池。要不是单间上面挂着"理发4元"的木头招牌，众人怎么也猜不出来，这会是一间简易的理发室。

继续往东十多米的地方，在那片没有水泥地坪的泥巴沟底还有一个棚子，棚下则是一个人工挖凿的水池，约五六十平方米的样子，水池里面还插着一根小腿粗细的PVC管。

早先在无人机俯瞰照片上，李霄阳就发现了这根连接抽水机的管子,它可以直接延伸到附近的三隹河里。

外围环境看得差不多了,牙套指着他身边那三位与他年龄相仿的青年,对众人简单介绍:"傻强、托尼,还有杂耍。"

这三人外貌特征非常有标志性,众人很快就把名字对上了号。

牙套继续道:"我跟杂耍住在最左边的一间,书生和傻强住中间较大的那间,托尼因为屋里要放一些理发用品,所以他自己住最后一间。"

"理发用品?"李霄阳又看向那挂着理发招牌的棚子,"那间屋就是理发店吧?"

染着一头绿发的青年捋捋与李霄阳同款的燕尾,喜滋滋道:"这位小哥,你刚才一露面我就觉得你很有品位,现在最流行的就是短燕尾了。不过这种发型,得染色才好看,你看我的怎么样……"

李霄阳尴尬地笑笑:"你这颜色不错,确实很靓。"

托尼一甩飘逸的秀发,突然间,一个绿色的、像耳机一样的东西,从他的耳朵里甩了出去。

"坏了!"托尼见状,已丝毫不再注意形象,猛地朝那"耳机"扑了过去。

倒是汪鹏鹏眼疾手快,一把从半空中接住快要落在地上的"耳机",打开手掌一看,眼中掠过一丝诧异:"你这是……助听器?"

"一看到漂亮小姐姐,你就没个正形!"牙套赶过来,把比他小几岁的托尼数落了一顿,又对汪鹏鹏解释说,"不好意思,托尼耳朵受过伤,听不清楚,成天就指着这个助听器呢!"

汪鹏鹏小心地拿起助听器递给托尼,后者咧嘴笑笑,把那只用彩笔涂绿的助听器戴在耳朵上:"谢谢哥,好险,幸好没摔坏。"

"你这个是最低端的头戴式助听器,效果很差的。这样,我回头送你一个新款吧!那个不容易掉。"

托尼简直不敢相信自己的耳朵,他用渴望的眼神看着汪鹏鹏:

"哥，你没跟我说笑吧？真送给我？这东西可贵了！"

"嗯。"汪鹏鹏很认真地点点头，"等下次来就带给你，说到做到。"

"谢谢哥！谢谢哥！"托尼连声道谢，"就是，太不好意思了！要不，以后你要剪头，就来找我！我什么发型都会！给你弄个最帅的。"

"你怎么会有这个？"李霄阳凑过去，小声地问。

汪鹏鹏突然脸红到了脖子，不过很快就面色如常："其实是家里老人用的，最近换了个国外的，现在闲置了，刚好有人需要，就送给他呗……"

"也对！"李霄阳点点头，"助听器这东西不是手机，得有人需要才能送。再说了，再好的东西，有人用了才能发挥出价值。"

因为这个插曲，牙套刚才的怒气也完全散去，他对葛永安道："你们还想问什么，就尽管问吧。"

"书生有多久没回来了？"

"从干跑腿以后，他就很少回来。"牙套看向傻强，"我们这种人找份工作不容易，有了这个机会，书生想多赚点钱给傻强做手术。"

"手术？"葛永安有些意外，"他怎么了？"

"他脑子里有个东西，需要弄出来，否则一旦发病，就疼得嗷嗷乱叫捶脑袋，咱们都压不住他。"

葛永安一听这话，似乎想起了什么，但他并未声张，而是问道："书生住的那个窑洞，我们能不能看一看？"

40

落仙桥自建房中，蛇仔取代了蝎子，全神贯注地盯着监控大屏。

"蝎子，你给汽油发电机加点油去，桌下的缓冲器亮红灯了。"

"得咧!"蝎子接令,从屋角提了个塑料油桶走出去,当他回屋时,发现蛇仔正冲着屏幕哈哈大笑。

"蛇哥,什么事儿,笑得这么开心?"蝎子放下油桶,凑了过去。

"你瞅瞅,你瞅瞅……"在蛇仔示意下,蝎子看向大屏,发现黑皮正带着一帮人,把之前那几人给团团围住,从他指手画脚的肢体动作看,黑皮应该很是生气。

"这是打起来了?"蝎子问。

"那倒还没有,"从桌面上抽了支哈德门,蛇仔叼在嘴里笑道,"他们中有两个提着金属箱,在桥底不知道装些什么玩意儿,一看这来头,我就知道不是一般人。为啥我刚躲着不出去,让你喊黑皮出面?就是怕回头露了马脚,一不小心让人家把我给端了。黑皮他不是自称要从良了吗,他作为落仙桥的老大,让他出面正好。"

"他从良?想得真是挺美的。"蝎子扯出个难看的笑容,"在他没回来之前,咱落仙桥都是什么人?一个个都吃野食吃惯了,怎么乐意去下苦力?就黑皮手里的那些小弟,有不少手不干净的。"

"你都知道,黑皮他能不清楚?"蛇仔回道,"可这就是黑皮的聪明之处。只要表面上过得去,不给落仙桥惹事,其他的事儿,他向来都睁只眼闭只眼。"

"也对啊!就像咱们不去物流园扛麻包,黑皮好像也没说什么。"

"对个屁!"蛇仔骂道,"你就属毛驴的,把你往哪里拽,你就往哪里走,没听出来我说的是反话?"

"是是是,蛇哥教训得是。"蝎子忙接他的话。

"这落仙桥里面这么多空房子,你说要是把它改造成毒棚,让那些吸毒者来这里搞毒,我们每人收点好处费,他们乐不乐意?"

"那当然乐意了,来这里,警察抓不到啊!"

"就是,这是多容易来钱的一条路子!"蛇仔瞪着通红双眼,瞧着屏幕上正在朝几人大呼小叫的黑皮，目露凶光，"没承想，我跟他一提，就跟我吵吵起来，还说如果我敢搞，就把我赶出落仙桥。哼！鼠目寸光！他不看看混落仙桥这些人都什么德行，还能干一辈子苦力？"

"就是。"蝎子连连点头，"咱们在落仙桥外头置办的那几个毒棚，生意不要太好，也不需要什么投资，就是找几间隐蔽点的房子，把里面打扫干净，弄点开水被褥就成。一人收费30块，四间毒棚，一天生意保底收个上千块。"

"就那还供不应求呢！"蛇仔伸手在空中一抓，"我早就看好了落仙桥这片儿的位置，咱们只要把石桥给锁了，哪怕警察真来了，咱也有时间跑路，你说，要是把这片都开发成毒棚，想想能赚多少。"

蝎子冒着星星眼："那一天，不搞大几千！"

"大几千？"蛇仔冷哼一声，"以你老大我在圈里的号召力，到时候我就在落仙桥搞个毒品超市，卖抽一条龙，你觉得，这才大几千的利润？"

"我去……"蝎子一脸震惊。

"所以说……"蛇仔转头看向屏幕中的黑皮，"顺我者昌，逆我者亡，无论用什么手段，这落仙桥，我蛇仔必须拿下！"

41

"江所，谢了啊！"河坝上，高俊爽朗地笑着，朝坐在警车里的中年男子挥挥手，随后转身看着站在依维柯旁的李霄阳众人，面露无奈："你们接的不是民事调查吗？怎么会跑到这里来了？"

"死者住在这里，我们当然就来了！"李霄阳不以为然地回答。

在两位女士面前，高俊刻意收敛了平时的痞气，一脸严肃地道："还好接到你电话时，我正好在附近，否则，这事儿可就闹大了！"

"至于这么严重？你不是在两位美女面前争表现吧！"李霄阳白他一眼，"这都什么时代了，难不成那个黑皮还敢在光天化日之下动手？他也就嚷嚷两句，没啥大动作。"

"你们这大箱、小箱、瓶瓶罐罐的，整得比我们刑事技术科都专业，黑皮又不是眼瞎，他还看不出，你们不是普通人吗？"高俊瞥向车厢里的勘查箱，"他不敢动你们人是没错，可要是你兄弟我不过来救驾，你们从落仙桥提的检材想带出来，那可就难了。"

"小高这说的是实话！"葛永安点点头，"多亏了你帮忙，否则我们也不能这么顺利脱身。"

高俊看了王怡文一眼，眼睛微微一亮，笑眯眯地说道："葛组长，您也不用这么客气，我跟霄阳是同学，咱们打小一块儿长大的，有事儿，您发话！对了，千万别请我吃饭，要是非得请，就让霄阳掏钱！"

"你还好意思吃我的饭？"李霄阳没好气道，"这落仙桥住了几十号混社会的，你们当警察的不该管管？"

高俊撇嘴："又没直接线索指向他们做了什么违法犯罪的事，你让我们怎么管？派出所那边我也问过了，这帮人平时在物流园里卖苦力，这些年可没惹什么乱子。相反，派出所有时候要打听个事儿找个人什么的，还得联系黑皮，他可是提供了不少案件线索。真论起来，人家才是社会良善人儿。"

"难不成就让他们在这住着？不怕以后搞出什么事来？"

"怕肯定怕。"高俊正色道，"可你们也看到了，落仙桥易守难攻，石桥就是唯一的进出口，而且在村口最高的自建房上，还安了个监控，咱政府口儿的人一靠近，里面的人都散得跟小燕子似的，根本摸不到辫梢儿。说实话，辖区派出所和民政部门多次突查过落仙桥，根本就没用。实在没办法，我们市局只好在堤坝上装了一个高清摄像头，对准落仙桥方向，只要稍微有风吹草动，我们的巡逻车就能立马到地方处理。比方说今天这种情况，就算你不给我打电话，派出所的巡逻车一样能很快赶到。"

"难不成，就一直这样放纵他们？"佘小宇皱眉问。

高俊见女士发问，连忙清清嗓子："其实，落仙桥之所以这样，说来是个历史遗留问题。目前新来的市委书记，已经在着手规划整个三佳河沿岸了，落仙桥指定会被全部拆除。到时候，皮之不存毛将焉附，他们就是兔子尾巴——长不了了……"

"消息可靠吗？"李霄阳冷笑，"不会又是你丫从哪个小道听来的消息吧？"

"怎么会！"高俊笃定地道，"这是上次市委书记下基层考察，开小会时候说的事儿，我就蹲在旁边，亲耳听到的，最多也就这一两年的事了。"

42

与此同时，落仙桥破屋群落里。

牙套、托尼四人并成一排，低着头站在黑皮的小院里。蛇仔推门进来，脸上一副专门过来瞧好戏的模样。

"你们胆子挺大啊！"黑皮怒视牙套，"这些人，是你领来的？"

"黑皮哥，他们不是坏人。"牙套直着脖子喊。

"就是。"托尼也说，"没证没据你凭什么说人家是坏人？"

牙套又道："书生能去跑腿公司干活儿，还是那个叫葛永安的介绍的呢！我看人家挺好的。"

黑皮气得点点头，拿出从牙套身上搜出的名片，摔在他脸上："你知道龙途司法鉴定所是干什么的吗？他们又为什么追着书生不放，你问过吗？"

牙套接住名片，摇摇头："这个……不清楚。"

傻强一听"书生"的名字，突然"嗷"地嚎起来："书生，书生，我要找书生！"

"去，把傻强拉门外去！"黑皮冲身边的小弟挥挥手，"我找他们说事儿，你们把一傻子弄来这干吗？"

"大哥，你不说都弄来吗……"几个小弟很委屈。

"都什么都，赶紧给我拖出去，这家伙发起疯来，能把我这房顶给拆了。"

"好的，黑皮哥！"

看着三名小弟连拖带拽，把嗷嗷叫的傻强架了出去，黑皮捏捏鼻梁，顺顺气，这才续上了刚才的话题："你们不知道也正常，可我对人家可是一本清账，当年我把人打伤了，刑警队就是找这个龙途司法鉴定所做的伤情鉴定……"

"什么，他们和条子有关系？"牙套一惊，"这么一说，他们来找书生，难道是书生做了什么犯法的事？"

见黑皮沉着脸不说话，牙套自言自语地摇摇头，"不会的，书生他平时告诉我们，做人就得守规矩，他自己怎么可能会……"

"哈哈哈哈……"站在一旁的蛇仔突然大笑起来，"你们这些木头疙瘩，人家书生把你们都骗了。这书上呢有句话，人之所以讲原则，是因为背叛的砝码还不够沉。书生这家伙，整天那是满嘴的仁义道德，可他干的那些事，只怕都够吃一盘'花生米'了。"

"你说什么？你再说一遍？"牙套怒气冲冲，"你胡说八道什么？不就是看书生平时和你作对不顺眼吗？"

蛇仔使个眼色，蝎子带着个小弟上前拿住牙套，他慢悠悠地走到牙套跟前，伸手拍拍他的脸："怎么，还想打我啊？我这是可怜你们。

告诉你，书生已经死了，往后没人给你们撑腰，你要想在落仙桥这地方再待下去，最好给老子老实点儿！"

牙套停止了挣扎，难以置信地问："你说什么？书生怎么了？"

蛇仔冷笑道："怎么？还没听清楚？行，我再说一遍，书生啊，死了——"

"这怎么可能？"牙套求救一般地看向黑皮，"黑皮哥，书生他、他真死了？"

后者沉默片刻，重重地点了点头："对，司法鉴定所的这帮人过来，就是为了调查这事儿。"

"谁干的？到底是谁干的！"牙套双眼充血，转头瞪着蛇仔，"是不是你？"

"你可别赖给我，谁也没动手，他自己把自己挂树上了！"蛇仔冷哼道，"要是没搞错，他应该是畏罪自杀的。"

牙套怒道："他畏的哪门子罪？他到底做了什么？把话说明白。"

"有些事，我看你还是不知道的好。这样的话，你们还能念着他点好，不然我怕以后给他烧纸的人都没有。"

蛇仔走到黑皮身边，嚣张地拍一下他的肩膀。对这个明显冒犯的动作，黑皮罕见地没有任何反感的意思。

蛇仔见状大乐："我查出的结果，可都跟黑皮大哥做了汇报，书生到底都做了什么勾当，他全知道！你要真好奇，可以问他。不过……"蛇仔目露寒光，"从今往后，你们桥洞里的四个人就归我管了，在书生的事儿没彻底了账之前，没我的允许，你们哪都不能去，也不能随意跟外面联系。"

"为什么？凭什么你说了算？"

"哪有那么多为什么？"黑皮怒道，"你们住在这里，就得守这里的规矩。从现在开始，你们一切举动，按照蛇仔说的办！"

43

从落仙桥回来，汪鹏鹏就一头扎进了数据分析室。视频数量不少，龙梅还紧急调来了十余名见习生，共同参与分析。

与此同时，真探组其他人就相对清闲一些，不过他们的情绪明显不怎么样。尤其是李霄阳，从接案至今，满脸都写着"我不乐意"。

"还以为死者就单纯是个跑腿小哥，搞了半天，是个社会盲流！凭直觉，凭直觉，拖整个专案组下水，原来就是搞清楚一个社会小混混到底为什么自杀，我看真是闲得慌。"

李霄阳边念叨，边用镊子把一张陈旧发黄的"案件回执单"从一盘蓝色试剂里捞出来，挂在紫外灯下。

回执单上原本肉眼不可辨的字迹，竟然渐渐浮现出淡褐色，不等纸张完全干透，空白栏上的字迹就逐渐清晰起来。

抓住字迹显现完整的一瞬间，李霄阳用高清相机对着回执单拍了张照片。

"10、9、8……"他嘴里的十秒倒计时还未数完，那些字迹又重新褪去颜色，变得模糊难辨。

"娘的，多亏了祖宗发明这种可以显现字迹的草药汁，要不然过去了这么久，恐怕神仙也无力回天。"

趁着彩打机把照片打出来的空当，李霄阳闭上眼，眼前似乎浮现出桥洞中的场景。

"洞内陈设较为寒酸，大型家具只有一个脱漆的木质大柜，柜内多数都是一些铁皮青蛙、文具盒之类的老物件。文具盒里整齐叠放着这张发黄的A4纸，室内阴暗潮湿，致使字迹模糊褪色。"

说着，照片打印好了，发出嘀声。他抽出细看："死亡鉴定通知书，死因：胸腹部遭多次锐器穿刺致失血过多死亡，落款是公安局。

所以……这是一起故意伤害致死案？"

李霄阳打开电脑坐下，在裁判文书网搜索栏输入被鉴定人的姓名。很快，一份长达三十页的判决书显示在屏幕上。把整个内容全部看完后，李霄阳心中顿时五味杂陈，喃喃道："难怪你老想着自杀，换成是我，可能这辈子都走不出来吧……"

2013年，冬。

清晨的空气中弥漫着一股喜庆的爆竹火药味儿，再过十来个小时，就是一年一度阖家团圆的农历新年。

这原本是个欢乐祥和的日子，然而三佳河沿水村一处四合院内，却是另外一番景象。

吴国富与妻子窦有香正围着火炉你望着我，我看着你，泛红的火光照在他们脸上，使得彼此脸上的愁绪更加清晰。

吴国富推推架在鼻梁上的眼镜，担心地问："你弟窦涛……现在怎么样了？"

"他不是我弟，我就没有这个弟弟。"妻子窦有香怒道。

"这屁股再臭，也不能挖掉不是，眼下咱们得想个办法躲一躲才行！"

"这大过年的，你往哪里躲？谁愿意让破事进门？"

"可是……"吴国富还想再劝劝。

"可是什么？"窦有香打断他，"不是我瞧不起他，他每趟来咱们家要钱，只要不给，不都是喊打喊杀的？他只要脑子没进水，就不能把我们怎么样，离了你这个姐夫，他一个吸毒鬼，他吃什么喝什么？"

"话是这么说，可这次情况不一样。"

"呸！"窦有香唾骂道，"要我说，他就是活该！"

"你小声点……"吴国富连忙看看里屋的木门，"树生在里面听英语听力呢！班主任跟我说，英语是他的弱项，只要这门课提高了，咱儿子将来考个重点大学，应该不成问题。"

窦有香连忙瞅瞅里屋，见没有动静，这才摸摸胸口，安下心来。对她而言，刚上高中的儿子就是她未来的全部希望，她压低声音，对丈夫道："他就是活该。打小不干正经事，跟一帮社会盲流混在一起，十七八岁就染上了毒，现在搞得人不人鬼不鬼。咱家的大门，都被他撬了多少次了，就连家里唯一值钱的电视机，都被他给偷去卖了。这回他还胆大包天，跑到你的单位去偷，被保安当场拿下，要不是你求情，保安早报警了，他也不会光是挨顿打这么简单。要我说，你这个姐夫仁至义尽，你不要再管他了！"

"可是他这次被打得怪狠的。刚来的那个年轻保安下手不知轻重，一铁棍打在了他眼眶上，当时眼睛就流血了。"

"要我说，打死才好！"窦有香气呼呼地道。

"哎呀，再怎么说他也是你唯一的弟弟。"

"弟弟？"窦有香红了眼眶，"我爹妈可都是面朝黄土背朝天的老实人，我们一家也都规规矩矩地过日子，谁知道会出了这一个吸毒鬼，把我们搅得不得安生。他毒瘾上来，不给钱就拿爹妈出气，老两口累了一辈子，没过过一天好日子，早早地就走了，都是被这个不孝子给活活逼死的。爹妈走了以后，他又把手伸到了咱们家，三天两头来要钱，不给就要死要活。就为了不让这个毒鬼盯上树生，我还找了人，把咱儿子的户口都迁走了。"

窦有香手指门后挂历上密密麻麻的字迹："你看看，我记了多少禁毒警察的电话，可这个烂人就是阴魂不散，我是真希望他哪天干脆死在外面，不要再来缠我们了……"

吴国富慢悠悠地叹息："唉……家家有本难念的经……摊上这么个人，总该有办法解决的嘛……"

"解决？"窦有香摇摇头，"他祸害咱们两口子也就罢了，我可不能让他把爪子再伸到咱儿子身上。树生学习成绩这么好，老师说了，只要他发挥稳定，将来指定是重点大学的坯子。这树生花钱的日子还在后头，我可不能就由着他这么搞。"

"那你想怎么办？"

"怎么办？"窦有香看向丈夫，"他窦涛不来招惹我们则罢，我也不会把他怎么样，他但凡敢把手伸到树生那里，我一定会想办法弄死他！"

吴国富忙劝："哎呀，你可不能有这极端的想法，不值得！"

窦有香怒道："你别管，我真的已经受够他了。"

"受够什么了呀？"声音来自门外，两人同时起身朝门口看去。

一名瘦骨嶙峋、左眼绑着绷带的男子，醉酒般晃晃悠悠地朝他们走了过来。

窦有香抢到大门前，把住门，冷冷地道："你又来干什么？"

"姐，你又不是不知道，我光棍一个，没地方开伙，这大过年的，找你讨点饺子吃呗！"说着他用布满血丝的右眼瞅着吴国富，"另外，我还有件事，想和姐夫聊聊。"

窦有香从兜里掏出十块钱摔在他脸上："滚，拿钱自己买去。"

窦涛也不动怒，弯腰把钱捡起揣进口袋，笑眯眯地道："姐，你是不是不了解行情啊，这大过年的，谁家开门做生意？就算开门，那也得涨价不是？"

窦有香懒得跟他啰唆，从门口抄起一根铁棍握在手里："你走不走？不走我可打人了！"

"行行行！"窦涛高举双手，"饺子我不吃了。我就跟姐夫说两句，说完我就走。"

"你要说什么？当你姐面讲。"吴国富道。

窦涛指了指自己的左眼："你们单位的保安下手挺狠的。我找人给

- 148 -

看了，说是要做手术，你给我拿5万块钱。"

"你自己偷东西被保安抓到，还拿刀反抗，如果把你送到派出所，你这就是抢劫，知道吗？要不是保安跟我有些交情，你下半辈子就得牢底坐穿。"

"听听，不打自招了！你果然跟打我那保安关系不一般。"窦涛手指左眼，"早就知道你们想摆脱我了，我这伤，就是你让那保安干的吧？"

"窦涛，你要无赖。"窦有香气得胸口起起伏伏。

"耍无赖？"窦涛横着右眼瞅瞅这对夫妻，"我让你给我求情了吗？警察来给我定个抢劫，那你朋友把我眼打伤这事儿，也得给他定个重伤害吧！所谓一码归一码，咱俩可指不定谁蹲的时间长呢。我就一烂人，进去有吃有喝，蹲几年都无所谓，可你朋友得有家有室吧？他要是进去了，这损失可就大了。你说，你不让报警，到底是帮我，还是想着帮他啊？医生可说了，如果不手术，可能还会连累另一只眼睛，到时候我可就成了睁眼瞎了。反正，这事儿是你那熟人干的，你得想办法给我弄手术费，否则嘛……"

"你……"吴国富不善言辞，被他气得话都说不出来。

怒火中烧的窦有香一铁棍就打在了窦涛身上："否则什么？"话未说完，又是一棍，"说！你想怎么你姐夫？"

"姐，你这是干什么？"窦涛被打得嗷嗷叫，连连后退。

"干什么？"窦有香手持铁棍朝他逼过去，双眼血红，"大过年的，你给我来这一出。行，我看你是狗改不了吃屎是吗？行，今天我豁出这条命，送你去见咱爹妈！"

"有香，你别这样。"吴国富忙喊。

"你别过来！"窦有香暴怒地喊，"家里就你一个人挣钱，这事跟你没关系，我弄死了他，我自己负责。你给我把儿子照料好！"

见妻子动了真气，吴国富手忙脚乱地跑上前拉架，可他再怎么快，也不可能快过她手里的铁棍。

窦有香一棍子朝窦涛头上抽过去，后者本能地从兜里抽出右手，往前一送，顿时，一股温热从窦涛的手心传来，他低头一看，那把他用来防身的三棱刀，已经插进了姐姐的心口。

事情发生得太快，吴国富也被眼前的一幕给惊呆了，眼瞧着妻子身体如离魂般重重地摔在地上，吴国富才意识到，眼前的一幕并非幻觉，而是事实。

"有香——"一声惨叫，吴国富如野兽般冲向窦涛，"你这个畜生，我要杀了你！杀了你！"

在吴国富咆哮中，窦涛向后一闪，来到姐姐的尸体边，将三棱刀从她心口拔出，一道鲜血溅在他脸上，浓烈的腥味激发了他的兽性，他望着吴国富，狰狞地道："来呀，有本事就动手啊！你们刚才不就打算把我杀了吗？来呀！"

看着窦涛脚下妻子的尸体，吴国富彻底失去了理智，他抡起铁棍，朝窦涛的头上砸去，就在这时，堂屋的门突然被打开，头戴耳机的吴树生走了出来。

瞧见儿子，吴国富想起妻子方才的嘱托，手上动作迟疑了一下，窦涛抓准这个机会，拿起三棱刀对着吴国富的心口捅了过去，一刀，两刀，三刀……鲜血喷得他满脸都是，连视线也变得一片猩红……

而这一切，都被刚出来的吴树生看了个真真切切……

44

中心的广播突然响起，沉浸在案情画面中的李霄阳被拉回现实，他拿起眼前一摞装订好的打印纸，塞进了文件夹中，沉默地走向会议室。

推开玻璃门，他第一眼就看见汪鹏鹏正一手拿着一个白煮鸡蛋，在眼睛周遭滚着。滑稽的一幕总算让李霄阳心情好了些。

"你这啥情况？"

汪鹏鹏把鸡蛋拿开，露出熊猫似的青黑眼眶："这不是昨晚一宿没睡，一直弄到现在嘛！"

"有这么多视频吗？"

"那可不是！"汪鹏鹏哀号，"辖区派出所跟咱们有合作，经常到咱们所做伤情鉴定，所以咱们所的介绍信好使，而且是太好使了。"

他边揉眼边说："我不是听高大哥说，派出所在落仙桥安了个高清监控吗，我跟葛头儿去对接时发现还真有。而且，这个监控安装得特别隐蔽，不仔细看，压根发现不了。不过这是优点也是缺点，这落仙桥被拆得七七八八，要想在村口附近安装监控，那指定是不可能的，早上装，那些人晚上就能给你砸了。所以，他们只能把监控给装得远一些。

"这个监控是安装在一家民房的屋顶上的，那些人乍一看，还都以为是自家装的呢！不过，这就导致了明明是个高清摄像头，却只能拍到村外的情况，村子里面在干啥，还是一团糨糊。我呢，按照葛头儿的意思，把硬盘中的资料全拷贝了过来，整整三个月的，足足2TB！"

"这么大？难怪看得眼圈都黑了，辛苦了。"

"可不是，拷贝的视频看完还得原封不动地给派出所送回去，我们不能外漏，更不能保留。"说着，汪鹏鹏鬼鬼祟祟地凑近他端详，"哎？不对啊！阳哥这个时候，居然没有说葛头儿不是人压榨我什么的……你不是对这个案子一直意见很大吗？是不是昨天晚上被外星人偷换了？"

"你才给外星人偷换了呢！"李霄阳见汪鹏鹏哈哈笑，这才意识到，自己心中的抵触情绪不知不觉地减轻了许多，"行了！干都干了，那就好好干。你小宇姐不就这样吗？"

等到真探组成员悉数落座，葛永安第一个点起汪鹏鹏："桥下的情况，能不能看清楚？"

"我把剪辑好的视频简单处理了一下，应该还是挺清晰的。"

"很好。"葛永安看向众人，"我知道你们对接下这桩案子，心中一直有很多疑问，而且昨日在取证的过程中，还差点发生冲突，这很可能是你们职业生涯中的第一次，对于我而言，这也是极少发生的情况。不过，既然真探组采用了这种创新的调查模式，我相信，以后类似的事情，咱们也还会遇到。所以，不管这起委托最终是什么结果，我都希望，大家能把这起案子中的经历，当成对我们的一次锻炼来看待。"

说罢，他朝汪鹏鹏一抬手："那就开始吧！"

"好的，葛头儿！"后者打开电脑，将画面传送到大屏上。

"监控一共录制了三个月，在将静态画面删除之后，剩下不到200个小时。在将视频处理后，我大致把桥下的情况分为三类。第一类：日常生活。"

汪鹏鹏开始倍速播放起一段长达20分钟的视频，画面中，五个人影正在桥下快速忙碌着，也就短短几十秒的工夫，一天的节选画面就播放完毕，播放条不断前移，第二天的活动又开始出现在画面中，如此反复。

在视频播放的同时，桥下五人的大头照也被单列出来，放置在大屏边缘。

"你们看视频我来介绍！"汪鹏鹏道，"第一位，吴树生，绰号书生，在五人中年纪最大，通过视频中他经常吩咐其他人的举动，我们可以看出，他应该是这里的灵魂人物。以石桥为分界，上游的大片菜地，下游的理发室、蓄水池、发电机之类，都应该是他捣鼓起来的，因为除了他，我没发现其他人会去修理那些机器。"

说完，指示光标落在那名戴着牙套的男青年身上："这是牙套，跟我们打过照面，其他信息不详，年纪排第二，他和留鳖尾的那个杂耍关系很密切，两人平时形影不离。从监控上能看出他做事比较稳重，性格也相对内向，闲来无事的时候喜欢坐在桥底的藤椅上看着天空发呆，在书生做事时，他会默默跑去搭把手。此人也比较勤快，桥洞门前的水泥地坪，基本都是他在清扫。

"至于杂耍，他大概比牙套小几岁，做事冲动一些，每次和其他人发生争执，都会脾气发作，乱踢乱跳。他有一次和傻强不知道为什么事打了起来，他就把傻强辛苦拎来的清水全部给踢翻在地，后来还是牙套背着空桶，连夜又去接回来的。

"根据这些监控，我发现在书生没做跑腿前，会带着牙套和杂耍早上八点固定出门，下午六点钟又回到桥下，这和牙套的说法能对上，他们那时应该是去附近的物流园做搬运，作息相对固定。"

介绍完前三人，汪鹏鹏用鼠标在后两人的大头照上画了个圈："他俩是一搭。染绿毛、和阳哥留着同样发型的这位叫托尼，年纪要更小一些，他患有弱听，耳朵不好使，而且身材瘦小，出不了苦力，不过他有一手洗发剪发的本事，就在桥底的棚子里给附近的人理发赚钱。而这个叫傻强的人，平时会给他打下手。落仙桥的大部分人，都会去物流园做装卸工，理发室一般晚上有客，白天就基本没什么生意。

"在托尼和傻强起床后，他们会拎着塑料桶，去落仙桥西南边一公里左右的小公园里接清水。他们没有车，只能全靠人力扛回来，一天需要往返数趟，也只能背回来二十桶左右，这些水，会被下工后的落仙桥青年买走，具体卖多少钱一桶，监控看不到。

"下午六点以后，托尼的摊位排队剪头的人会渐渐多起来，我数过，二月二那天生意最好，有近三十人剪头，而平时最多也就五六个，按照每人四元的收费标准，顶多够个吃饭钱。对了，"汪鹏鹏将光标移到画面中那个用雨棚遮起的水池上，"这个池子不光是他们洗澡洗衣的地方，那些剪完头的青年，也经常会在这个水池里洗个澡，冲掉身上的发渣！所以，我觉得这池子应该是跟理发配套弄起来的。"

"虽说赚钱不多，但维持吃喝，绝对绰绰有余了。从画面里看，他们的生活还挺滋润的……"李霄阳说着说着，表情渐渐严肃，"书生会选择自杀，是不是在这期间发生了什么事？"

"不能确定到底是不是这个原因，但这期间确实发生了一件事。"汪鹏鹏说着，把剪辑好的第二段视频拖入了播放器，"在书生入职跑腿公司的第一周，他没回过落仙桥，听葛头儿的朋友说，他那一周在疯狂地跑单赚押金。可也就在这段时间内，杂耍突然消失了。"

"消失了？他去哪了？"

"这个从监控上可弄不明白。"汪鹏鹏说，"他消失的前三天，牙套肯定没有联系书生，因为书生没有回来。直到第四天，杂耍还没出现，书生就骑着电瓶车回到了落仙桥，并且和牙套在桥面上聊了很久，不知在说些什么，但从两人的表情、动作上不难看出，他们很可能是在商议杂耍失踪的事。后来书生下到桥底，把一包药交到了托尼手里，就和牙套一起离开了落仙桥。再次出现时，已是第二天上午，书生骑着电瓶车，杂耍蹲在前面，牙套坐在后面，他们三人当时是一起回来的。刚到桥下，牙套就扇了杂耍好几耳光，不过奇怪的是，杂耍并没有还手，也没生气，只是低着头站在那任凭牙套扇他嘴巴。还是书生把牙套给拦了下来，劝了一会儿，然后他们就各自进屋了。书生在桥底没待多久，就骑车离开了，而这期间，牙套和杂耍，又过起了早八晚六的生活……又过了六天，书生骑着电动车到落仙桥拿走了一包行李，自从那次以后，他就再也没出现过了。"

见视频已播完，葛永安问："还有一段视频，又是什么？"

汪鹏鹏将那段内存容量明显小了很多的视频拖进了播放器："这是书生死后没多久的事儿。落仙桥里来了两个人，个头一高一矮。"说完，汪鹏鹏将两人的截图打在了大屏上。

"以石桥上的木板路障为参照物，可以算出这个高个子约有一米八，矮个子要比他低一个头，身高大概一米六五。从他们与落仙桥人交涉的情况来分析，他们也是第一次来这里，从肢体动作看，他们和落仙桥的人并不熟悉。不过高个子男和绰号叫蛇仔的人交涉了一会儿，蛇仔就把他们领到了桥下，那个高个子男单独见了牙套和杂耍。他们之间有长达三十分钟的交谈，并且高个子男三个桥洞都进了，牙套似乎想阻拦，但被蛇仔给拉住了。"

"奇怪……"李霄阳道，"既然彼此不熟悉，蛇仔为什么会帮他们去桥下？"

"有句话说得好，"佘小宇冷声道，"物以类聚，人以群分，他们这样的社会青年，我从小就接触过，只要彼此报个名号，就能论资排辈，呼朋引伴。桥下那一帮人，本来就和桥上的人格格不入，蛇仔不站在他们这边，应该也很好解释。"

李霄阳想了想，点点头。

王怡文也道："如果这么分析的话，来的这俩，恐怕也不是什么好鸟吧！"

"书生刚死没多久，他们就来找人，还去了桥下！"李霄阳看向葛永安，"书生的死，可能真不那么简单……"

45

深夜，托尼照常被尿憋醒。扒拉着床头，他捏起那枚新式黑色隐藏式助听器，戴在耳朵上，感受着周围细微的虫鸣声，不知不觉地露出笑意。

他本以为，那个胖胖的汪鹏鹏只是在随口应付自己，加上后来那些人还和黑皮他们发生了口角，觉得这助听器的事八成打了水漂。可让他没想到的是，当天傍晚，就来了一名跑腿小哥，把这枚还带有完整包装盒的助听器交到他的手上。

他戴惯了廉价款，只上手一摸，就知道这东西轻巧很多，制作也无比精美，绝对价值不菲，心里早有准备，但当他查阅网站，看到那接近五位数的价格时，也着实吓了一大跳。按他现在剪头能赚的那些钱，就是不吃不喝一两年，也未必能攒得到这个数。

不得不说，一分钱一分货，尽管他的耳朵曾经受过重伤，可戴上汪鹏鹏送他的这只新款助听器，他就连自己走路的脚步声都能听得清清楚楚。

迈着轻盈的步子，托尼一蹦一跳地来到桥洞外的菜地边撒尿。浑身一阵抖动，他提起裤子，准备折回去继续睡觉，就在这时，他却突然发现，牙套和杂耍的桥洞里，还闪烁着微弱的烛光。

"奇怪，他俩怎么到现在还不睡？"带着疑问，托尼放轻脚步，摸了过去。

桥洞通风不佳，所以他们不管多冷的天都不会把木门关严实，加上杂耍本就是个大嗓门儿，他俩在屋里边做什么说什么，戴着新款助听器的托尼听得清清楚楚。

……

"你说，书生他……到底为什么要自杀？"

杂耍一句话，让牙套怒火中烧："还好意思问为什么，让你不要接近大桶子，你非不听，他到底是什么人，我可是一本清账。当年在戏班子里，他糟蹋过多少女人，你小子又不是不知道。"

"我、我……"

"你什么你。"牙套翻身坐起，"你不就会说，大桶子对你还不错。

对，他是帮你出过头，可那也是因为你是他杂技班组的，他就是指望你给他赚钱，不帮你出头，他手里钱就少了啊！再说了，我们那个戏班子本来干得好好的，大班主就是中了他的迷魂汤，非要搞女人过来跳艳舞，结果没搞几年，把整个戏班子都给搭了进去。"

想起旧事，杂耍还一头冷汗："还好咱俩那时候没掺和这事，否则就像大桶子一样，也得被抓进去蹲劳改！"

"你既然都知道大桶子犯过事，为什么还跟他往来？"

"我哪知道他出狱后会联系我呢？"杂耍据理力争，"他以前做过坏事，可也帮过我，我就想着，他出狱了，说不定也想找个正经事干，正好咱们物流园不是缺扛货的吗，所以我就去了，可谁知道……"

"谁知道，他把你带到了他的自建房，两杯猫尿给你灌下去，你就想跟着他一起干，要不是书生把你给抢了回来，你以为，你现在会是什么下场？"

"牙套哥，我……"

"别喊我哥，我告诉你，我觉得书生的死，跟大桶子和四毛脱不了干系！"

"可书生明明是自杀的啊！"

"自杀？"牙套跳起来，"你以为这件事这么简单？"

"那，那不然呢？警察不也这么说吗？"

"你用你那傻脑子寻思寻思，书生是会自己寻死的人？"

"可他什么也没跟咱们说啊！"

牙套摇摇头，叹气道："他就说让我把你们照顾好，其他的事他去办，我当时就觉得他是不是知道了什么，也问过，可他啥也不告诉我。后来……后来他人就没了。"

杂耍打了个冷战："这到底怎么了，书生会把命都搭了进去？"

"我知道个屁！反正……我觉得这事儿蹊跷。"

46

城中村里，一处窗帘拉得严严实实的自建房中，身材魁梧的大桶子蹲在破沙发上，用刀片在老式方桌上一点一点地将一坨白色粉末压平："妈的，这房子一点阳光见不到，货都回潮了。"

四毛的声音冷若冰霜："怎么，不满意？就这儿租房不要身份证，不然，你找个比这更安全的地方？"

"我找啥找。"大桶子打着哈欠，贪婪地撑开一张锡箔纸，将磨好的粉末小心翼翼刮到纸上，打开打火机。

橙色的火焰在锡箔纸下不停炙烤，冒出的袅袅青烟被他用软管吸进鼻腔，他才像上了发条的人偶，渐渐缓过劲儿来。

"混了半辈子社会，竟然被一个社会青年给耍了！"大桶子把打火机一扔。

坐在椅子上的四毛，一边擦拭着只有巴掌大的手枪，一边缓缓地道："当初是你信誓旦旦地说，让书生去做最后一票没问题，可后来怎么样？咱们如今可是人财两空。"

"四毛，难不成你在怀疑我？"大桶子无奈道，"都跟你解释多少遍了，我当时毒瘾犯了，浑身没劲儿，书生成交后像往常一样，把钱给丢在了车里，然后就骑车走了，我当时怕人多眼杂，没敢在车里看，直到把车开到安全位置才发现，皮包里装的居然是一捆冥币！"

"当初我老大贩毒被抓，那批货就放在我的车厢里，警察不知道，所以我趁乱找了个安全的地方，把货给埋了。后来我老大被枪毙了，作为他的司机，我也落了个四年有期徒刑，不过因为我开车必须保持清醒，所以从不沾毒。除了最后被抓住那次，算了我一个包庇窝藏罪过，其他和毒品相关的线索都跟我扯不上关系，否则我铁定也是枪毙的结果，而这批货，也就永远不会有人知道在哪儿。"

四毛举起手，朝窗外打了几下空枪，又看看枪眼儿："在监狱里，咱俩的关系最好，因为我身子骨弱，你把能干的农活都给我包了，所以我信了你这个人，想着出来了，带自家兄弟一起发财。当初，你劝我刚出来，别自己亲自上，又告诉我，在这有个听话乖巧的小兄弟，可以替我们把货给销掉，我这才放手让你去干，可这小兄弟没拉拢，却引来了个大麻烦……"

"哎呀！我真不是坑自家兄弟。那杂耍我俩以前是一个班组的，我是他的班头，他对我那是言听计从，叫啥干啥。他的底细我知道得很清楚，跟他一起来的，那个叫牙套的，也是戏班子里头的。他俩都是大班头花钱从人贩子那买的，还没断奶，就养在戏班子里，无亲无故，也就跟我关系好。我本来计划让杂耍给咱们送货，等把那批货销完了，我就说带他外出做生意，然后神不知鬼不觉地把他给做掉。这世上还有人能知道咱们干了啥吗？不就万事大吉了吗？可我哪想得到，牙套这个吃里爬外的玩意，会把那个叫书生的给带来？"

"你当真没想到？"四毛手一晃，枪口对准大桶子。

"我又不会算命，我怎么可能想到？"大桶子过去，一把捏住枪口，"别冲着我，知道你生气，可就是放现在看，我还是觉得，书生那天说的话挺有道理……"

数日前，在这间自建房中，吴树生捂着肚子，踉跄着脚步，从卫生间跌跌撞撞地走出来。

"没想到，你这小身子骨还挺能扛的啊！"大桶子上前一把将他推倒在地，"告诉你，老大可不是好当的，想替小弟出头，你也得有那个本事才行。"

忍着剧痛，吴树生双手撑住地面，缓缓爬到客厅，靠着沙发坐起来，见他大口大口喘粗气，大桶子蹲下笑嘻嘻问："搅我的好事是什么下场，现在知道了吗？"

"我，我没想坏事！"吴树生咽了口唾沫，才接着说道，"我高中没毕业就混社会了，我是这么想的，二位一看就是干大事的人，既然要干大事，最好别选牙套和杂耍，否则，对咱们大家都没好处。"

"哦？他俩不是你兄弟吗？背后说坏话，不合适吧！"

"这不是说坏话，事实如此，就得认账。"吴树生咳嗽起来，喷出些血沫子，他抬手擦擦嘴角，继续道，"我跟他们住在一起好几年了，牙套做事稳重，但性子内向胆小；而杂耍就太大大咧咧，下力气做个装卸都能惹出事儿来。要是带着他们，对你们而言，就是成事不足，败事有余。"

见大桶子没言语，吴树生知道他说到了关键，又说："我好歹能有份跑腿的工作，对这里的拐拐巷巷都非常熟悉，他俩又不是本地人，你指望他们，那不是白费功夫吗？我是怕，他俩惹毛了二位，自家兄弟，我不想看他们没好果子吃。"

"哦？看不出，你还挺关心他俩啊？"

"我也就是嘴上说得好听，"吴树生站起来，"其实说到底，我是担心我自己。"

"你自己？"半天没作声，坐在阴影里的四毛突然开了口。

吴树生瞧他一眼，缓缓点头："你们有所不知，我们住的地方，叫落仙桥，那是个什么情况，二位只要有心，也能打听得到，我是说万一，万一他俩出了什么纰漏，牵扯到了落仙桥，你们信不信，搞不好他们还没出事儿，黑皮就第一个把我给做了。"

"落仙桥这地方，我还真听说过。"四毛从阴影里缓步走出来，"我隔壁号子，就有一个抢劫犯在落仙桥住过，说是自己犯了忌讳，被那里的老大给赶了出来，走投无路才不得不去抢的。"

"我说的黑皮，就是落仙桥现在的老大。我也不瞒二位，我开罪过他，他看我是怎么看怎么不顺眼，三天两头找事儿搞我。"吴树生摊开手，满脸为难，"人在屋檐下，不得不低头，要是牙套和杂耍给落仙桥惹出事儿，我的下场只会比你们想的更惨。"

"所以你蹦出来拦着我们，其实是为了自救？"大桶子抬手拍了一下吴树生的肩，笑着打量他。

后者轻轻摇头："要真说，那也不全是。我受黑皮的活罪也不是一天两天了，在落仙桥，我要是一辈子当个跑腿小哥，那就得一辈子受人欺负，说不定哪天就送了命。如今二位找上门，有了出人头地的机会，我也想试一试。要是真跟二位混出个样儿来，将来黑皮就得一边玩儿去了。"

"有志气。"大桶子给他竖起拇指，"可咱们也丑话说在前头，要想人前显贵，必然人后受罪。咱们这营生，也得你提着脑袋跟咱干才行。你跟哥说实话，乐意不乐意？"

吴树生龇出染血的牙，嘿嘿一笑，反问道："这我要是都不乐意，难道等着黑皮弄死我？"

"好兄弟。"大桶子也乐了，他抬头朝四毛看去，见他隐约点了点头，这才笑眯眯地跟吴树生勾肩搭背起来。

眼前吴树生那咬牙切齿的阴狠模样渐渐淡去，大桶子依旧想不明白："书生无父无母，光杆司令一个，这货现在连命都不要了，要咱们的钱有什么用？他这么做，到底是图啥？"

"书生这家伙很聪明。"四毛淡淡地道。

"是挺聪明，"大桶子接话，"那天他跟我说，可以通过跑腿公司下单送货，这样铁定不会引起怀疑，我还以为这小子脑子进水了。可后来他告诉我，他们跑腿公司的小哥最不喜欢送活物，那些送流浪猫、流浪狗的单子都是他去接，在公司已是默认的了。卖货的只要下单送

- 161 -

活物，必定是书生接单，这样一来，他既可以帮我们送东西，又不耽误自己干活儿，还能在公司赢取好口碑，简直是一箭三雕。"

"这种灯下黑的玩法，确实胆儿肥，"四毛也跟着点头，"不过我说的聪明不是指这个。"

"那是指什么？"

"书生思维缜密，他当然能算到，把货钱吞了之后，我们一定会找他身边的人，所以，我想他应该不会把这件事告诉任何人。"

"对。"大桶子点头，"牙套跟杂耍我从小看着长大的，这俩藏不住事，他们但凡知道一点，都不可能会是现在的傻样。那个托尼和傻强就更不用说了，他俩只怕还不如牙套呢。此外，落仙桥的其他人，与书生本来就不对付，他绝不可能把钱留给他们。而且，就冲那个蛇仔还想从我们这拿货这一点看，他压根不清楚我们的情况。妈的，手里要是还有货，咱们至于一天到晚围着个死人满世界跑吗……"

四毛意味深长地瞥大桶子一眼，沉吟片刻："所以说，眼下的结果和书生一贯缜密的思维存在自相矛盾的情况，俗话说得好，事出反常必有妖，我感觉这里面一定有什么被咱们漏掉了。"

"你是说，书生是被人害死的？"

"你当警察是废物？不过，他自杀的事儿，我总觉得，不纯粹是为了寻死，只怕还有别的什么目的。"

47

王兵便利店的仓库里，汪鹏鹏一边盯着电脑屏幕，一边对身边背着双肩包的李霄阳龇牙："虽说咱不能像警察那样调阅监控，可正所谓'小鸡尿尿，各有各的道儿'。"

李霄阳指指自己身后鼓鼓囊囊的帆布包道:"这就是你的道儿?知道你买了多少香烟和可乐了吗?"

"也就几百块钱的,没多少。买的东西迟早能喝了,再说抽烟的人那么多,散散还能赚个人缘儿,不枉费。"汪鹏鹏不以为意,"谁让咱是民营机构呢!不买点东西,光靠介绍信,那也不好使啊。"

李霄阳感叹:"说得也对,咱们就是没警察好使。"

"不过还好现在监控摄像头比较便宜,一百多块钱的机器,画面都能达到1080P,这要是放在十年前,你让我想辙,我也没招儿。"

汪鹏鹏正说着,画面上一个蓝色身影快速地从店门口的非机动车道骑了过去。他抬头看了一眼屏幕右上角:"跟上一家相隔十五秒,时间对得上。"

说着,他点击慢放,李霄阳则眯起眼睛,仔细观察那段模糊的视频:"虽说看不清楚人,可车辆型号以及车架反光位置一致,看来这就是吴树生骑的那辆车。另外我还注意到,他打了左转灯,接下来,咱们得换路线追踪了。"

汪鹏鹏拿出手机,将关键视频翻拍下来,李霄阳则掏出手机,在电子地图上标下一段红线,打完点后,他还不忘把地图拉大,反复检查这条由落仙桥拉出的崎岖线路有无遗漏之处。

等到李霄阳收起手机,汪鹏鹏肥硕的屁股才舍得从板凳上挪开,跟乐呵呵的老板道了声谢,他俩提着大口袋,一前一后走出了小店。

从朝阳升起,直到夕阳西斜,二人在路边店铺钻进钻出,看着天边即将沉下的太阳,汪鹏鹏绝望地走出那家挂着"牛肉板面"招牌的店铺。

站在门口的台阶上,汪鹏鹏对着面前"你挨我,我挨你",搞得跟亲兄弟似的自建"握手"楼长叹一声:"完犊子了,吴树生进到这里面了,你说这么多的自建房,这要怎么找?阳哥,你可得想想招啊!"

"临来前老葛联系了跑腿公司，那老板说吴树生的那辆电瓶车 GPS 坏了，无法定位，所以他到底去了哪里，一时间恐怕还真搞不清楚。"

"难不成，真要按你说的，蹲点守候？"

"来找吴树生的那两个人应该不知道我们长什么样子，而这城中村只有四条主干道，除非他们不出来，否则，咱们应该会有所发现。"

汪鹏鹏一脸愁容："万一那两个人不在这住了呢？我们总不能一直等下去。"

李霄阳摇摇头："不会的。"

"你为啥能这么肯定？"

"因为现在不是月末。"李霄阳盯着巷口，"我刚上了68同城 APP 看了，这里70平方米的房子，月租200块，三个月起租，整租半年才1000块，这么低廉的价格，要是你，你会讨价还价吗？"

"这倒不会……"

"而从老葛偶遇吴树生到现在，满打满算还不到一个月，所以他们退房的概率不太大。但是……"李霄阳说着，神情暗淡下来。

"但是什么？"

"但是，最坏的结果未必不会出现，如果书生的死真和他们有关，或许他们连钱都不要，直接退房也有可能……"

汪鹏鹏揉揉胖嘟嘟的脸，疲惫地问，"那现在，我们要怎么办？"

"我先和老葛说一声吧！要不，你先在这蹲两天试试看。"

"啊？真要蹲？"汪鹏鹏话语里都透着绝望。

可他一转头，见李霄阳狡黠一笑，便瞬间明白过来："阳哥你玩我是吧，还有其他办法对不对？"

"没有，没有。"李霄阳连连摇头。

"你骗我呢！"汪鹏鹏呵呵直笑，"你就是怪我让你背了一路可乐，所以故意逗我的，对吧？"

"你跟我混这些日子，逻辑思维能力见长啊！"

"果然嘛！"汪鹏鹏来了兴致，"阳哥可是咱们所最年轻的痕检专家，你怎么能没有法子？"

"好了好了，少吹彩虹屁，还不赶紧把这包可乐给我卸下来？"

"对对对！这都背一路了，我来我来。"汪鹏鹏慌忙把那个大号双肩包从李霄阳身上拿下，背在自己身上。

李霄阳甩甩胳膊，活动下筋骨，便掏出手机，点开了一份检验报告。汪鹏鹏把脸凑过去，看着报告落款部位佘小宇的名字道："小宇姐？你让她做的是什么检材？"

"唾液斑。"

"唾液斑？"汪鹏鹏越听越纳闷，"不就是口水？我们在现场提取过这种检材？"

"不是在现场。"李霄阳手一划拉，翻到了一张打着"草上飞"LOGO的电动车照片，"这是吴树生送货的车，自从案发，这辆车就没人动过。老葛这人精细，他早就料到在调查中可能会出纰漏，早早就把这辆车拖到了咱们所里，在委托的第一阶段，我们的调查方法还没穷尽，所以，他当时并没有着手检验那辆电动车。"

"这也是为所里考虑吧！"汪鹏鹏善解人意地分析，"毕竟这起委托说是老葛掏钱，但龙所平时凶归凶，还是挺讲义气，她既然出面说接这个案子是她的意思，应该就不会那么薄情。"

"确实。"李霄阳也跟着道，"她人严厉了点，但对自己人，还挺护犊子的。"

"我觉得你跟龙所有故事啊阳哥……"汪鹏鹏嘻嘻一笑，"不过要是咱们都能看出来，葛头儿那种人精铁定也心里有数，所以但凡能靠外围调查清楚，他是不会轻易做检验的，毕竟，现在试剂的价格也不便宜嘛！"

"所以在跟你出来调监控前,老葛特意叮嘱,让我用我们家那不要钱的指纹粉,对这辆车表面的痕迹做了处理。"

"看来阳哥心情好多了,"汪鹏鹏向来会看脸色,忙见缝插针,"感觉这两天,你和葛头儿的关系好像好了许多。"

"有吗?"李霄阳道。

"怎么没有?我又不瞎。"汪鹏鹏道,"刚接案那会儿,你俩差点没直接干起来,可这两天都能开上玩笑了,你这态度转变得不要太明显,好吧!"

李霄阳佯装无奈:"老葛这'贼船'都开出百多里了,我除非跳海淹死,否则就只能在这船上待着。笑也是一天,哭也是一天,我干吗非得跟自己过不去?"

"有道理有道理,"汪鹏鹏点头,"横竖你俩本来也没啥大矛盾,无外乎就是办案理念上有点不一致呗!不过就目前来看,葛头儿这直觉,还挺靠谱儿的……"

说着他扭头看向李霄阳:"不过要我说,阳哥的检验技术更靠谱,传承了数千年的封诊道,我的个乖乖,开玩笑呢……"

李霄阳掏掏耳朵,皱着眉头捂他嘴:"行了行了,别拍了,你这马屁功夫都跟谁学的……到底想不想知道结果了?"

汪鹏鹏点头如小鸡啄米:"想,那必须想知道。"

李霄阳把照片放大,汪鹏鹏眯起眼,隐约看出电瓶车的车尾上,呈现出不少半圆形的痕迹,约莫有奥利奥饼干一半大。

"这是什么?"

"犬鼻纹。"瞧着汪鹏鹏投来好奇的目光,李霄阳道,"就是狗鼻子印,和人类指纹类似,狗鼻子上的纹线也是基因表达的结果。这个世界上,可没有一模一样的犬鼻纹,所以它可以用来做犬类的身份识别。拓印犬鼻纹的事儿,最早可以追溯到1938年的加拿大。类似的动物纹线还有牛鼻纹。比如说日本的养牛户，为了确定牛种群血统，就会在牛一生下来，给牛拓印牛鼻纹，并进行登记造册，利用现今的AI技术，只要扫描牛鼻纹，就可以获取关于这头牛的各种信息，包括出生年月、出生地、吃何种饲料、生长周期、父母、爷爷、太爷爷是谁，都记录得清清楚楚。"

"这么厉害？难不成这枚犬鼻纹也做了登记？"

李霄阳摇头苦笑："在我们国家，饲养普通犬可没有登记犬鼻纹的习惯，不过那些打比赛的名贵犬，相关登记信息还是非常翔实的。"

汪鹏鹏不死心："难道这只是打比赛的狗？"

"不是，哪来那么多巧合。据我分析，这就是一条普通的中华田园犬留下的犬鼻纹。"

"啊？土狗啊？那可多了去了，这咱们要怎么查？"

"别急啊！我话还没说完呢！"李霄阳道，"经纹线分析，车尾所有的犬鼻纹全是来自同一条狗。可有趣的是，你看这痕迹有浓、有淡，明显不是一天所留。"

"咦？那就是说，这条狗跟吴树生这辆车接触过不止一次？"

"没错。"李霄阳赞赏地对汪鹏鹏道，"我们简单分析一下就能够得到结论了。首先，在落仙桥和骑手基地里边都没有养狗，可以排除狗和车在那里进行接触的情况。其次，这些狗鼻纹也有可能是在吴树生送货时留下的，可要是这样，不会只留下一条狗的鼻印，毕竟他每天跑的地方都不一样，所以这也能排除。那么就只剩下最后一种情况了。"

李霄阳朝前方密密麻麻的自建房看去："犬鼻纹，多半是吴树生把电瓶车长时间停在某处时留下的，而这个位置，刚好和这只犬固定的活动范围重叠。"

"固定的活动范围？"汪鹏鹏咂咂嘴，李霄阳继续道："你想过没有，这只犬为什么会对书生的电瓶车屁股这么感兴趣？"

"对啊，为什么？车屁股又不是羊屁股，这上头也没油啊！"

"刚夸你，你就翘屁股，这是因为车屁股上挂的就是送货箱。跑腿小哥送得最多的货就是餐饮。而在送货时，路况不一，颠簸是难以避免的，把饭汤、饮品洒在车屁股上也很常见。我处理书生电瓶车时，就在底座上发现了黏稠的玩意儿，我怀疑是含糖饮品干掉以后留下的。不过除此之外，书生电瓶车后座还算是干净，没有什么明显的饭汤痕迹。狗的嗅觉虽然灵敏，但在嗅源比较少的情况下，这只狗居然还对此车座情有独钟，不停地嗅闻，你觉得，为什么会出现这种情况？"

"我明白了，因为电瓶车停的位置距离这条狗很近。我看别人遛狗，狗就喜欢嗅来嗅去，是不是觉得自己地盘上多了个东西，每次都闻一闻？"

"对，但这只是一方面。"李霄阳再次点开处理好的鼻纹图，接着他把手机举过头顶，展示给汪鹏鹏看，"发现了什么问题吗？"

"问题？"后者瞅了半天，摇摇头道，"纹路挺清楚，没看出什么问题啊。"

"这痕迹上没有鼻尖！"

"这能说明什么？"汪鹏鹏一脸迷惑。

"这只狗在嗅闻时昂起了头，不是处在平视状态的。而且它仅限于嗅，却没用舌头去舔，说明车上没有什么让它觉得想吃的东西，这种嗅闻应该只是它下意识的动作。"

经李霄阳如此提示，汪鹏鹏瞬间明白过来："你是说，吴树生每次都把车停在狗窝旁边？"

"还可以更精进一点。"李霄阳将检验报告翻出，"小宇用棉签把所有的鼻纹都进行了采样，干涸的鼻纹黏液中含有少量食物残渣及唾液成分。我们分析出，这只狗患有比较严重的口鼻瘘。这种病是由犬牙周疾病引起的，后续病灶会沿着牙冠向牙根深部发展，使得牙槽和上颌窦之间的骨骼溶解，造成鼻腔和口腔相通，这会让狗在进食时，细小的食物残渣沿着鼻腔流出。狗不像人会擤鼻涕，所以大多数滞留在鼻腔的食物残渣会沿着犬的呼吸系统进入它的肺部，从而引起肺炎。这种病在初期可以通过手术根治，可一旦发展到后期，就无能为力了。"

"那这条狗岂不是只能等死？"

见汪鹏鹏神情暗淡，李霄阳也有些不舒服："生活在这种脏乱差的城中村中，这只狗就算有主人，他的主人也不一定有这个经济能力去给它做手术。而且得了这种病，外出觅食，铁定抢不过那种身强体壮的狗，一剧烈运动，就会肺部难受，所以这只狗大概率是躲在某个遮风挡雨的地方，有饭就吃一口，没有就这么趴着，而且如果不是太饿了，它也不会反反复复去闻吴树生的电瓶车，估计它是想看看能不能从这个铁家伙上搞到吃的，不过，每一次应该都没有什么收获……"

"这里到处都是自建楼，符合病狗安全栖息条件的地方，恐怕就只有楼道了。"汪鹏鹏说罢，转身进了小店，再次出现时，他手里多了一捆火腿肠，"走吧，阳哥，我们去找找这只狗。"

48

落仙桥，那间搭着凉棚的怪异院子里香气扑鼻，黑皮怡然自得地拿着一把铁签穿的五花肉，在用油桶改造的火炉上烤得滋啦冒油。

撒上烧烤小料，烤串都举到了嘴边，正准备开吃，一个电话却冷不丁打进来。黑皮瞥了一眼，看清来电显示上备注的一串代号，他把串儿放下，转身走进屋里。

黑皮重新从乌漆嘛黑的室内走出来，发现蛇仔不知何时赶到，此时正坐在火炉边，一根接一根地吃着他刚烤好的猪五花。

"黑皮哥，好手艺！好手艺！"蛇仔含含糊糊地说着，朝他直举大拇指。

看着满嘴流油的蛇仔，黑皮一怔，摇摇头，在主位上坐下，笑道："你喜欢吃就好。"

"哎！那我就不客气了，不过黑皮哥你也吃点啊！"蛇仔抬手拿起铁盘送去，然而铁盘里除了油渍已空空如也，他似乎刚发现这一点，忙用手轻轻朝自己油光锃亮的嘴拍了两下："瞧瞧我这不争气的馋嘴，怎么都吃了，也不说给咱黑皮哥留点儿。"

"没事儿！自家兄弟客气啥？我的就是你的，冰箱里边有的是，我一会儿自己再烤点儿就行。"黑皮抽出两支"华子"，甩给蛇仔一支："怎么突然来了？你小子可向来是无事不登三宝殿，说吧，找我有事儿？"

蛇仔抬起手腕，看看那只高仿版百达翡丽："一个小时之前，托尼离开了落仙桥，这事儿，你知不知道？"

"我倒是知道。你那时候不在，他才过来找我，也是我让他走的。"

"他为啥出去？说了吗？"

"说是理发用的东西用完了，得出去买点儿。"黑皮嘬口烟卷，露出有些好奇的神色，"咱这落仙桥几十号人，理发可都得靠他，所以我就让他去了……怎么，他有问题吗？"

"不是，这归我管的人突然不见了，我就过来问问。要说，还是黑皮哥吩咐给我的活儿，我得上心点不是？"蛇仔笑呵呵起身，"既然是黑皮哥点头的，那就行了，出什么事儿跟我没关系，我回了。"

说罢，他转身就走，带着蝎子晃晃悠悠地出了门。

在他身后，黑皮看着光溜溜的盘子，摇摇头，露出看似无奈的笑容。

……

宛若交叉的鲫鱼骨刺一样错综复杂的城中村里，汪鹏鹏拖着疲惫的步子，跟在李霄阳身后。

"我发现还是我想多了……这一路走来，每个楼道里好像都蹲着流浪狗。要不是阳哥你会看狗鼻纹，咱估计又该蒙了。"

"忍忍吧，也没几栋了！"李霄阳背着双肩包，沿着满是油污的柏油路走着，"我说，你买这些可乐，到底多久能喝完？"

"快点儿的话两天，再慢也就三天呗！我挺能喝，绝对能消化得了，不会堆在所里的。"

"你知道一瓶可乐里有多少块方糖吗？你这么喝，别回头喝出什么毛病来。"

"那不会，我习惯了。"汪鹏鹏擦把汗，见李霄阳突然在远处单元楼门前蹲下来。他以为有了什么发现，连忙快步撵上去。

这处楼道和他们之前所见的几乎都是一个模子刻出来的，面朝楼里，左手边是楼梯，右手就是以二楼楼梯为顶的狭窄开放空间。

城中村整体地势低洼，所以从一层开始就是挑高建筑，这导致普通小区上一层只用四五级台阶，而这里却要足足爬上十五级才成。不过虽然设计奇怪了点，但不影响住户进行空间利用。跟别的单元楼一样，这栋一层楼梯下的空间，都被水泥砌死，只留一扇木门，用来充当储物间。

汪鹏鹏看到空空如也的楼道，纳闷地问："这也没有狗啊，阳哥你在看什么呢？"

"城中村向来脏乱差，可也不是没有好处。"李霄阳手指地面，"你瞧见楼梯间深处那些带油渍的轮胎痕了吗？"

汪鹏鹏顺着他的手指瞅了一眼："这密密麻麻的，你能看出个啥？"

"这里边有书生的电瓶车所留的印记，而且不止一条。"

汪鹏鹏惊了："这你都能一眼看出来？"

"有什么不能？轮胎印说白了和鞋印类似，熟悉轮胎花纹的前提下，找出属于这条轮胎的磨损特征，就很容易辨别了。"李霄阳手指脑袋,"熟能生巧,这对我而言,很容易。"

"还是阳哥牛!"汪鹏鹏猛拍马屁,嘿咻一声,把装兜里半天的火腿肠给掏了出来,"你不是说趴在这里的狗得了病,不太能乱跑吗?我这肠都给它买好了。"

"正常情况下,这只狗的确是不会乱走的,除非……"

"除非什么?"

"除非,它是闻到了什么陌生的气味,感到害怕才……"李霄阳小声说着,把手指放在唇边,做了个"嘘"的手势,随后慢慢走向楼梯深处,当他来到只留有一扇木门的楼梯间入口时,猛地踹了一脚木门,那门瞬间开了一条大缝,里面传来"嗷"一声。

李霄阳与汪鹏鹏对看一眼,后者立马从双肩包的一侧掏出辣椒水喷剂,握在手里。

这处楼梯间里边没有灯,看不清里面的庐山真面目,汪鹏鹏手持辣椒水慢慢挪过来,把喷口对准木门打开的那条缝,他紧张地舔舔嘴唇,冲里喊道:"是谁?出来,否则我喷了。"

"是你,鹏鹏哥?"黑暗中传来了惊喜的语气。

"怎么?你还认识我?"

"那哪能不认识?你们别动手,是我……"说着,里边的人把脑袋伸了出来,一看清对方那一头燕尾绿毛,汪鹏鹏就连忙把举着辣椒水的手放了下来:"托尼,怎么是你?你在这干什么呢?"

"我、我在帮你打探情况。"

"不是,我怎么越听越糊涂了?"汪鹏鹏费解地问,"到底怎么回事儿?"

"鹏鹏哥,你对我这么好,我得跟你说实话。"托尼面带愧疚地道,"牙套和杂耍他俩,没跟你们老实交代。其实,书生的死和大桶子、四毛有关。"

汪鹏鹏更迷惑了："大桶子？四毛？这俩又是谁？"

"你们别急，我知道什么，都会告诉你们。"托尼手指耳朵，"说实话，要不是你送我这助听器，我还没法子听到他俩夜里说的悄悄话呢！他俩明明知道情况，却没告诉你们。我那天晚上把他们臭骂了一顿，他们才告诉我到底怎么回事。"

汪鹏鹏和李霄阳对了个眼神，反手掏了一瓶可乐递过去："你累了吧，喝口水，慢慢说。"

托尼接过可乐，爱惜地擦了擦，打开抿了一小口，露出满足的神情："这事儿，倒也不复杂。大桶子是个坏家伙，过去认识杂耍，还对杂耍有点恩情。后来他犯事儿进了监狱，在里边认识了这个四毛。这俩坏种出狱以后，想拉杂耍干什么事儿，具体的我不清楚。反正他们把杂耍叫去，不知道为啥，就把人给扣下了，据说是书生带着牙套把他给弄回来的。可后来，书生就跟着四毛和大桶子，不知搞了些什么事儿，然后书生就自杀了。所以，我们觉得，书生的死和大桶子他们绝对是脱不了干系。打从上次你们跟黑皮起了争执后，我们四个被蛇仔彻底软禁了，手机也给我们收走了。

"我平时给落仙桥的人理发，所以有外出采购的机会，今天正好洗发水什么的用完了，我就偷空跑出来。我本来想联系你们来着，可是我又不知道你们的电话，就想着干脆偷摸来这看看。要是四毛和大桶子还在这里，我就去你们鉴定所给你们报信，你们抓住他们两个，一问一个准儿。"

"敢情你是在这潜伏呢？"汪鹏鹏拍了拍他肩膀上的土，满脸欣赏。

"嗯呐！"托尼憨憨一笑，不好意思地挠挠头。

李霄阳问："那你有没有什么发现？"

"暂时还没有。"托尼手指头顶，"他们说，那俩坏蛋就住三层东户，可我上去听了，屋里没有动静，应该没人。我想等太阳落山，再看看里面会不会亮灯，如果亮了就是人在里面。晚上一般人不会太走动，我寻思过去告诉你们，找人连夜抓住他们问书生的事，应该也来得及。"

汪鹏鹏对弱听的青年很是在乎，他小声解释道："我们不是警察，可没有权力去抓人。最多就是了解下情况而已。要是真当面锣对面鼓，他们不交代，我们也没办法强求的。"

托尼一听，失落地咕哝："那他们指定不会说啊！"

"没事，就算他们说了，也未必就是真话。言辞可以随意变化，作为证据，其实不怎么靠谱，所以我们要另找证据！"李霄阳说完，朝楼道外边走边说，"不过，托尼你带来的信息，倒是省了我们不少麻烦，这么大的城中村，咱们要是一家一家地问，那要找到什么时候。"

"嘿嘿！"被他一夸，托尼脸上又有了笑容。

汪鹏鹏和托尼跟着李霄阳来到单元楼后面，三人仰头看着窗户，李霄阳道："衣服都没挂，总觉得，不怎么像有人的样子……"

"妈的，那个什么蛇仔的情报挺准啊！要是咱们晚走半个小时，说不定就撞上了。"站在对面楼的楼顶，大桶子将手中的望远镜递给了身边的四毛。

四毛看了片刻，平静地道："他们有点本事，居然能找到这里。"

"硬找怎么可能找到？城中村这情形，有本事挨家挨户敲门，那也得问上好几天。"大桶子气急败坏，"你没瞧见那个小绿毛吗？他跟书生是一起的，就住在落仙桥的底下！我看，铁定是牙套和杂耍这俩兔崽子把咱们给卖了。"

"可卖了咱们，对他俩又有什么好处？"四毛仍盯着望远镜，"你不是说他俩胆小如鼠？惹毛了咱们，麻烦可不小。"

"那蛇仔不是说了吗？这群人说到底还是黑皮在管，虽然黑皮和书生不对付，但一个大活人不明不白地死了，他铁定会有所警觉。再说了，自己地盘上死了人，要是不搞明白，他这个落仙桥的大哥怕是很难坐稳当。"

大桶子呵呵冷笑："黑皮自己和公安搭上线也不行，这样小弟不会听他的，可道上混的哪一个不是人精？他自己不好出面，就让那几个小兔崽子给司法鉴定所提供情报，让他们来查咱们。你别小看这司法鉴定所，说起来是民营机构，但跟公检法都有着千丝万缕的联系，他们要是查出什么线索，肯定会第一时间移交给条子。"

四毛沉默片刻，突然开口："那你觉得蛇仔跟我们通风报信，他打的是什么主意？"

"这个蛇仔嘛……有点儿意思。"大桶子点上一根"华子"，吐出一口浓烟，"这小子打眼就能看出我也吸粉，挺有眼力见儿。我打听过，蛇仔在本地毒圈子里头也是挂了号的人物，他自己就搞了好几个毒棚，给抽粉的打掩护。外人可能对书生送货的事不太了解，可要想在毒圈儿里打听出书生送货的事却不难。他应该早就知道，或者猜出来，书生在帮咱们送货……"

"难怪你会给蛇仔几个'小包子'[①]，原来是将计就计，"四毛微微一笑，"你这是为了让他感觉我们手里有大量货源，吊着他的胃口，让他帮咱们打听消息？"

"要不说咱俩能做兄弟呢？"大桶子一把搂住四毛，"就属你懂我。"

他低头看着远处托尼的背影，冷哼道："这些天里，我一直有个直觉，书生的死和落仙桥里边这些人，绝对脱不了干系，要想知道那笔钱到底被书生藏在了哪里，这地方必须得盯紧了，让落仙桥自己人当眼线，不比咱们动手容易？"

四毛没回答，却突然拿下望远镜："咦？怎么又是那个人？"

---

① 净重1克的毒品，俗称小包子

"谁?"大桶子接过望远镜,顺着四毛指的方向,朝楼下更远处看去。

"就那个穿绿色马甲,背着相机包的男人。你看看,他是在干吗?"

大桶子眯眼瞅了一会儿,看到对方正躲在墙角,撅着屁股举起相机,有些狐疑地道:"他好像在朝咱们住的那个楼道口拍照,难不成,他是条子?"

"你想多了,条子办事才不会这么鬼鬼祟祟的。"四毛不以为然,"其实一个小时前,我就发现他站在远处打电话,并没有留意到咱们住的那个楼道,直到那一胖一瘦走过来,他才紧张地躲了起来。"

"这么说,他其实是追着那个什么真探组的人过来的?"

"我觉得是这样。"大桶子挠头,"妈的,还真是老母猪戴胸罩——一套接一套,这玩意儿又是谁派来的啊?"

"呵呵!"四毛勾起嘴角,看着那名男子朝楼道小心翼翼挪着步子,露出饶有兴味的表情,"我怎么觉得,这场戏,现在是越来越精彩了。"

49

一小时后,司法鉴定所的外勤车停在了不算宽敞的楼道前。

一下车葛永安就问李霄阳:"情况怎么样了?"

"已经摸到吴树生另外的那个落脚点了。"李霄阳指楼上,"三楼东户,现在里面没人,房东我们也联系了,他说,住在这里的两个人今天上午刚跟他说搬走了……"

"上午才走?"葛永安摸一把下巴,咂巴着味儿,"有点太巧了吧!"

"这不是关键。"李霄阳急道,"我刚跟房东说了老半天,就想进屋里看看,可他死活不愿意。"

"哦？那房东住在几楼？"

"就在六楼西户，这整栋楼都是他家的。"

"行，我知道了。"葛永安抬脚就朝楼上走去。

李霄阳跟汪鹏鹏要了瓶可乐，刚拧开喝了一口，突然发现葛永安已经下了楼，手里还拿了一把钥匙。李霄阳一口可乐呛在喉咙眼儿里，咳了好一会儿才缓过劲来："这是吴树生那屋的钥匙？"

"纠正一下。"葛永安道，"现在我才是这间房子的租客。"

"葛头儿英明神武，我就说嘛，用钱能解决的事，干吗要费嘴皮子。"汪鹏鹏朝葛永安竖起大拇指。

"你丫就是个马屁精！"李霄阳踢了汪鹏鹏屁股一脚，走到车尾，打开后备箱，把勘查工具拎了出来，"别光顾着喝可乐了，赶紧过来搭把手吧！"

"咯——"汪鹏鹏打了个气嗝，慢吞吞地朝车尾挪，"着什么急呀？葛头儿最少也租了一个月呢！咱这会儿有的是时间。"

"话也不能这么说。"佘小宇提着物证箱从依维柯上下来，"得抓点紧，咱们在这起案子上耗费的时间已经太多了。"说着，她看向一旁顶着绿脑袋的托尼，"阳哥，他是你请的见证人吗？"

"哦，找到这儿，还是他帮我点的眼。"

托尼搓搓手，嘿嘿笑道："对，姐姐，就是我。"

佘小宇冷冷地问："那你在桥下的时候，怎么不说？"

"这个……"

"现在突然开口了，谁让你这么做的？有什么目的？"

"姐姐，你怎么说话跟审犯人似的，就没有人让我做什么，我就是听到点情况，才着急找个理由，跑出来告诉你们的。"

"对对对！"汪鹏鹏忙帮腔，"小宇姐，我看人很准的，托尼可不光是理发技术了得，这做人的人品上也没话说。要不然，我也不会跟他一见如故，送他助听器，你说是不是？"

托尼对汪鹏鹏心怀感激，虽然对佘小宇有些不满，但他的性格本来就软，听这话便不好意思道："鹏鹏哥，你说这话就见外了，反正往后有用得着我的地方你尽管说，电话我都留给你了。"

"得嘞，你号码我存下了，时候也不早了，你说出来买东西，也该回去了。等需要麻烦你的时候，我再找你。"

托尼最会看人眼色，忙顺着话茬："对对对，我确实出来比较久了，再不回去，黑皮估计要找我麻烦，那我先走了。"

和托尼告别后，汪鹏鹏看着佘小宇与李霄阳一前一后上楼的背影，自顾自地摇摇头："看来下次接委托，还得多长点心再举手表决，这二位真是脾气不小，夹枪带棒的太闹心了。"

……

除了王怡文闲不住，接了个额外的尸检没到场之外，真探组余下四人整整齐齐地站在了三楼那扇酒红色的防盗门前。

用祖传黄铜貂毛毛刷蘸起金粉，在门框上轻扫数下之后，李霄阳用三种不同颜色的笔在门把手附近圈出了几枚不同类型的指纹。

"绿色的是吴树生留下的，从指纹的油脂挥发程度看，他最后一次从这里离开，应该是在十五天之内。"

"十五天？"佘小宇敏锐地捕捉到关键信息，"那不就是吴树生自杀前两天？"

汪鹏鹏道："根据我们目前调查的结果，吴树生自杀前做了各种准备，还把电动车送回了跑腿公司，换言之，这里应该是他自杀前的所处了吧？"

"大概率是。"李霄阳点头，"要想揭开他的死因，这里就显得尤为重要。"

"那另外两个颜色的指纹是谁的，能确定吗？"

葛永安的询问将众人的注意力拉回门把手上，李霄阳摇头："不能精确对上，而且蓝色圈内的指纹印痕不清晰，尤其是拇指、食指，有很明显的脱皮现象，说明这个人时常用这两只手指捏取东西，而且是发烫的东西。"

汪鹏鹏道："这都能看出来？"

"要判断这个，其实很简单。"李霄阳从工具包中抽出一把黄铜放大镜，将这枚指纹放大，"简单地说，指纹其实就是皮肤上的凹凸纹线，其主要成分还是蛋白质，遇到高温时，蛋白质的性状就会发生变化，比如说铁匠的手指因常年受高温炙烤，就会发黄变硬，表现在指纹上，就是纹线粘连，模糊一片，导致分不清指纹上的细节特征，又因为皮肤组织存在自身更替代谢，导致烤焦的肤纹被新生长出的替换掉，从而出现脱皮特征。"

"那为什么只在指尖的部分有脱皮，指肚的纹线却很清晰？"

"小宇是问到点子上了。"李霄阳很是赞赏地道，"说明他只是用两只手指捏住某种发热体，而且是多次这样拿捏，使得肤纹硬化产生了隔热效应，这才出现了这种纹样。"

"要想使皮肤硬化，那他捏的东西，导热性必须得非常好才行！简而言之，就是很烫。"佘小宇看向李霄阳，"难道是什么金属物？"

"要想使表皮层的蛋白变硬，得非常高的温度才行。一般人也不会去捏热铁锅吧！"

"那究竟会是什么呢？"

"单看指纹，无法做出确切分辨。"

"嗐，不清楚就先留着呗！"汪鹏鹏趴在李霄阳耳边说，"这楼上楼下人来人往的，我们几个还是别一直蹲在门口吧！知道的是研究门把手，不知道的，还以为我们要溜门撬锁呢。"

"说的也对！"李霄阳起身，用微型摄像仪观察锁孔，"暂时没发现有撬别痕迹。"接着，他又取出胶带纸，把门上的粉末指纹全部粘取到指纹板上，葛永安这才打开了防盗门。

这是一间南北向、两室一厅结构的套房，房门朝西。

"按房东说的，这屋子室内面积有65平方米。"葛永安说道。

众人在进门处看到一个木质鞋柜，葛永安又继续道："房东给我看了室内照，这个玄关的北侧就是客厅，厅内摆放有一套打着补丁的皮质沙发，与沙发相对的电视柜上，还搁着一台老式的'大肚子'彩电。玄关南侧算是小餐厅，里面应该只有一张折叠桌加四个红色塑料凳。从餐厅向西走，走道南侧是半开式厨房及卫生间。走道北侧则是大卧室和一间面积较小的储藏间。"

李霄阳一边听，一边在门口打开了足迹灯，屋里还没来得及清扫，所以地面痕迹在匀光灯的照射下，就显得格外清晰。

"三组鞋印。"测量地面上的足迹之后，他收起黄铜足迹尺，"第一组，带有条状磨损特征的，明显是吴树生的。第二组步距较长，印痕清晰，步角偏大，这个人个子在一米八以上，体重约100公斤，走路有很严重的外八字。第三组，步态均匀，前脚掌印痕清晰，步角处在正常值，推测此人身高在一米七左右，体重约70公斤，走路喜欢用前脚掌着地。"

"一个外八字、一个踮脚。"汪鹏鹏打开手机相册，播放了四毛和大桶子至落仙桥寻人的剪辑视频，"靠，我说怎么听着这么熟悉呢，原来真是他俩，走路姿势和阳哥分析的一模一样。"

李霄阳意味深长地看了葛永安一眼："看来吴树生的死，跟你说的一样，果然有猫腻。"

后者波澜不惊地道："那就麻烦你勘查仔细一些，既然接受了委托，那就要还死者一个真相，不是吗？"

"行，我知道了。"李霄阳重重点头，蹲下将重点足迹圈出，旋即提起足迹灯朝客厅中央走去……

50

罗曼蒂克 SPA 会所的桑拿房外，赤条条的蝎子如木人桩般双手抱胸，站在门外一动不动。当有人想拉开玻璃门进去汗蒸，他就会瞪着那双铜铃般的大眼睛，把对方硬生生地给瞪走。

桑拿房里，三名男子目光相对，脖子上带眼镜蛇文身的蛇仔独自在右边，一高一矮的大桶子和四毛坐在他对面。

"你这选的地方还真有新意。"大桶子扯下脖子上的毛巾，擦擦额头上不停冒出的汗珠，不咸不淡地夸了一句。

"电影里不都这么演？"蛇仔指着自己干瘦的身体，"大家都不穿衣服，这样就不会藏什么窃听器之类的玩意嘛！"

说着，他拿起木勺，朝烧得滚烫的石头上又浇了一瓢清水，顿时桑拿房内升起一团雾气，他满意地放下木勺道："其实，就算带了也没事，这么高的温度，这么大的水汽，什么设备都能给它整失灵了。"

"机器失灵不失灵我不清楚，再这么蒸下去，老子可马上要脱水了。"大桶子不耐烦地问，"找我们来，到底有什么事？"

"我昨天给你们提供的情况是不是很可靠？"

"所以呢？"

"其实……"蛇仔把身子往前压压，但又很注意和对方保持一定安全距离，"我早就知道，书生一直在帮你们送货。"

"哦？"大桶子与四毛对视一眼，问，"你怎么知道的？"

"我妈从怀我时，就开始搞这个。"蛇仔手背凑到鼻子前一吸，做一个陶醉的姿势，"我是娘胎里带的毒，没得办法，天生只能吃这碗饭。"蛇仔朝天跷跷拇指，"不是我吹的，虽然没机会做大生意，可我在咱们市圈子里也是能吃得开的人物，毕竟我手里现在有七八个特别隐蔽的棚子，那些老毒鬼子，都会上我那去享用。所以货从哪儿来，又是谁送的，我门儿清。"

"原来是这样，还以为你故意查我们呢！"四毛微微一笑。

"实不相瞒，我棚子里的几个常客早就跟我说了，最近咱市来了新的货源，还是一个跑腿小哥在帮着送。我一寻思，这书生刚去干跑腿，毒圈儿里就有了新货，哪会有这么巧的事？为了验证，我让一个熟人帮我暗中观察观察，他趁书生送货的空当，把他胸前挡住的号牌给扒了下来，一对号，嘿！可不就是他吗？哎呀——我是真没想到，他小子人模人样的，也会干这个。"

四毛问道："他不是牙套和杂耍的老大吗？为什么不能干这个？"

"你们是外地人，不清楚里面的门道。"蛇仔道，"这书生和咱们落仙桥的老大黑皮是一个村的，认真论起来，他俩算发小。这书生有些文化，黑皮本想着让他做军师，拉着他一起管落仙桥，可谁知他油盐不进，当着几十号人的面说，让他在这里可以，但大家必须走正道，不能干违法乱纪的事儿。这不是扯犊子吗？住落仙桥的，哪一个不是有妈生没妈养的货色？里头有些人身份证都卖过好几回了，出门连自己的真名都不能用，谁不是走投无路才窝在落仙桥的破房子里？那些房子你们也看了，外面下大雨，里面下小雨，他黑皮还是落仙桥的老大呢，住的房子不也倒了一面墙？现在的劳务市场连大学生都找不到工作，他还指望这些人走什么正道？所以，黑皮就彻底和他掰了！"

"可是据说，黑皮不是带着人在物流园干吗？这不算正经活儿？"大桶子不解，"那书生怎么想的？"

蛇仔不屑地撇嘴："对，黑皮是在物流园给大家找了一个装卸的工，只要肯出力气，就有饭吃。可干不动重活的人呢？比如我，我妈怀我时就吸毒，生下来转手就把我卖掉换了包粉，我打小身子就弱，能活下来就是个奇迹，要不是脑瓜子机灵，我都死一百回了，我怎么可能干动重活？再说了，这万一哪天人家全上机械了，又怎么办？一个叉车就把他们的活儿顶了,到那时候,一个个三十大几的,活干不动,钱又没赚到,何去何从?所以说,黑皮死活不会答应书生的。他这家伙,就是读书读傻了,什么玩意都不懂,还成天找黑皮吵。后来黑皮一气之下,把书生给轰出了村子,还有几个胆小的也一并轰了出去。不然,他们吃饱了撑的住那桥下风吹雨打?"

"这么说,黑皮也是有吃偏食的想法喽?"

说起这个,蛇仔似乎有些无语:"你别说,我本来也是这么想的。尤其是他把书生赶走以后,我以为他要搞些不一样的了,我就跟他提议,把落仙桥改造成毒棚。这样既不担风险,来钱还快。没承想,他居然把我给骂了个狗血喷头,还警告我,说什么我在外面搞他不管,要敢在落仙桥里边弄,就让我好看。他来这么一出,我可就被他给整蒙了,不过后来我仔细一琢磨,才明白过来,黑皮怕不是想让落仙桥的这帮人给他安稳当几年小弟,赚点钱,他抽人头费把他自己喂饱,至于其他人的将来,他可不管。书生的事儿,他就是找个理由,以扰乱军心的名义把他给赶走,可你要让他搞点大的,他也没那个胆子,我估计,是他在牢里蹲了几年,蹲怕了。"

四毛微笑,起身给滚烫的石头加上一瓢水:"这么说,还是蛇仔老弟有胆识啊,愿意和咱们合作。"

得了夸赞,蛇仔立马喜不自胜起来,他咧开嘴角,喜滋滋道:"不瞒二位,我在落仙桥可是有几个非常靠得住的兄弟。"他手指门外,"都跟蝎子一样,只要我一句话,他们命都能豁出去。所以稳定人心这一块,我还挺有把握的。我知道,你们找书生送货,就是因为大桶子哥与牙套、杂耍以前在一个戏班子嘛!可说句实话,书生到底是什么人,你们以前不知道,现在也应该是一本清账了吧?他啊!自从他爸妈被他小舅给杀了以后,他可是自杀过好几回,医生说他有什么抑郁症。我听说,有一次他割腕,要不是黑皮发现得及时,他早就上西天了。所以这家伙掺和你们的生意，压力一大，就容易走极端。"

大桶子诧异道："还有这么一茬？"

"你们居然不知道？"

二人面面相觑，摇头道："不知道。"

"唉，那就难怪了！"蛇仔叹道，"书生给你们送了这么多次货，都没有想着自杀，偏偏这一次把自己给搭上了，我寻思，是不是你们给的压力太大了。"

"你还真猜对了！"大桶子脱口而出，四毛暗中用胳膊肘杵了他一下，大桶子立马闭上了嘴。

大家都赤条条的，这动作自然也没逃过蛇仔的眼睛，"这人都死了，还有什么不能说的吗？"

"这……"大桶子看向四毛。

四毛却问蛇仔："那就要看这位兄弟，到底有没有诚意了。"

蛇仔起身，把胯下毛巾一拉，赤条条往两人面前叉开腿："都这样了，怎么，还不够诚意吗？"

大桶子挪开眼睛："四毛，你看蛇仔这兄弟都做到这份儿上了……"

后者却目不转睛地盯着蛇仔："行吧！看来，你至少比那个死了的小子靠谱儿。"

大桶子接过话茬："货，我们有，而且不少，至于货是什么质量，我也给了你几个小包子，你应该尝过了。"

"对对对！"蛇仔把自己干瘪的身体包回去，谄媚地点点头，"这些年严打，现在还有这么纯的货，二位可真是有本事。"

大桶子被他捧得一乐："我刚才也听出来了，你小子是不是想把黑皮从落仙桥挤走，自己单干？"

"桶子哥英明，这都被你看出来了。"蛇仔摸摸嘴，"我馋好久了，想得也很清楚，人生苦短，要干就干票大的。我准备把落仙桥整个改造成毒棚，然后在里边卖货，弄个一条龙，狠狠地赚一笔。"

"行，那你怎么搞我不问，你要多少货，我们都能供得上。"

"那可太好了！"蛇仔眼睛一亮。

大桶子话锋一转："不过……在此之前，我们还需要你做一件事。"

"什么事？"蛇仔把胸脯拍得啪啪响，"尽管说，但凡兄弟办得到，没有不答应的。"

"书生自杀前，成交了一批货，涉及金额比较大，他现在人死了，钱却被他裹走了，不知道藏在哪儿了。要是你帮我们找到，你的要求我们全部答应，另外……"大桶子看向四毛，后者缓缓竖起了三根手指。

"另外，我们还会从我们所有的卖货钱里，再分你三成！"

蛇仔眼前一亮："那会有多少？"

大桶子用手指在空中写了个三位数，并在后面又画了一串零。

蛇仔顺着大桶子的手指读出了声："个、十、百、千、万、十万、百万……"

他激动得脸通红："真是个大生意啊……"

51

蹲在客厅的沙发前，李霄阳眉头紧锁。

"阳哥，怎么了？"佘小宇拿着物证盒走了过来。

李霄阳指地面，地板砖上一团模糊："刚才用匀光灯观察时我就发现，这地板砖上好像有指纹纹线。"

"居家生活，地板上有指纹有什么好奇怪的？毕竟在家里摔倒、做个运动什么的，都有可能遗留。"

"话是这么说，但指尖朝向不对。"说着，李霄阳用毛刷蘸取黑色磁性粉在地面轻轻扫过，多枚叠加掌印逐渐呈现在两人面前。

手持放大镜，李霄阳对准有些模糊的指尖纹线细看片刻："指纹对得上，可以确定是吴树生的掌印。"

说罢，他紧靠沙发，做了一个反手撑地的动作，做完动作后，他又用毛刷把自己的掌纹给刷显出来。

经对比，佘小宇也有所发现："吴树生当时应该慌乱，很久没有把自己撑起来，所以才出现了这么多叠加掌纹，奇怪，其中一枚掌纹，完全伸进了沙发底部？"

说到这，两人默契地对视一眼，起身分头走向沙发两侧。

汪鹏鹏正站在门口盯着平板电脑上的实时监控画面，通过临时装在屋内的网络摄像头，发现了他们的异常行动，便伸头喊道："喂，要不要帮忙啊？"

李霄阳朝监控头翻个白眼："这沙发不重，你小宇姐能搬动，不要在我提痕时一惊一乍的。"

"抱歉，我闭嘴。"

等到两人合力将沙发搬走，一个完整的如切片面包状的浮灰层出现在二人面前。也正是因为浮灰极为完整，所以对此稍有破坏，都可以看得一清二楚。

佘小宇皱着眉头看着那条曲曲折折、如蚯蚓一般的线条痕迹："这会是什么东西留下的？"

李霄阳没有言语，从工具包中随手拿了个小号的铜锭子，沿着边缘往里一扔，铜锭在地面摩擦了一会儿之后停下来，所留下的痕迹竟与原先的痕迹有些相似。

"吴树生往里面扔了个东西？"

"对。"

李霄阳用毛刷铜杆点点那枚伸入沙发底、并不太清晰的掌纹："他应该是情急之中丢进去，之后又找了个机会拿走了。"

说罢，他来到沙发前，用毛刷蘸金粉在皮质沙发的表面刷过，佘小宇一眼看出，在沙发底部还有半枚掌纹。

李霄阳端详道："他丢东西进去时，情绪比较紧张，用力很大，物品滑行痕迹也很清晰，但因为沙发下浮灰层过厚，阻力也较大，所以物体没有滑得很远。我推测当时他身边肯定有人，他应该是受到了威胁。可当他取出这东西时，却直接搬动了沙发，说明这时危险已经解除，周围只有他一人，此时他或许已经取得了对方的信任。"

佘小宇用放大镜仔细观察那前半段粗、后半段越来越细的痕迹："他丢进去的，到底会是什么？"

"方块形物体在地面滑行，会形成很标准的矩形痕迹，并在停止的地方会有矩形痕迹堆积，所以要判断是什么东西，我们要看这里！"李霄阳将放大镜放到痕迹末端。

通过凸起的镜片，佘小宇发现了一个半圆形的灰尘堆积痕迹，李霄阳用尺子测量，将图案画在 A4 纸上，并沿着弧形的两端做延长线，当两线交于一点后，他又列出了各种关于扇形、圆形的公式，也不知他到底怎么计算，最终得出了一个数值，随后他用铅笔将半圆形补成了一个四分之三圆。

就在佘小宇纳闷他画的是什么东西时，李霄阳从兜里掏出一把钥匙，将其覆盖在了铅笔画上，此时神奇的一幕出现了，钥匙的头部接近圆形，竟然和痕迹形状几乎完美重叠在一起。

"他往里面丢了一把钥匙？"

"至少计算出的结果是这样。"李霄阳思忖片刻，"然而书生的遗物中，并没有发现钥匙，看来，要想揭开谜团，必须找到它。"

52

夜晚，落仙桥下的桥洞里。

托尼、牙套还有杂耍围坐在一起。

"真探组晚上给我来电话了。"托尼手指头顶，桥面上，守桥的几个青年正坐在破旧的躺椅上呼呼大睡，"我可是一直憋到他们睡着了才来找的你们。真探组的人跟我说，书生的死有蹊跷，还和大桶子和四毛有关。"

话说完，见对面两人沉默不语，托尼顿时来了火："你们两个早知道了对不对？"

"我……"杂耍欲言又止，下意识地看向牙套。

"书生这些年怎么对我们的？掏心掏肺算得上吧？当初要不是书生带着我们几个离开黑皮，住在这桥洞里，你们现在还不知道在哪儿吃土呢！"

托尼手指两人："都说婊子无情，戏子无义，我可算是看明白了。大桶子跟你们是一个戏班子的，现在书生被他害死了，你们俩不哼不哈，我看也和你们脱不了干系！"

"托尼，不是你想的那样！"牙套面露悲伤，"书生走了，我们也很难过，没跟你说，是因为我们也不清楚这里面到底发生了什么。大桶子那个人不是个好人，很危险，所以我们才……"

"所以就憋着啥也不说？"托尼啐了口唾沫，"难怪你整天戴个牙套，这口风还真不是一般的紧。"

"托尼，你怎么说话呢？"杂耍蹿起来。

见杂耍起身，托尼冷笑道："怎么？你还想打我不成？"

"哎呀，够了，别吵了！你们怕上面的不醒是吗？"牙套连忙将两人劝开，"书生确实是为了杂耍才蹚了这摊浑水，结果把命给搭上了，于情于理，这件事我们俩都得负责任……托尼，你说吧！让我们干什么？都依你！"

"那好！就等你们这句话。"托尼起身推开木门，瞅瞅头顶还在爬坡的月亮，"我一会儿就回屋，把傻强明天一天的饭准备好，等后半夜，蛇仔他们派来换班的人也都睡了以后，我带你们去一个地方。"

与此同时，司法鉴定所会议室里。

李霄阳看向葛永安："这件事，可能比想象的还复杂！我现在承认，你的直觉是完全对的！"

葛永安肃容道："你这是查出来什么了？"

佘小宇拿出一份报告递了过去，看到结论部分写着"二乙酰吗啡"时，葛永安的神情顿时紧张起来："在哪发现的？"

李霄阳道："我在客厅茶几表面发现了密集的线条状的切割痕迹，通过测量痕迹长度，推测应该是很常见的小刀所留。我还好奇切什么东西不能上砧板切，得在茶几上乱来，结果小宇在痕迹擦拭样本上检出了毒品成分。另外，我还在茶几上提取到了多枚指纹，通过观察指纹面积和灼烧特征，基本可以判定，之前发现的烧灼指纹都是那个叫大桶子的所留，至于四毛吸不吸毒，暂时还不好说。而且，我们在室内，还有别的发现。"

说着，李霄阳将两张卫生间的照片投射在大屏上，能看出左边是开灯照，卫生间内除了马桶、沐浴喷头，并没有其他异常的摆设。而第二张则是关灯拍摄的卫生间，在这张照片上，原本正常的瓷砖墙面在紫外光的照射下，发出淡蓝色的荧光。

佘小宇道："虽然卫生间明显被清扫过，但用鲁米洛还是可以发现在墙面上有不少喷溅状潜血痕。经检测，血迹中的DNA与吴树生的完全吻合。"

等佘小宇说完，李霄阳调出了第三张照片，从照片上可以看到有多条红色丝线沿墙面的血点向外延伸，最终汇集到与之相对的另外一个方向。

李霄阳解说道："无论血液以什么方式离开身体，到达目标物上时，都具有一定的方向性。行进方向的不同，使得表现出的血液形态也不尽相同。比如说，当血滴以垂直九十度角滴落在物体表面时，表现出的形态就是圆形。而以七十至四十度接触物体时，血液的流动性就会使血滴附近形成明显的毛刺。如果血液以小于四十度的角行进，反映出的血迹形态就会是椭圆。因此，通过观察卫生间墙面的血滴状态，我们可以判断出血滴飞溅的角度。"

李霄阳将众人视线再次引回照片上："从这张照片上看，血液大多是沿着直线喷射的，所以确定了血滴的入射角与方向后，我采用了拉绳法，把每滴血液的轨迹固定，这样一来，多条线交织的地方就是溅血点，也就是卫生间马桶对面的低下位。"

佘小宇道："补充一点，部分血滴中检出唾液淀粉酶成分，依旧符合吴树生的基因型。"

李霄阳将照片拖入Photoshop（图像处理）中，在红线交织的位置，覆盖上一个蹲坐人形图层，然后将两者合并，得到一张新的照片："通过墙面上的喷溅血迹可知，吴树生当时处在低姿跪坐状态，很可能是被人击打，导致他口鼻喷血。"

王怡文突然开口："如果从影视剧的角度，阳哥你说的没毛病。但从专业的角度来说，你刚才完全是外行话吧！"

"文姐，如果阳哥还算外行，那咱们所就没几个内行了。"汪鹏鹏好奇地看看王怡文，"我记得电视里不都这么放吗？两个人打架，捶几下胸口就会直接喷血。"

"所以我才说，这是影视剧情。实际上，往往只有喷射性咯血，才会造成这种墙面全是血点的情况。而咯血,是喉部以下呼吸器官出血,经咳嗽动作从口腔排出体外的一种临床症状。咯血的原因有很多种,会涉及心、肺等多个器官,比如炎症、寄生虫、肺结核、肿瘤等等都可能引起咯血。而根据出血量,咯血可分三类,小于 50 毫升是小咯血,50 到 500 毫升为中咯血,大于 500 毫升为急性咯血,这种情况会直接危及生命。"

王怡文抬头瞥一眼照片:"虽说墙面瓷砖的血点比较密集,但我估摸不会超过 50 毫升,从出血量看,属于小咯血。不过就算是这样,其实也不能小看,因为血液需要一个较大的压强,才可能从口中喷出,所以,喷射性咯血多见于肺部血管破裂。而这种情况常见于纤维空洞型肺结核,这种病会在肺部形成单个和多个动脉瘤,当动脉瘤发生破裂,血液短时间内大量流出,受肺泡挤压,就形成了喷射性咯血。而动脉瘤破裂,咯血量会很大,不太符合吴树生的情况。"

"那吴树生患有肺结核吗?"汪鹏鹏问。

"尸检时,并没有这种表现。"王怡文若有所思,"所以我才说,这个推断并不合理。"

"那他喷血,到底会是什么原因呢?"

"嗯……"王怡文想了想,"无论怎么说,喷射性咯血必须满足两个条件:一,肺部血管出血;二,血液受到挤压。所以我倾向于认为他的肺部或许受到了严重的创伤。而此时正好又有外力作用,也就是有人殴打他,这才导致了小量喷血的情况发生。"

"肺部受到严重的创伤?"汪鹏鹏纳闷道,"那到底会是什么伤?"

"不解剖我也猜不出来。至少,从尸表看来,他肺部应该没有外伤。"

"我猜到了……"

此言一出,众人"唰"的一下,朝佘小宇看去。

"小宇姐,你猜到什么了?"

后者没有回答，而是快速调出一张照片，看着那明显是用显微照相机拍摄的图片，汪鹏鹏费解地问道："小宇姐，这是什么？亮晶晶的。"

"这是我在茶几上的毒品样本中发现的，主要成分是二氧化硅。"佘小宇摇摇头，面色冰冷，"跟我想的一样，这个叫吴树生的果然不是什么好东西。"

"小宇姐，你在说什么，我怎么听不懂？"

"我做毒检这么多年，类似的样本做过很多。有一些吸毒者为了快速上瘾，增加快感，会把玻璃打成粉末，掺入毒品中吸食。"佘小宇此时的语气，仿佛谈论死人一般无情，"这个吴树生把玻璃粉吸进肺里，你说，这会不会导致喷血？"

33

天刚蒙蒙亮，趁太阳还没升起，保安刘强就像往常一样骑着自己的电瓶车奔赴岗位。最近一段日子，张阿姨家的小泰迪下了崽儿，张阿姨买了不少鸡鸭鱼肉，说是要给小狗坐月子，一个月不许它出门。

少了这只爱在大门口拉屎的小狗闹腾，刘强自然也就清闲了不少。

沿着蜿蜒的小路前进，嘴里哼着小曲儿，龙途司法鉴定所的大门在他的视线中逐渐清晰起来，就在此时，三个并排躺在门前绿化带上的年轻人让他吓了一大跳，险些直接把电瓶车开进绿化带里去。

他拧动把手，电瓶车嗖的一下骑到三人面前，看看这三个年轻人靠在一起，似乎是在熟睡。刘强把车停稳，上前拍拍那绿毛青年的胳膊："喂，你们是干什么的？"

绿毛青年揉了揉惺忪的睡眼，缓缓坐起身，反问道："嗯？你是……"

"我是这儿的保安,你们几个是干什么的?为什么睡在这个地方?"

刘强的说话声把另外两人也从睡梦中惊醒,他们三人相互交换了一下眼神,绿毛青年开了口:"你……你真的是保安?"

刘强一听,瞬间来了脾气:"那不然呢?"他手指大门,"这儿不能睡觉,赶紧走。"

被吵醒的托尼有些生气地道:"保安你牛什么,我们来这找别人,又不找你。"

刘强生气地道:"保安怎么了?告诉你们,不管要找里面的谁,都得先过我这一关!"

"反正就是不找你,我们再等等!"

见三人在绿化带上坐成一排,直勾勾盯着大门的方向,刘强连忙驱赶:"去去去,要等人到对面等去,不要在大门口碍事儿。"

"哎,你怎么说话呢?"杂耍似乎对这句话很介意,"我们又没坐在大门口,怎么就碍你事了?"

"你们看看你们的打扮,我不以貌取人,不说你们是不是坏人,可我们龙途司法鉴定所,好歹也是个比较严肃的正经单位,你说你们几个这身打扮,还躺在门口,你让过来办事的人怎么想?"

"不就是嫌弃我们是盲流吗?有话你就直说,不用拐弯抹角的!"杂耍说着蹦起来,撸起袖子,走到刘强跟前,"咱们兄弟三个没事儿也不会过来,横竖我们今天就在这了,我看你能把我们怎么样?"

"我已经对你们够客气的了。"刘强也不示弱,"再这样胡搅蛮缠下去,我可打电话报警了。"

"哈哈哈……他说要报警哎!好好笑哦——警察来怎么了?警察会管这破事?"三人一听,同时笑了起来,笑声传到不知何时已站在一旁的佘小宇耳朵里,多年前的一幕,瞬间从她记忆里翻涌而来……

2005年，夏。刚九岁的佘小宇，背着一个与她身高差不多的编织袋，在街道旁的垃圾桶里熟练地翻找着。

她才上小学三年级，但这种捡垃圾补贴家用的活计已干了三年多，对各种垃圾怎么处理，有没有收集的价值，她很有一番心得。

打开不锈钢垃圾桶的金属门，佘小宇戴着乳胶手套的手朝里扒拉两下，从里边取出了一个矿泉水瓶。放下编织袋，她一手捏瓶身，一手拧开盖子，把剩下的水倒在行道树的树根上，接着从口袋中抽出一把改锥，朝瓶底使劲一扎，拔出改锥，瓶子应声而落，她一脚踩扁，丢进编织袋里，整套动作行云流水，一气呵成。

随后她又把手伸进了垃圾桶，这次她掏出的是一个铝合金易拉罐，也许是比塑料瓶更值钱，她的小脸上露出笑容，将之一脚踩扁，也丢进了口袋里。

可能是感觉还有东西，她第三次将手伸进了垃圾桶，经过一番摸索，她果真又发现了个"好货"——一个硕大的空酒瓶子。

把瓶子握在手中掂掂分量，她却摇了摇头，自言自语道："现在玻璃瓶才八分一个，不值钱还死重，十来个塑料瓶都抵不过它一个，我能背得了几个？得，就把你放在垃圾桶旁边，给拿得动的人吧。"

说着，她用手将瓶子上黏附的米粒、菜叶扒拉干净，选了个显眼的位置，把啤酒瓶竖在那里。

合上垃圾桶的金属门，佘小宇背着编织袋沿着人行道，朝下一个垃圾桶走去。

可她没有料到，在马路对面，一名黄毛青年带着三个手下正叼着烟卷儿，不怀好意地朝着佘小宇的方向看去。

"老大，我跟一路了，这小丫头可捡了不少东西。"那手下朝佘小宇方向挤挤眼。

"你就没跟她说，这里是我们的地盘儿？"

"说了，可这小丫头脾气倔得很，压根就不理我，这几天她还天天来，你说一个小丫头，我又不能跟她翻脸，不然多少有些胜之不武吧！"

"胜之不武？"黄毛青年撇嘴，"我可听说，这丫头会来事得很，有几个沿街店铺的老板看她可怜，都把废纸壳、塑料瓶打包好送给她，这才几天时间？咱们要是睁只眼闭只眼，以后咱们还捡什么卖？难不成，你不想吃饭了？"

"这个……"手下顿时语塞。

黄毛把烟卷扔在地上，使劲踩了踩："不武就不武了呗！今天咱们必须得给她点颜色看看，跟我来。"一声令下，三人跟在黄毛身后，朝前方的巷口走去。

几人前脚刚到，佘小宇就背着满满当当的编织袋也拐入了巷子。她身材矮小，视野有限，一开始没有注意到四人，直到黄毛青年蹦出来突然挡住去路，佘小宇这才感觉到危险。

不过看看头顶夺目的日头，想到这是大中午，她的胆子又大了一些："你们要干什么？"

"小丫头，你知不知道，这里是我破烂黄的地盘？"

佘小宇后退一步，与黄毛青年拉开距离："地盘？这地上可没写你的名字……"

"呦呵，嘴还挺硬！"黄毛青年上前一步，恶狠狠道，"告诉你，以后不准来这条街，否则别怪我不客气。"

佘小宇没有说话，她把捏着编织袋的手又紧了紧。

"我大哥跟你说话呢，你听到没有？"

佘小宇抬头与他对视："我不聋！"

"还嘴硬！"小弟抬起手，"信不信我抽死你！"

"你抽一个试试？"佘小宇毫无惧色，"我可是认识你的。"说着，她又看向另外两人，"还有你们。"

黄毛青年惊讶："你怎么会认识他们三个？"

佘小宇把编织袋放到一旁，叉腰道："我爸妈是清洁工，这一大片，都是他们负责，他们三个饿肚子的时候，我爸妈还给他们买过吃的。我那时还小，可我记得清清楚楚。尤其是他，脸上长了个那么大的黑痣，我只要瞧上一眼，就绝对不会忘。"

"哦，难怪你这么横！"黄毛青年不以为然，"你爸妈要是区长，我倒是怕了你，区区一个清洁工，你说个屁！"说着，黄毛给另外三人使了个眼色，"去，把她的编织袋给我抢过来。"

三人听言，有了为难之色，相互看了看，却没有上前。

"是吃饱一顿饭重要，还是一辈子吃饱重要，你们自己选！"

黄毛的一句话，让刚才还犹豫不决的几人终于打定主意。

看着三人朝自己缓缓走来，佘小宇拖着袋子后退几步："我辛苦捡了一上午，你们不能这样，我妈还等我卖了钱去给她买药呢！你们走开！"

佘小宇说完，转身要跑，黄毛一个箭步追上去，挡在前面："小妮子不是挺凶吗？老子今天必须让你长点记性！你们几个，给我上！"

黄毛言毕，三人就围了上去。

"呸！"佘小宇朝三人吐了口唾沫，"亏我爸妈还帮过你们，忘恩负义的狗东西！"

"你骂谁是狗？"一男子不知从哪里摸出个大饼在手中握成了团，"不就是一个破馒头！我今天就连本带利还给你！"说着，他抓住佘小宇，把那团饼硬塞进她嘴里："吃，你给我吃下去！"

黄毛见手下下手凶狠，掐腰笑出了声："好玩，这简直是《九品芝麻官》吃饼桥段的神还原。"

佘小宇瞪着通红的双眼，吃人般看着那人，对方依旧没有停下手中的动作，饼磨破了佘小宇粉嫩的嘴唇，流出血来，那人才放开她。

停下手，见佘小宇依旧瞪着他，那人恼羞成怒地一耳光扇过去，佘小宇舔了舔嘴角渗出的血迹，冷笑着又把头扭了过来。

那人本还想扇第二巴掌，被黄毛一把拦下："算了，再打可就过了。"

黄毛看向另外二人："把她的编织袋给我抢过来。"等二人照做后，黄毛用手指着佘小宇，"记住，下次不准来这里捡破烂！否则见你一次，抢你一次！"

黄毛说完，带着三个小弟抬脚朝巷子深处走去，可没走几步，他又转过身来："还有，别想着报警，我们可都未成年，警察也不能拿我们怎么样！哈哈哈哈……"

发现佘小宇呆呆站在前面，李霄阳来到她面前问道："你怎么了？"

被李霄阳的一句话拉回了现实，她忙道："没什么，刚好撞见刘叔，那边有点事儿。"

顺着佘小宇的指向，李霄阳发现了还在与保安刘强纠缠的托尼他们。

李霄阳快步走过去："怎么这么早就来了？"

"霄阳，这几个孩子是你叫来的？"刘强气喘吁吁地道。

"是的，刘叔，他们是来找我的。"李霄阳看着眼屎还挂在脸上的三人，尴尬地摸摸鼻子，"只是……没想到他们会来这么早。"

托尼揉揉鼻头："黑皮和蛇仔看得紧，我们白天出不来，只好半夜偷跑！"

"那你们还没吃饭呢吧？"

一听到"吃"这个字，三人的肚子不约而同地"咕咕"叫起来。

"那行，我带你们去食堂先吃点。"李霄阳说罢，转头对刘强道，"刘叔，真不好意思，给你添麻烦了！"

"嗐……什么麻烦不麻烦！"刘强看向三人，"这仨嘴还挺严，问他们找谁，死活也不说，早说是找你的不就完了吗！"

"这也不能怪他们，因为他们确实不知道我的名字，只认识汪鹏鹏。"

"得，都是小事！你们快进去吃饭吧，据说今儿早餐有牛肉汤。"

一听有牛肉，三人馋得哈喇子直流，在门口简单做了个登记，他们就跟在李霄阳屁股后头朝食堂走去。

佘小宇快步赶了上来与李霄阳并肩，低声问："你喊他们来干什么？"

"有情况要找他们核实一下。"李霄阳往后瞥了一眼，"虽说造型怪了点，但能看出来，他们都是实在孩子，这次偷跑出来，回去估计黑皮不会放过他们，索性带他们去 VIP 厅吃点好的，回去也好扛些。"

佘小宇也朝身后瞟了一眼，看那三人喜笑颜开地说笑，她轻声道："社会是个大染缸，我希望，他们是你说的那样。"

54

一小时后，接待室内，捂着鼓起来的肚皮，托尼三人瘫在舒适的软沙发上。

"吃饱了吗？"李霄阳笑问。

托尼龇着牙花儿，咧嘴直笑："太饱了，我可有七八年没吃过这么好吃的东西了。"

"就是，就是！"杂耍也跟着附和。

倒是一旁的牙套默不作声，只是面带笑意地看着在准备记录的李霄阳。

"那行，我就直接问了，"李霄阳直奔主题，"大桶子的自建房，你们谁去过？"

也许是这顿饭确实吃美了，杂耍打了个饱嗝，举起了手："是我第一个去的。"

"好，说说过程。"

"过程？那要从哪儿说起？"杂耍蒙头蒙脑地反问。

"也对，那就从头说吧！大桶子他们来找你，是因为你们过去就认识，你们到底是怎么认识的？"

杂耍耿直地答："我，还有牙套、大桶子，以前都是一个戏班子的。我们全国各地到处跑，后来生意不景气，大桶子建议班主弄些年轻女孩来跳脱衣舞，结果来这里演出时，被警察给一锅端了。戏班子里，只有像我和牙套这种什么都不沾的人没事儿，其他人有的拐卖妇女儿童，有的还非法拘禁什么的，统统都给抓了起来。戏班子就这么散了，我跟牙套没处去，辗转在落仙桥落了脚。亲眼见过那么多人被抓，落仙桥那些人想叫我们扛大包，我们身体不行，可也不敢跟着他们做违法乱纪的事。看我们没啥用，黑皮就把我们从村子里给赶到了桥洞底下，那时候书生已经在那安家了，我们就跟着书生一起讨生活。"

"那大桶子找你，你也知道他不是好人，为什么还去见他？"

"是大桶子出狱后先联系我的，我去见他，是因为他对我有恩。我练杂耍那会儿，经常被师父打，师父下手狠，向来是往死里打，大桶子出手救过我好几次，治伤的药都是他买的，所以不管别人怎么说他，我觉得他对我是挺好的。再说，他做错了事，也坐牢了。这回他一喊，说有事要我帮忙，我就去了。我寻思，总得把这恩情报了，谁想到……他会把我给抓了呢？"

"知恩图报，这不是你的错。"李霄阳理解地点点头，"不过，他坐牢好几年，又是怎么联系到你的？"

"我有个手机号码，一直用着。"

"大桶子的号码是多少？"

杂耍掏出手机翻了翻，报出两串移动号码。

等李霄阳记录完毕，杂耍继续道："我记得，我们当时是约在坝子村村口,随他一起去的还有一个个子矮矮的、名叫四毛的大哥。他俩把我带到饭店胡吃海喝,一直搞到后半夜,紧接着我跟他们去了那个三楼东户的自建房。他们当时说,要带我干大事,我喝醉了,迷迷糊糊地就答应了。"

"做什么大事,你知道吗?"

"我也不清楚!"杂耍道,"我酒量不行,在自建房睡了一天一夜才缓过劲儿,可接着他们又带我去喝了一场,我紧接着又迷糊了一宿。我只隐约记得,大桶子说让我去送什么货,具体是什么,他当时没细说。等到了第三天还是第四天,牙套带着书生就寻过来了。"

李霄阳看向牙套:"你又是怎么知道杂耍的落脚点的?"

牙套老实地回答:"为了防止意外,我俩给彼此手机上装了定位APP(应用程序)。我给杂耍打电话,他手机一直处于关机状态。我担心他出事,又怕我一个人去是'肉包子打狗',于是我就把书生从跑腿公司给叫了回来,直接找到了杂耍最后关机的地方。

"还没到单元楼前,我就远远看到了大桶子。他个子高,好认。一看到他,我就明白,杂耍失踪绝对和他有关。所以我就悄悄跟在他身后,摸到了他们落脚的地方。之后,书生冒充给他们送餐的跑腿小哥,敲开了大桶子的房门,等开门一看,杂耍果然在里面。

"寻到了人,我们就要带走杂耍,大桶子一见是我,倒也没怎么刁难,他们说有话要跟书生说,把他留了下来,让我和杂耍在门外等着。我知道肯定没好事,担心死了。大概过了两三个小时,书生才一瘸一拐开门出来,我能看出他一定是挨了打,但他不肯说到底怎么了,我也就没继续问。再后来,他骑着电瓶车把我们带回了落仙桥,之后他和大桶子之间发生了什么,我们就真的不知道了。"

"不让你们知道,那是在保护你们!"李霄阳意味深长的一句话,让三人突然沉默。

李霄阳看着三人难过的神情，开口打破这异常的静谧："有个细节，我还想找你们核实一下。"

"什么？"三人异口同声地问。

"书生手里，是不是有一把钥匙？"李霄阳把素描图举了起来，"钥匙柄大概是这样的。"

托尼纳闷地挠挠头："我们桥洞的木门没有锁，也用不着钥匙啊！"

"没有？"李霄阳正疑惑中，就见牙套恍然大悟地道："难道是……"

"什么？"

"我和书生在物流园搬货时，不小心拆了一个包裹，因为包裹破了，快递员没有办法交差，就让我们照价赔偿，这么一来，我们只好把包裹里的东西给买了下来。"

"那东西是一把钥匙？"

"说是钥匙也能说过去，"牙套道，"不过，它其实是一个钥匙形状的录音器。"

"录音器？"在一旁听了半晌的汪鹏鹏忙碌起来，他操作电脑，层层链接到一个盗版网站，他把一张钥匙形状的图片点开，展示给牙套："是这样的吗？"

"对！"牙套点头，"这玩意挺好用，我和书生尝试过，在充满电的状态下，这玩意能连续录制两天两夜。"

李霄阳眼睛微闭，喃喃自语："他把录音装备塞进沙发底，难道说，他是听到了什么不得了的东西？"

问话结束时已到晌午，李霄阳又毫不吝啬地带着三人去食堂吃了顿午餐，高俊正好赶到，笑嘻嘻地踱到他身边。

"要不怎么说，来得早不如来得巧，听说你们食堂饭菜杠杠的啊！"

看着柜台里的菜色，高俊喜滋滋地直搓手。

李霄阳没好气地道："我看你就是掐准时间来的，想讹我一顿很久了吧！"

"嘿！一顿饭能花得了你几个钱？你可是大户！"高俊勾住他脖子，一副亲热样。

李霄阳撇撇嘴："咱们这伙食用料好，也不比下饭店便宜。哪能像你们公安局，一顿饭不管吃多少，全都两块。"

"怎么？羡慕嫉妒恨啦？那你怎么不考警察？"高俊用胳膊肘顶他胸口一下，"你这有特殊技能，招考年龄能放宽到35周岁，算算还有八九年时间，转行还来得及，真的，就不考虑考虑？"

"我懒得跟你扯别的！"李霄阳低头挑菜道，"发现了条线索，你要不要？"

"我去！"高俊抓抓头发，"我最近一听线索，头皮都发麻！"

"怎么了？有线索还不好？"

"部里正在搞打击电信诈骗的专项行动，一下给我们推送了N条线索，我这边还有好几个人没抓呢，我都快一个月没沾家了，你又来！"

"你们禁毒任务完成了？这么闲去搞电信诈骗？"

"还没呢！"高俊拿起一个餐盘跟着点餐，"可是这种案子你也知道，收网一刹那，布阵两三年，上级见不得我们空着，抓壮丁呗！"

"那我有涉毒线索你要不要？不要的话……我给别人了啊！"

"别价啊！"高俊一把扯住李霄阳揽入怀中，"咱俩什么关系，必须是肥水不流外人田！这要能挖出个大案子，我请你连吃三个月烧烤。"

李霄阳冷笑着推开他："能不能挖出大案子，那得看你这个中队长的能力。不过我这有嫌疑人的指纹样本，而且他们刚刑满释放，有个绰号叫大桶子的，真实姓名我也给你打在指纹鉴定报告里了，还有，他所吸食的海洛因成分鉴定也出来了。"

"我去！"高俊拿出看神仙的眼神，"够意思，有了这些，我再查查，可就能直接抓人了啊！"

"不过，还有一件事要托你办。"

"你说呗！"高俊乐呵呵朝嘴里塞个狮子头，"好兄弟就是你帮我我帮你，尽管讲。"

"是关于我们手里这起委托的事儿。"李霄阳领着高俊找了个僻静处坐下，神色微肃，"一开始，我们只觉得这是一起简单的自杀委托，所以没有做细致检验，直到昨天，我们发现了涉毒线索，这才又给死者的头发做了毒检。"

"怎么？"高俊放下送到嘴边的回锅肉，"这人沾毒？"

"对，在发根处发现了情况。"李霄阳道，"只是检出的量不大，应该是近期才染上这个的。"

"那他的自杀，岂不是与之有关？"

"所以才只能找你，毕竟，我们的权限只能调查非案部分，涉及案件，还得你们警方出马。反正线索都交给你了，剩下的事儿，你看着办。"

"明白，就是有啥情况跟你通个气呗。"高俊忙着朝嘴里扒拉，抬头见李霄阳没怎么吃，还大惊小怪地问，"你怎么不吃？而且你盘子里怎么就这点东西，够塞牙缝吗？"

李霄阳无语地白了他一眼："真是个心宽体胖的主儿，我没食欲不行吗？"

"什么食欲不食欲的，你从小就这个德行，心里一有事就吃不下……"

"行了，叫你来是说正经事儿，能不能别提那有的没的？你自己吃吧！记得给我消息。"李霄阳把那一丁点莴笋炒肉塞嘴里，起身就走。

"那你等我信儿——"在他身后，高俊张望了一下，又埋头吃起来，嘴里咕哝，"我去，真好吃，和两块钱的不是一个级别。"

这边，李霄阳刚走进鉴定中心，还没一刻钟，那边鉴定所门前就接连停了两辆制式警车。

"什么情况？"瞥见高俊的身影，李霄阳连忙赶过去，话音未落就发现高俊在给人上手铐，而对面三人，正是托尼他们几个。

"高俊！你抓他们干吗？"

高俊一看是他，笑眯眯地道："真是踏破铁鞋无觅处，得来全不费功夫。没想到在你这吃顿饭的功夫，能一下抓着三个。你一走，我才发现，这仨正在我对面吃得稀里呼噜的，我就打电话叫兄弟们过来了。"

"他们天天蹲在落仙桥里头，门都不出，能犯什么事儿？"

"对了！"高俊一拍脑门儿，"忘了跟你说了。"

说着，他朝年轻同事勾勾手，后者递来三张带着照片的抓捕清单，他把单子递给李霄阳，指着最下面的一行字道："看看，公安部下发的线索，他们都是电信诈骗的疑似涉案人员！"

"这怎么可能？电信诈骗最少也得有电脑吧！他们最多就有一部手机，还给人收走了。"

"甭管怎么回事，带回去问问不就知道了？"高俊拍拍李霄阳的肩膀，"你毕竟不是警察，手段没有那么多，兴许人家瞒着你，你也没办法弄清楚，不是吗？放心吧！要真跟你说的一样，也绝不会冤枉了他们。"

见李霄阳愣神，高俊转身上了车，冲前面的同事打个手势："走着！"

注视着警车远去，佘小宇悄然来到李霄阳身边，冷哼一声："看来我的直觉到底没错，这些社会青年，就没有一个屁股是干净的。"

55

"不好，出大事了！"蝎子一声吼，把还在睡梦里的蛇仔给吓得一激灵，他抓起身边的枕头朝蝎子扔了过去："你大爷的，喊什么喊？牙套他们三个找回来没有？"

"蛇哥……不用找了，他们仨出事了！"

"你说什么？"蛇仔腾地起身，蝎子已走到电脑桌前，摇晃着鼠标将屏幕点亮，当监控画面调出后，蛇仔也傻了眼："怎么会有两辆警车停在桥上？这谁捅的老虎屁股？"

"你听我慢慢说，"蝎子手指屏幕，"黑皮已经去迎条子了，我在旁边刚听个大概，就连忙跑了回来。"

蛇仔急得光脚跳下来，踩着地上的空烟壳，扎得他龇牙咧嘴，忙喊道："那你倒是说啊！专挑这会儿哑巴了吗？"

"牙套他们几个涉嫌电信诈骗，警察现在正在桥洞里搜查作案工具呢！"

"电信诈骗？"蛇仔突然直起身子，狡黠一笑，"你确定？没听错？"

"这我百分百可以肯定！"蝎子指着桥头上黑压压的人群，"都在议论这事呢！"

蛇仔点点头，讳莫如深地道："行，我知道了。"

"哥，你怎么这表情？你不是说最近有大事要办，这条子都上门了，你不怕……"

"怕个鸟，"蛇仔叉腰瞅着蝎子，"告诉你，当一个合格的老大，必须走一步看三步，既然警察那边已经收网，我这张网也得跟着收一收了。走着……"

"去哪里？"

"咱们去会一会落仙桥的临时老大。"蛇仔踩上人字拖，转身就走。

"临时？……不是，黑皮？他可当了好几年老大了……"蝎子甩甩迷糊的脑袋，连忙追了上去。

蛇仔带着几个小弟，咋咋呼呼地来到桥头时，警车已经开走了。落仙桥下，只剩下傻强一个人蹲在水泥地上，嘴里不停哀号着："我要找书生，我要找书生……"

蛇仔朝桥下啐了口唾沫，拨开人群，蹿到黑皮身边："哎呀，在我们黑皮哥的领导下，落仙桥可是好久没有这么热闹了。"

黑皮拉回看着远去警车的视线，看向那张戏谑的猴儿脸："怎么？你想说什么就直说，别打哑谜了。"

"既然黑皮哥问了，那我也不好推脱，今天就当着大家的面说道说道。"蛇仔竖起食指，"就一句话，识时务者为俊杰。"

"怎么？你的意思是，我不识时务喽？"

"黑皮哥自己觉得呢？"蛇仔手指桥下，回身扫视众人，"当年书生为什么被赶出村子，想必大家也都知道个七七八八，说到底，就是因为他口口声声说，要走正道，不愿意干违法乱纪的事情呗！光想着显摆自己清高，把我们这些人当人渣看待。要我说，那时候就该让他滚出落仙桥，可黑皮哥念旧，不乐意下狠手，还是把他给留下了。"

蛇仔走进人群，端详着各人脸上神情："我想你们很久没看见书生了吧！告诉你们，书生已经死了。我估计黑皮哥身边亲近的人早就知道了，只是没吭声。据说他是自杀的，条子也这么认为，可他到底为什么会自杀，躲在桥下都干了些啥，你们只怕是不清楚。而黑皮哥呢？"

他转身看着黑皮，冷笑道："他知道，却不肯告诉你们。"

黑皮浓眉紧皱，低声道："蛇仔，住口！"

"怎么？他吴树生敢做，我蛇仔不能说？黑皮哥，你做人不能这么偏心眼吧！"

蛇仔一声嗤笑，对众人道："各位，我很早就收到消息，书生表面上是在干跑腿的活儿，实际上，他私下一直在帮人送粉。"

此言一出，在场人群顿时炸开了锅。

"不应该啊！那个吴树生，平时咱们小偷小摸他都看不过眼，能去给人送粉？"

"就是，他要是愿意干这个，那当初黑皮哥和他吵什么吵？"

"不信？"蛇仔背着手，在人群中来回踱步，呵呵笑着，"警察可都找上门了，牙套他们搞电信诈骗，你们总该都看在眼里吧！书生和他们住在一起，说他啥都不知道，你们信吗？我看，他不过是找个理由跟黑皮哥分道扬镳。说不定，人家当初打的就是另起山头的主意。"

"确实，条子都这么说，肯定板上钉钉。"

"真没看出来，他们仨隐藏得那么深。"

眼看风向开始朝自己这边转，蛇仔忙趁热打铁道："小弟都这样，书生自己要是屁股干净，他会允许他们搞诈骗？"

"对啊，是这么个理儿。"

"这书生平时瞅着人模人样，看来也是不简单哪……"

……

一阵议论后，有人冷不丁提出疑问："那书生为啥要自杀？不就送个粉？"

蛇仔轻蔑地看着捧着脑袋号叫的傻强："他们一共五个人，里头就有这么一个傻子，另外四个，除了书生脑子灵光点，其他的还有靠谱儿的吗？俗话讲，赚钱的路子都写在《刑法》里，可那也要有命赚有命花呀！带他们几个废物吃偏食，那不是早死的命是什么？我看，他肯定是搞出了纰漏，就前几天还有道上人来寻他，这是被我给找个理由打发了，不然还得连累了大家。要我说，他书生要是能在咱们这些人里头选几个出来，也不至于把自己的命给搭进去。现在黑道、白道一起查他，估计他早就料到有这么一天了，这谁能扛得住？不自挂东南枝，还能怎么办？"

"哈哈哈……这话说得倒是没毛病。"蝎子带头起哄。

"唉……"蛇仔长叹一声，抬手擦擦眼角，仿佛还流了两滴眼泪一样，"不过书生到头来总算开了窍，知道干苦力最多只能解决温饱。估计他也是想趁着年轻，带着手底下的兄弟们捞点实惠，可他这一根筋的性子，确实也不适合干这个，他要是有各位的脑子，不至于这个下场，你们说是不是？"

被蛇仔一顿"戴高帽"，有些人早就跃跃欲试，嚷嚷道："就是，在物流园扛一天大包，才赚一两百，去掉吃饭、喝水、抽烟啥的没剩几个钱。想当年我和阿狗去工地偷管件，一个晚上就能搞大几千。"

"才大几千还好意思说？那东西沉得跟死人似的，差点闪了老子的腰。"那个叫阿狗的咋呼，"你可别嚷嚷了，怎么不说我就靠一把铁尺子进城中村溜门，最多的一天可是搞了好几万。"

"屁话，溜门那回那警察没给你抓进去？你要没事，能跟着老子去做苦活？"

阿狗哈哈笑："嘁！那又怎么的，我不是囫囵放出来了吗？"

"为啥？警察是你亲戚？"有好事之徒撑着问。

"我呸，老子这辈子跟警察是死对头。"那人指着自己说，"是国家法律让他们放的，老子当时没成年……放出来，老子接着偷，一直偷到十六岁，才不得不去下力气……"

"哈哈哈……还是你丫牛逼！"

……

"行了，都别说了！"黑皮突然一声吼，震得人群瞬间安静，他往前走去，人群在他跟前自动分成两列。

来到蛇仔身边，黑皮冷冷瞅他半天，突然露出笑容，一把搂住他的小肩膀："兄弟有青云之志，是我黑皮的福气。走，有什么想法，上我屋里说去，要是有道理，不妨都听你的。"

蛇仔心中咯噔一声，脚下悄然站定，不肯挪步。可黑皮抓着他肩膀的手宛若老虎钳一般紧，蛇仔吃痛，下盘一松，就这么硬生生被黑皮钢铁一般的胳膊裹着，进了落仙桥深处……

56

与此同时，龙途司法鉴定所物证分析室里。

两辆同牌同款电瓶车一左一右吊在特制钢架上，车轮悬空的同时，车身却被稳稳固定住。

佘小宇蹲在吴树生骑的那辆电瓶车下，用金属钩一点一点抠挖着轮胎夹缝中的泥土，每条夹缝里弄下来的样本，都被她分别装进不同的物证盒里，哪怕有些缝隙中的样本量少得只有几克，她也一样一丝不苟。

对于她这种细致入微的工作态度，李霄阳一边耐心等待，一边投以难掩的欣赏目光。

直到最后一条缝隙被刮取干净，李霄阳才走到电瓶车前，他冲旁边手持秒表的汪鹏鹏使了个眼色，后者心领神会地把手指搭上秒表红色按钮。

"电瓶车轮胎转动检查第一次，开始！"

话音刚落，李霄阳瞬间拧动把手，汪鹏鹏手中的秒表也开始工作。

"56、57、58……"

等到一分钟计时结束，李霄阳猛按刹车，此时捆绑在车上的计数器给出了一个数值。

汪鹏鹏提笔记下,两人又来到了另一电瓶车旁。

李霄阳边捆计数器边道:"据跑腿公司老板介绍,这一辆电瓶车和吴树生的是同一时间同批购买的,电机损耗率应该差不多。"

"那咱们也试试它的转数。"

"嗯,准备好没?"

"来吧!"

"好。"李霄阳把手搭在了把手上,"电瓶车轮胎转动检查比对实验第一次,开始!"

一番同样操作,汪鹏鹏又录下了一个数值,将两者对比,他冲李霄阳道:"吴树生的比这辆少转了6圈。"

"第一次实验,总误差率未超过百分之二。我们再做五组,要是六组的数值都差不多,一会儿我们就可以骑着这辆比对电瓶车,上路进行实测。"

"明白。"汪鹏鹏打个响指。

57

那间少了一堵墙、现代与怀旧气息融合得怪异无比的小院里。

黑皮握着蛇仔的双肩,不由分说地把他摁进了沙发的主位,旋即和他并排坐下。

他这么一搞,蛇仔浑身不自在起来,忍不住抬起屁股:"黑皮哥,我坐这不合适,不合适……"

黑皮一笑:"哎?有什么合适不合适的,我的地盘我说了算,让你坐你就坐。"

"这……"蛇仔觉得黑皮话里有话,但他自己也心怀鬼胎,便顺水推舟地安坐下来,"那我就盛情难却了!"

"屁话多,自家兄弟,客气个啥?你身体不好,这个位置软和。"黑皮从兜里抽了根"华子",亲手给蛇仔点上,二人吞云吐雾片刻,黑皮才长叹道:"唉……你今天的话不好听,但也算是说中了我的心事。书生跟我打小认识,虽然他和我闹成那样,但我心里面,多少还是有些过去的情分在。你这么一说,也算点醒了我。"

说着,他看向蛇仔,重重拍了拍他的肩:"当初你提醒哥哥,我不但没当回事,还觉得你是不是嫉妒他。现在看来,是我瞎了眼,看错了书生,没想到,这家伙嘴上一套背后一套,背着我玩得这么野。"

"黑皮哥,"蛇仔似乎被他说得有些动情,侧过身子,"我明白,大家一起长大的,有情分在,你又特别讲义气,那书生故意骗你,你难免要上他的当。"

见黑皮的脸色,似乎的确有后悔之意,蛇仔这才继续道:"不过吃一堑咱们得长一智。当初书生成天叫你不要捞偏门,这会儿一看,人家是寻思吃独食呢!不是我说啊,社会发展太快了,你黑皮哥想带着大家奔好日子,这到处都是要用钱的地方,而且风声一年比一年紧,不趁着现在还能喘气,赶紧多弄点钱,到时候你就是想弄,只怕都没机会了。"

"嗯……"黑皮沉默思索了半支烟的工夫,这才问他,"兄弟,听你这口气,你心里头已经有辙了吧!要不说出来,给兄弟们指指道儿?"

"既然黑皮哥问,那我可就直说了。"蛇仔清了清嗓子,偷摸瞥黑皮一眼,见他满脸认真讨教的神情,才放下心,"其实,书生送货的事儿,他自己搞不定,我倒是觉得,是给我们找了条明路。"

"哦?这怎么说?"

"黑皮哥你没瘾头,所以不知道这条道上的情形。最近条子追得严,这几个月所有的货源都断了,那些吸毒鬼快急疯了,可市面上压根就没货。现在书生一死,他的上线不想露脸,正在寻思找个牢靠的人把这行继续做下去。"

"书生的上线?"黑皮咂摸一下,品出味儿来,"就是上次来找书生的那两位吧?"

"对,就是他们。个高的绰号叫大桶子,矮的叫四毛。"

"这线,你搭上了?"

"兄弟我一表人才,人家一看就知道我能行。可没得到黑皮哥的允许,我可不敢跟他们打包票。所以,我就是跟他们聊了聊条件,要求不高,分成也挺合理的。"

蛇仔拍了拍黑皮的胸口:"您要放心,就都交给兄弟。"

"这种事见一面可搞不定,也就是说,你最近一直和他们接触?"黑皮突然抓住蛇仔手腕,"这都有一段日子了,这事儿为什么不告诉我呀?"

蛇仔悚然一惊,见黑皮仍然面带笑意,这才把心放回肚子,跟着笑了笑:"你别误会,这不是你之前不让人捞偏门吗?你是落仙桥的老大,日理万机,这点小事儿告诉你,说不定还惹你生气。再说了,我也不是抱着必须合作的想法跟他们聊,一开始,我就是想弄明白,书生到底在干什么……"

黑皮放开他,倒了杯茶送过去:"润润喉咙,再接着说。"

蛇仔见黑皮明显不打算追究,而且颇有上道的意思,顿时兴奋起来,随便喝了一口茶水,略显兴奋地道:"那边的人着急出货,虽然我没应承,可还是跟我交了实底。他们手头有大批的货,必须短时间内出手。可黑皮哥你也知道,条子追得紧,现在玩粉的人,都不敢去宾馆。我手里的毒棚也就那几个,走不了量。所以我寻思,要是你觉得可以,咱们干脆接了这活!"

黑皮慢悠悠地品着微涩的茶水:"接下来,你打算怎么办?"

蛇仔瞅瞅黑皮，见后者期待地看过来，他壮起胆子道："咱们现在不缺货源，也不缺买家，缺的就是把这些东西处理掉的地方，要是把落仙桥的房子改成毒棚，咱们绝对能把握住这次机会，狠赚一把。到时候有了钱，你我就立马搬出落仙桥，那时条子就是想追，也追不到咱俩身上。"

"看来，你连后路都想好了？"

"那当然。"蛇仔眼珠子一转，对黑皮附耳道，"自家兄弟，你也别跟我说废话了……你养这么多小弟，不就是备着关键时刻用来顶包的吗？大桶子他们都知道用书生当替死鬼，咱们当然也可以。"

说着，他看向蹲在院门口抽烟的蝎子："只要你点头，保准咱俩全身而退，至于这些小事，全都包在兄弟我身上。"

58

接到高俊电话，李霄阳在葛永安的陪同下火速前往刑警中队，在一楼的接警室，三人总算见上了面。

李霄阳劈头盖脸地问："高俊！你赶紧给我说明白，到底是什么情况？"

高俊却一脸愁容："这……这到底是不是案件，目前还不好说。"

"什么意思？"李霄阳见他这样，也有些吃不准了。

高俊把三人的信息在桌面铺开："你们看，咱们先说牙套和杂耍吧！他俩的户口登记在一个叫杏胜花的女子名下，这个人目前刚好正在服刑，在她入狱前，我们警方采集了她的 DNA 样本。可经比对，我们发现她和杂耍、牙套压根没有任何血缘关系。所以我们这边派了一组人过去提审，那杏胜花交代，是她的同案，也就是戏班的班主刘长文托人从地方医院花钱弄的出生证明，给他们一前一后入的户。可实际上，牙套和杂耍是班主刘长文从别人手里买来的。"

"也就是说，他俩还是被拐卖的？"

"对！"高俊重重地点点头，"杏胜花说，牙套被买来时才七个月，而杂耍买来的时候更小，还没满月。我们中队过去也破获过类似的案件，这种情况，一般是一些没有抚养能力的青年男女，因为意外怀孕，把孩子生了下来，随后通过人贩子把孩子给卖了出去。可他俩的情况到底是不是这样，还有待调查。总之，目前他俩的DNA样本已被录入打拐库了，只要比中信息，我这边就会在第一时间得到反馈。"

说着，高俊将两份户籍资料拿出，分别递给李霄阳和葛永安："牙套登记的姓名叫刘佳，杂耍叫刘运。据他们自己说，他们从小就生活在戏班子里，管刘长文叫爸爸，戏班子里跟他们情况类似的还有几个，不过目前都下落不明了。因为他们亲眼看到戏班子的人被抓，所以他们虽然过得苦，却也不敢干违法乱纪的事，对自己的身份证怎么会关联上电信诈骗，他们也都不知情。"

葛永安将户籍信息交还给高俊，又问："托尼呢？他又是什么情况？"

"哦，他的情况比较可怜。"高俊道，"托尼大名叫胡翔翔，就是我们本地人。父母离异以后各自成家，谁都不要他。所以他打小就在外流浪，吃百家饭长大的，后来邻居可怜他，就介绍他到一个名叫'浪漫花都'的理发店当学徒。可这个理发店老板是个赌徒，在外面欠下了一屁股债。那段时间，老板其实已做好了跑路的准备，为了不引人注意，他还是让托尼每天正常开店，他自己则谎称去外面筹钱，等事情败露之后，老板已跑得不见踪影，要债的上门发现人跑了，气不过，就把托尼打了一顿，导致他两只耳朵被打成重伤，现在只能依靠助听器才能听到声音。"

李霄阳眉头一紧:"他当时报警了没?"

"那时候他年纪还小,又是自己一个人,怕被报复,就没敢报案,不过现在他已经向我们提供了动手的人的情况,这些人,我肯定会追查到底。"

看着高俊疾恶如仇的表情,葛永安敏锐地捕捉到了一些不一样的信息,他问:"是不是关于他们三个电信诈骗的事情,没有办法坐实?"

"确实不能。"高俊答得很干脆,神情也微微放松,"诈骗的事儿发生在半个月之前,据他们三个交代,那个时间段,他们每天都在物流园里做搬运工。随后,我让手下人调取了监控,事情情况和他们说的一致。他们交代,自己的身份证在很早以前就已经丢了……为了验证,我又派人到他们住的地方去搜了一遍,果真没有发现。所以现在我怀疑,是有人用他们的身份证办理了手机、银行卡,还注册了微信等社交软件。"

"这不用本人也能办理?"李霄阳问,"现在手机号和银行卡都要实名才能申请。"

"买通对应业务的工作人员呗!总有人要赚黑心钱,再说,这案子线索之所以被公安部监测到,就是因为有人在批量地办理电话卡及银行卡。"

"你是说牙套他们三个的卡也是批量办出来的?"

"对,他们仨银行卡的出卡时间间隔没超过五分钟,而且都是同一个开户行。"

李霄阳思索道:"你要说杂耍和牙套同时出现,那还有可能。托尼常年在落仙桥理发,他一走,傻强就没有饭吃了,所以他们三个不可能同时离开。"

"现在最关键的是,他们也说不清楚,身份证是哪天丢的,不过他们倒是提到了一个细节:身份证他们从来不会放在身上,都是搁在桥洞里，所以他们一直怀疑，这是落仙桥里的人干的。"

"虽然说得过去，可这又没有实证。"

"对，而且身份证还经了这么多人的手，最初的指纹样本早就已经遭到了破坏。"高俊挠挠头，"不过好在从资金流水、监控、外围调查来看，现在基本可以排除他们的涉案嫌疑，我回头打个报告，他们三个就能回了，不过……"

"不过什么？"

"他们三个说，自己暂时还不能回落仙桥，毕竟我们警察过去调查过了，他们现在担心，黑皮和蛇仔不会放过他们。"

李霄阳皱眉道："不回落仙桥，那他们还能去哪里？"

高俊一挑眉，似笑非笑地盯着李霄阳："他们自己的意思，是跟你们回鉴定所，只要给他们口饭吃，让他们干什么都行。"

"什么？"李霄阳大吃一惊，"就请了他们两顿饭，这就讹上我了？"

59

前脚送走蛇仔，后脚黑皮一屁股坐在沙发上，抬手打开了投影电视，高级幕布缓缓落下，一般人装修房子都轻易买不起的杜比影院系统运作起来，播放着周润发主演的《英雄本色》。

黑皮盯着屏幕微微发呆，门口处，几个小弟你推我搡，选出其中一人走进院中，那人悄然来到他身边，问道："黑皮哥，咱们就放任蛇仔在落仙桥这么造次下去？"

"不然呢？"黑皮面露无奈，"如今连书生都走了歪路，那些有前科的怎可能还坐得住？让他们去物流园，他们嘴上不敢说，心里恐怕早就老大不痛快了。说白了，这群货色都是属苍蝇的，之所以没围上去，是因为还没有发现露缝的蛋。他们之前没胆子，是因为没人勾引，自己又想不出别的法子，可现在，蛇仔掏了个臭蛋出来，你指望他们不去叮，可能吗？"

"哥，我跳蚤也是落仙桥的人，我、你、书生咱们都是从小的情分。过去这里乱成什么样，我可是亲眼见过的。也就这几年，你出来了，愿意收拾旧河山，大家都是跟着你，才干了点正经事，也总算看到了点走正道的希望。黑皮哥，你可不能就这么放弃了啊！"

对跳蚤的恳求，黑皮并没有回答。他的目光重新挪回屏幕上，此时电影正播放到周润发和狄龙的一段经典对白。

眼睛受伤的周润发道："我从来不会逼朋友去做不想做的事，我有自己的原则，就是不想一辈子在别人面前低头！你以为我很喜欢跟人乞讨吗？我倒霉了三年，就是要等一个机会，我要争一口气，不是要证明我比别人威风，只是想告诉人家，我不见了的东西我自己一定要拿回来。"

周润发说罢，走向狄龙，一把抓住了他的脖子："你看你像什么？你看你自己像什么？做坏人的时候给人家骂，做好人的时候，连走两步也被跟踪，你有争取过机会吗？你没有！没有呀！"

……

电影还在继续，黑皮突然起身走到院里，置身于炽烈的阳光中，他抬头向天空望去。

很快，强烈的阳光让他视线模糊，双眼疼痛，他语气微讽，平静地自言自语道："兄弟……谁才是我真正的兄弟？"

60

司法鉴定所隔壁那个很少有人的操场上，一辆电瓶车正开足马力，沿着跑道打圈儿奔驰着。

汪鹏鹏正蹲坐在遮阳伞下，一边喝着可乐一边瞅着手里的秒表催促："你，托尼，速度有点慢了，快点儿，全速前进。"

"鹏鹏哥……"托尼打战的哀求声顺着风吹来："这操场圈子太小了，我都快骑晕车了。"

"再坚持2分钟，我就让牙套换你！"

"啊？我换他？"牙套大惊失色。

汪鹏鹏看向牙套："你以为咱们鉴定所的饭这么好吃？不干点活儿，还想吃白食？"

"那我呢？我要不要骑？"杂耍凑到跟前。

汪鹏鹏打量着杂耍："你的身材跟书生相差太大了，不符合咱们的需求。"

"嘿嘿。"杂耍乐了，自来熟地从地上捡起一瓶可乐，拧开盖子就灌了一口，"敢情我能休息一会儿了。"

"那可不行！"汪鹏鹏手指电瓶车，"等骑没电了，你得负责把车给推回去。"

"噗！"杂耍听言，一口可乐喷在对面牙套脸上，后者用袖子擦了把脸，在鼻子前闻了闻，怒道，"杂耍，你大爷的，你出门前是不是没刷牙！"

……

不久之后的会议室里，真探组全员到位。

"数据出来了。"李霄阳开口道，"跑腿基地的监控显示，书生最后一次骑车时，曾在充电站花了4个积分兑换了两块锂电池。"

说着，他将一张充电站照片打在了大屏上："这是草上飞跑腿公司找公司定制的，一排十孔，共十排，可容纳100块锂电池同时充电。跑腿小哥可以根据跑单量兑换积分，2积分就能兑换一块电池。算下来，只要跑腿小哥完成派单量，电池基本都可以免费兑换。

"操作办法也很简单，充电站每个孔洞上会显示三种颜色的灯，绿灯表示里面的电池已经充满，黄灯表示正在充电，而红灯则表示充电接口处在闲置状态。需要更换电池时，只需要扫码，把无电锂电池塞入红孔中，就能接上电源，此时一块充满的电池就会自动弹出进行替换，把电池取走后，系统会自动扣除相应的积分。不过这种操作虽然便捷，但会存在一个问题。"

"哦？"葛永安问，"是什么问题？"

"电池使用中会有所损耗，旧的锂电池就算充满了，它的行驶里程也会大打折扣。"李霄阳给汪鹏鹏使了个眼色，后者又调出了一段录像，画面中，吴树生在不停地将弹出的电池又重新给按回去，他反复重复以上动作，心满意足地提了两个插在车中。

视频播完，李霄阳道："为了保证行驶里程，草上飞定制的电瓶车，可以安装2块锂电池，电池有质保期，所以每块锂电池上都贴有开始使用的日期标签，从视频上也能看出来，吴树生应该是在选日期较新的电池。

"所以，我和鹏鹏赶到现场，将三组电池柜内的电池全部做了处理，由于本身接触这些电池的人就少，所以我很容易就找出了吴树生的指纹。

"再分析他的动作，把电池推入时，掌纹会留在电池的把手上侧及电池正面，而将之拉出时，指纹则只会大面积遗留在提手上。根据这个逻辑，我发现，被书生推入的电池，购买日期基本上都超过了一年。

"另外，我还注意到，很少有人会进行他这种操作，毕竟电瓶车本来就能容下两块电池交替使用，一般最少行驶里程也能达到150公里以上，而且在车辆运动过程中，电瓶还能同时进行蓄电，所以，这种电池容量对一般的跑腿小哥而言可以说是绰绰有余。吴树生之所以这么做，很显然，是因为他知道有很长的路要走，所以才要确保电池电量足够。"

葛永安道："这么一来，对比实验结论就有很精确的参考了。"

"对！"李霄阳点头道，"去年年末，跑腿公司刚换了一批新的电瓶，吴树生选的一定是这一批次。通过里程实验，我们知道，两块都是新电池的话，要比旧电池能多跑将近三十公里，这个差距还是很大的，难怪吴树生要这么选择。"

葛永安将实验数据"197公里"打在了思维导图的下划线上，接着他看向佘小宇："能分析出他去了哪里吗？"

佘小宇把面前早就准备好的检验报告递了过去："吴树生自杀三天前，当地下过一场短暂性的局部暴雨，虽然雨势很大，但由于持续时间较短，地面没存下什么水，所以路面还是很干燥的。"

说完，她将电瓶车的轮胎照投上公屏，点下鼠标，沿着轮胎缝隙射出许多引线，每条引线末端都有一块对应的泥土样本。

佘小宇用鼠标在轮胎印上画了个红圈："阳哥平时上班骑的就是摩托车，和电瓶车类似，所以我问过阳哥，他说之所以要把轮胎间隙设计那么深，就是为了增加轮胎的抓地力，从而使车辆行驶更稳。也正是因为这样的设计，我在吴树生所骑的电瓶车车轮中，才取到了足量的泥土样本。"

葛永安敏锐地抓住了这段话的关键："我们市连城中村也早就修筑了水泥路，按理说只要他在市区里行驶，轮胎中不会塞进泥土才对，所以，他骑车是去了偏僻的地方？"

"没错！"佘小宇道，"轮胎内取出的样本，都是分布于海拔六百米以下的山地红壤，土壤母岩主要为花岗岩类和变质岩类岩石，以复式花岗岩为主。主要矿物则为高岭石，次要矿物有水云母、三水铝石，过渡矿物有蒙脱石及一些混层矿物和长石等。从成分可以推断出，这些土壤，均来自山体。"

说着，佘小宇把数张植物细胞照片展示给众人："这是我在泥土样本中分离出的花粉颗粒，由于数量较多，而且种类单一，我判断其具备检验价值。这是一种十分常见的喜阴地被植物，学名叫顶蕊三角咪，又叫作富贵草，是黄杨科富贵草属植物。它的特性是喜阴且忌阳光直射，如果在无庇荫处生长，其叶片就会发黄、灼伤，甚至死亡。"

"也就是说，吴树生的活动范围是在山阴的一面？"

"没错。"佘小宇道，"另外，根据山的山体状态和海拔高度，在每一层上生长的植被也不尽相同。要在600米以下的低海拔，处于完全的遮阴状态，那么高海拔植被就一定要以阔叶树为主。阔叶树的生长需要大量的阳光来完成光合作用，提供能量，所以，这座山四周显然没有高大建筑物的遮挡，大概率这座山是位于郊区。"

"这个结论我同意。"葛永安迅速将结果记录在思维导图中。

佘小宇继续侃侃而谈："在取样的过程中，我发现，所有轮胎缝隙里都存在大量的泥土，而且样本都紧紧地塞到了缝隙底端，如果只是不小心压到泥块，不会造成这样的结果。因此可以判断，他应该是在山中骑行了很长一段时间。并且山中土壤黏稠度适中，不会阻碍他骑行。"

"这一点从电瓶车的外观形貌也能看出来。"李霄阳道，"太湿，泥巴就会甩在车上，太干的话，轮胎中不会留下泥土样本。我估计，他也是觉得山路上可以骑行，才骑车上了山，只是没想到，后来轮胎上会粘上那么多泥。"

"这也很正常。"佘小宇道，"山下植被少，根系的固水作用差，如果进入山里，在叶片的遮挡下，水分的蒸发减缓，加之植物根系固水作用增强，那么土壤自然就会湿润得多。"

汪鹏鹏滚动着鼠标滚轮，电脑屏幕上的电子地图也在随着他的食指一会儿变大，一会儿变小，他有些摸不着头脑："咱们市附近本身山就多，只知道在郊区这个信息，也无法继续追踪啊！"

"别着急，我们可以慢慢分析。"佘小宇又把刚才的植物细胞图点开，"富贵草虽然很常见，但多数都是养殖在室内供观赏之用，单说它喜浓荫这一特性，就很难在野外大面积生长，这是其一。其二，这种植物不耐旱，只能在湿润的土壤上生长，尤其是在酸性土壤里生长的情况最好。"

"酸性土壤？"

汪鹏鹏咂咂嘴，看看李霄阳，见对方冲他微微摇头，他只能把疑惑的眼神丢给佘小宇，后者接到这个信号，立即加以解释。

"在说这个之前，我有必要提及喜阳植物与喜阴植物的区别。前者应该很好理解，而后者的生长其实还是需要光照的，只是因为经过漫长的进化，喜阴植物单位叶面积叶绿素的含量较高，从而让这些植物能在较低光照强度下吸收较多的光，来满足自身的需要。所以光照就算比较少，对其影响也不大。而山阴面在郊区很多，不能通过这个线索直接得到答案，此时就需要研究它的生长环境。轮胎缝隙的泥土样本中含有超大量花粉颗粒，说明吴树生去的地方，应该格外适宜这种植物的生长，所以，我又做了一项检验。"

说着，佘小宇把一张树形图打上投影，众人很快发现，在树形图每个节点的下方，都标注有"Ca、Mg、Mn、Zn、Cu"等元素的化学式，其中 H_2S（硫化氢）的化学式被用红圈给圈了出来。

"土壤的酸碱性是土壤化学性质的综合反映，经过检验，我发现，泥土样本的 pH 酸碱度呈弱酸性，这可能是顶蕊三角咪在这里生长特别旺盛的主要原因。而在土壤中，我也检出了含量较高的硫化氢。"

"硫化氢？"汪鹏鹏纳闷道，"这有什么特别的吗？"

"通常土壤中会含有无机盐和有机质，当土壤中缺乏氧气，厌氧细菌分解有机质，就会使得硫酸盐类被还原，产生硫化氢等具有可溶性的硫化物。这些硫化物不易被土壤吸收，会伤害植被根部，阻碍根系的呼吸作用及养分吸收，造成'烧根'现象。不过这种情况下产生的硫化氢量不大，而且都在土层下方较深的地方，要是留在土层表面，很快会随水分的蒸发作用消散殆尽。"

"电瓶车又不能遁地，这么说的话，这些硫化氢其实是遗留在土层表面的？"

佘小宇冲汪鹏鹏点点头："排除特殊情况，单纯从样本含量分析，这些硫化氢应该不是来自细菌的分解，而是通过另外一种方式产生的。"

"另外一种方式？"

面对汪鹏鹏的疑惑，佘小宇给出了答案："我觉得……大概率是降雨。"

"雨水中会含有硫化氢？"

"通常来说是不含的，但也可以含。"

"小宇姐，我怎么越听越糊涂了？"汪鹏鹏捏捏鼻梁，醒醒神。

"要搞清楚这里面的情况，就需要知道降雨到底是怎么形成的。"

佘小宇竖起三根手指："由于气流上升有不同的方式，所以降雨的成因也有所不同，大致可以分为三个类型。第一，锋面雨。它的形成是暖湿气流在上升过程中，由于气温不断降低，水汽就会冷却凝结，成云致雨。它的特征是水平范围大，往往会形成带状分布的降雨带。第二，地形雨。它是湿润气流遇到山脉等高地阻挡时被迫抬升而气温降低形成的降水，这种情况往往发生在高海拔的山脉中，我查了一下资料，我们市所有山脉都不符合这种降雨条件。第三，对流雨。它是当空气对流发展到一定程度时，云中的降水粒子已经无法被上升气流所托持而降落形成的。这种对流性降水的特点是范围小、强度大，分布不均匀，持续时间短，随时间变化迅速。"

汪鹏鹏听完，立马明白过来："在吴树生自杀的前几天，我们市局部地区下过暴雨，这么看来，它就是对流雨。"

"没错。"佘小宇道,"如果这个时候,山体附近的空气中富含硫化氢气体,那么它就会随着降雨落在地面上,最后随着土壤被黏附在吴树生的电瓶车车轮上。"

"哦——"汪鹏鹏眼前一亮,"原来是这样!那然后呢?"

"你能不能稍微动动脑子?"李霄阳一阵无语,"这还有个细节,这场暴雨是发生在晚上。而空气中之所以会有硫化氢气体,一定是来自人工排放。不过这种气体本身对人体有害,不可能大量排放,否则会引发问题引起关注,甚至是举报。所以,它多半会夹杂在废气里偷排。而这种废气因带有颜色,很显眼,只有在晚上排放,才不会被人发现。加之对流雨降水范围有限制,所以小宇的意思是,在这座山头附近,一定同时有一家会排放硫化氢气体的化工厂。"

"对。"佘小宇欣赏地对李霄阳点点头,继续说道,"现在环保查得那么严,大型化工厂铁定不敢这么干,但小型的就不一定了。我上个月初刚做过一个水质检测的委托,那家造纸厂就是夜深人静的时候开工,接着把水偷偷地排到附近的河道中,最后造成了严重的水质污染。"

"小型工厂只管赚钱压成本,哪管你环境不环境的?"汪鹏鹏点开本市电子地图,将大大小小数十余个山头都用红点标注出来,然后他把跑腿基地标成蓝点,做完这些,他眯眼审视道:"跑腿基地晚上的监控显示,吴树生进院子时,车轮行驶缓慢,仪表盘的电量灯也开始闪红色,这个警报一亮,就说明车只剩下 3 公里的行驶里程。"

说着,汪鹏鹏拿起笔开始验算:"经实验,车在理想状态下行驶里程是 197 公里,去掉 3 再除以 2 等于 97 公里。四舍五入,那我们只要以跑腿基地为圆心,以 100 公里为半径,圈个范围。然后就是看看里面会有多少符合条件的山头了。"

汪鹏鹏边说边做,他先是在地图上画出圆,再用调色软件将其渲染成黄色,这么一对比,众人发现,共有六座山头被圈了出来。

接着，他翻开天气预报软件，逐一输入山头所在行政区划的名字，把那段时间内没有下暴雨的逐一剔出，最后，只剩下最后一座山孤零零地留在了地图上。

汪鹏鹏嘴角一扬："不会错，就是这里了！"

61

深夜，躺在木床上的黑皮，被一阵嗡嗡的震动声惊醒。

他迅速翻身而起，悄悄地来到窗边向院里查看，借着皎洁的月光，确定四下无人后，他悄然用窗帘挡住身体，把藏在胸口一直震动的那部手机取了出来。

来电显示突然停止，随后一条短信发了过来，他打开手机，发现短信内容只有一句话："书生临死前进了山。"

看到这里，黑皮眉头一紧，口中喃喃自语："进山……进山……进……山……"

"山？"他似乎想到了什么，迅速将发来的短信删除，并新建了一条发过去："从现在开始，给我盯住真探组。"

手机一震，信息成功发送，回复很快，这回只有两个字："明白。"

黑皮小心地把这两条信息也"毁尸灭迹"，旋即拉开床头柜，蹑手蹑脚地迅速换上放在里面的一套黑色运动服。然后他来到床前，掀开床板，提起一个黑色的双肩包背在背后。

推开房间后侧的小门，他伸头四处张望，再次确定没有人会看到自己，他越过残缺的院墙，悄无声息地没入黑暗之中……

……

清晨，一缕阳光如流水一般沿着叶片的缝隙倾泻而下，落在山腰的红色土壤上,真探组一行人下了车,还没来得及感受山间凉爽的风,佘小宇的表情就瞬间一变。

最会察言观色的汪鹏鹏发现她面色难看,便走到她身边小声问:"小宇姐,怎么了?"

她皱眉盯着地面斑驳的光点道:"环境不对,富贵草绝不可能在这种环境中生长。"

"找错地方了?"汪鹏鹏挠挠头,"不会啊,符合条件的只有这里。"

李霄阳手指头顶:"这里是山的阳面,阳光丰富很正常,要不,我们绕到山的阴面看看再说。"

"走吧!来都来了,再看看。"

得到葛永安的准许,一行人便沿着一条土路缓缓朝山阴走去,不过,越往前走,李霄阳的眉头也越皱越紧。

汪鹏鹏很快凑了过去:"阳哥,你怎么也这副表情?"

李霄阳手指身后,连连摇头:"这座山的山体坡度太大,我们爬上来都有点费劲,你不觉得,电瓶车要想上来也不容易吗?"

"也不能这么说。"汪鹏鹏乐观道,"那电瓶车可是特制的,装了两块电池,动力强得很呢!"说着,他回望一眼差不多有四十五度角的缓坡:"要是人坐在上面,拧动把手,脚跟着用力推,上到这种坡度,应该还是不难。"

"可是……"李霄阳若有所思。

"可是什么?"

李霄阳干脆停下脚步,其他人意识到不对,也都停了下来。他四下望着空旷的山峦:"这座山位置很偏,不像经常有人来的样子,就说咱们这一路吧,你看到有类似的脚印或者轮胎印了吗?"

"万一他走的不是这条路呢?"汪鹏鹏抓抓脑袋,"他都知道选两块新的锂电池,肯定不是第一次来这里,如果上山有其他的路,好像也能说得过去。"

"但愿吧！"李霄阳意味深长地看了一眼来时的路。

小插曲之后，队伍继续向前，汪鹏鹏哼着歌儿跑到队伍前面，不过令他没想到的是，很快他的天真想法就被现实无情打破了。

站在山的阴面，佘小宇看着满地的灌木杂草连连摇头，眼前的植被虽然茂盛，但哪里有半点富贵草的影子。

佘小宇还不死心，又往树林深处走了走，她甚至拿出望远镜，朝更深的地方望去。

"别看了。"李霄阳手指前方更陡的坡度，"能装两节锂电池的车，本身自重就很大，就算满电，他也不可能骑车上到这个地方来。"

佘小宇只好停下，在山阴的各个角落，分别取了几份土样，贴标装进了物证箱。

打道回府之后，待最终结论出来，已是傍晚时分了。佘小宇阴沉着脸，坐在会议室的椅子上。

葛永安见她如此，便问道："我们这次是不是找错地方了？"

"是错了，"佘小宇没否认，"所有取样的硫化氢含量，均与轮胎内泥土样本含量不符。看来，是我先入为主了。"

葛永安平静地道："人生就是在发现问题和解决问题中度过，遇到问题并不可怕，关键是能否吸取教训，找到正确解决问题的方法。所以，你做出这个判断的原因，能不能为我们说明一下？"

葛永安的话十分在理，佘小宇认真地点点头："这次问题还是在我，我不会回避。因为轮胎上的泥土样本都是堆积挤压在一起，所以我就直接认为，它们都是来自表层土。可既然唯一符合推断的山上取到的土样与之并不吻合，我想可以排除这一点。那就只剩下了一种可能，这些硫化氢，实际上来自深层土。"

葛永安想了想："也就是说，是厌氧细菌的分解作用？"

"对！"佘小宇笃定道，"如果仅依靠土壤的草木等有机物被分解的话，产生的硫化氢必定是很微量的，然而轮胎样本中的含量很大，这就不得不说，出现了另外一种特殊情况。"

"你是说……白菊花？"葛永安一开口，佘小宇瞬间朝他看去："葛组长，你是不是早就意识到了？"

"这倒没有，"葛永安真诚地回答，"我也是基于你的检验结论，才刚刚联想到的。"

"不是，葛头儿，你俩打什么哑谜呢？"汪鹏鹏左右看看，"白菊花又怎么了？"

"这很好理解。"王怡文向来在会上少言寡语，不说不必要的话，此时却破天荒接过话头："当动物尸体腐烂之后，就会散发出难闻的气味，也就是尸臭。而这种腐败气体除了含氧、氮、氢、二氧化碳、甲烷外，还含有氨、硫化氢等，这些气体是使它具有强烈臭味的主要原因。换而言之，尸体腐败会产生大量的硫化氢，如果轮胎中的泥土是来自深层土的话，那么吴树生到了山里，一定是挖开了土层，而这土层下方，曾埋过动物的尸体。也正是因为这样，才造成了小宇判断失误。"

"哦！我明白了。"汪鹏鹏道，"不年不节的，那白菊花只有在墓地附近的花店有卖。结合文姐所说，吴树生可能去了一个埋有人的尸体的山头，并且……"

汪鹏鹏说到这里，突然语塞："他、他难道……"

李霄阳目光锐利起来："估计，他挖开了一座坟。"

62

傍晚，蛇仔刚吸完粉，正仰躺在沙发上目光迷蒙地"爽"着，一旁的手机突然响了起来。

瞅一眼来电显示,蛇仔挥手把蝎子给打发出去,又仔细关上了防盗门,这才按下了接听键。

"喂,我的大记者,有什么好消息要告诉我?"

"吴树生临死前进山了。"小屋里,段木蜷在发光的电脑前,小声地说道。

"什么?哪座山?"

"这我暂时还不清楚……"

"那你给我打个毛线的电话啊?"

"不是,今天早上,我发现真探组去了趟咱们市最西边的云顶山,因为他们走得太早,路上没车没人的,太容易被发现,我就没跟上去,不过从他们回来以后的反应看,这回应该是找错地方了。"

蛇仔调整了一个舒服点的姿势:"你知不知道,他们接下来要干吗?"

"具体打算去哪,目前还不清楚,我看他们里边那个胖子,手里拿了一束白菊花,正一个电话一个电话地打,估计就是在查这个,等接下来有情况再告诉你。"

"那行,辛苦你了啊!大记者——"

……

挂断电话,蛇仔饶有兴致地把玩起一枚硬币,那硬币先是从左到右,而后从右到左,在他手指、手背上颠簸往复了两圈,他突然停下动作,想起了一件事。

渐渐地,他的嘴角扯起一抹笑意:"书生啊书生,真有你的。居然能想到把东西埋到那地方。"

他起身拉开防盗门,发现蝎子像根木桩一样老老实实地看着门口,他一勾手,把蝎子叫到了身前:"我出去一趟,一会儿回来。要是有谁问你，你就说我喝花酒去了。"

"用不用我跟着？"蝎子小心地问。

"说你是木头脑袋，你还不高兴！"蛇仔皱着眉道，"要是能带你去，我还给你留话干什么？"

"明白了，蛇哥，这大晚上的，你一个人可要注意安全。"

蛇仔此时心情明显很好，他一把将蝎子搂在怀里，使劲拍拍他的脑袋："我就说老子看人最准，蝎子，你就是我最好的兄弟，放心，哥这回发达了，一定少不了你的好处。"

"谢谢哥！"蝎子实诚地点点头，"你赶紧去吧！早点回来。"

蛇仔上下打量着一脸真诚的蝎子，又使劲朝他肩膀拍了拍："走着，去去就回啊！"

等到蛇仔下了楼，蝎子回到屋里，坐在监控前。看着画面上蛇仔的身影从落仙桥上消失，蝎子的眼神瞬间阴冷了下来，他拿起手机，快速拨通一串号码。

"喂，大桶子哥吗？蛇仔有动静，他可能找到了什么线索。"

"哦？真的？"电话那头传来的果然是大桶子的声音。

"他刚接了个电话，应该是那个叫段木的记者，之前被我们给打服了，现在一直跟蛇仔单线联系。"

"记者？是不是穿一件绿的导演马甲的那家伙？"

"对，就是他。"

"哦，他啊！我见过这人。"

"蛇仔威胁了他，让他跟在真探组的后面，这人胆小如鼠，他传来的消息应该不会错。"

"那蛇仔到底去哪儿，你知不知道？"

"说实话，我现在还不清楚。"蝎子拿出另一部手机，在手机地图上，一个闪光的红点正在运动，他微微一笑，"不过，我趁他吸麻了的时候，在他手机里偷偷安装了定位软件，等他到了地方，我就把他的位置发给你。"

"干得漂亮。"

"大桶子哥。"

"怎么？"

"要是蛇仔真寻到了东西，我的那份……"

"好兄弟，将来少不了你一份儿。蛇仔这小子，一看就油头滑脑，还是你靠谱儿，别说这次分给你，以后我们的货，就交给你去对接。"

"那就太谢谢了，"蝎子眉开眼笑，"大桶子哥，转告四毛哥，兄弟一定死心塌地跟你们干。"

63

夜晚，树林释放出足量的水汽，夜雾轻纱一般，缠绵在罗云山背阴处。

蛇仔提了把铁锹，气喘吁吁地来到两座坟包前。

"书生啊书生，我是真佩服你，这书读多了，脑子就是灵光。谁能想到，你把东西埋进了自己爸妈的坟地里啊？"

说着，他双手合十，朝墓碑上的两张烤瓷相片拜了拜："叔、婶，对不住了啊！我挖个东西，就把你们的坟给埋回去，绝不打搅您二老休息。对不住，对不住啦……"

叽里咕噜地念叨完，他抄起铁锹冲着土堆就是一大铲，瞅着铲子里那一大堆土，他嘿嘿一笑："土堆这么松，果然是被挖过。"

说完，他加快了手中的动作。虽然做的是体力活，自己的身子骨也不太行，但一想到这坟里埋的东西价值不菲，蛇仔哪还有一丝疲倦，他就像个人形挖掘机，叼着个烟卷儿，在坟头挥汗如雨地干着。

时间分秒流逝，把嘴里最后一根烟屁股吐出去时，他感觉自己挖到了什么软物。

"我去，真有东西啊！"蛇仔把铁锹扔在一旁，蹦进坑里，开始疯狂地直接用手扒拉，当他看到那印着草上飞 LOGO 的塑料箱时，他干脆兴奋得手舞足蹈起来，跳到一半，他似乎想到了什么，再次朝墓碑方向拜了拜："叔、婶，在你们坟头蹦迪，真是不好意思，别介意啊，sorry（对不起），sorry。"嬉皮笑脸地拜完，他又低下头，小心地挖掘起来。

泡沫箱很快全部露出，他长出了一口气，用沾满泥巴的手拭掉额上汗水，小心翼翼地抓住了塑料箱的两端，试着拽起来。

感到里边的分量不轻，他心中一喜，松开手，在手心啐了两口唾沫，然后咬紧牙关，使出吃奶的力气一拽，塑料箱被他整个给拉了出来。

捏着拉锁头，他将塑料箱打开，发现里面放了一个黑色垃圾袋，蛇仔迫不及待地把袋子拖到地面上，可是打开一看，他脸上得意扬扬的笑容突然僵住了。

"怎么会是这样？"蛇仔难以置信地把一捆捆印着玉皇大帝的冥钱从袋子里倒出来，"上下是冥币，中间就是真钱了，电视里都这么演的……"

不死心的他把冥币一沓一沓地抽出、撕开、翻找，一直到所有冥币散落在周围，铺满地面，他才如松了线的木偶般，心如死灰地瘫坐在坟前。

他并没有注意，一高一矮两个身影悄然来到了他的身后。

"蛇仔，忙什么呢？"

蛇仔浑身一抖，转身望去，皎洁的月光下，大桶子嘴角噙着一抹阴笑，在他身旁，四毛正用看死人一般的目光冰冷地注视着他。

"我……我这是……"

"真是个孝子贤孙哪！"大桶子走到蛇仔面前蹲下，看着一地的冥币，戏谑道："这还有几天才到清明节，现在就着急来给爹妈烧纸钱了？"

蛇仔笑得比哭还难看："哎……对，我就是提前来看看。"

"啪！"大桶子一个大耳刮子打在了蛇仔脸上："还对，你是不是当老子是傻子？"

"大桶子哥……"蛇仔左手捂着脸，右手撑地往后退了退，"这、这都是误会，误会。你们听我解释。"

"误会？"大桶子面目狰狞地把他拎起来，"钱呢？藏哪了？"

"哥，天地良心，那塑料箱子里就只有这些。"

"啪！"大桶子又是一耳光扇了上去："还跟老子演呢？我再问你一遍，钱呢？"

蛇仔又捂住瞬间肿得老高的右脸，带着哭腔道："我真不知道什么钱啊，我发誓，我说的都是真的。"

"看来，你丫是敬酒不吃，要吃罚酒了。"大桶子起身的空当，四毛走了过来，他轻声地问蛇仔："你们落仙桥这帮小毛头，是不是把我们当傻子耍？"

"哥，你就是我亲哥！我能骗你们吗？真不是你想的那样！"说着，他害怕地盯住四毛。

然而，从四毛脸上，他看不出任何情绪。四毛淡淡地道："看在你这声哥的份儿上，再给你最后一次机会，钱呢？"

见四毛状态不对，大桶子上前劝道："这事交给我就行……"

"交给你？"四毛一回头，血红目光跟刀子一样剜在大桶子脸上，把向来嚣张的大桶子硬生生地逼退了几步。

蛇仔颤得更厉害了，他意识到，大桶子虽然咋咋呼呼，实际地位却在四毛之下。此时他心中掠过无数看过的黑帮片的情节，心中懊悔不已：明明知道不动声色的才是老大，怎么偏偏就看走了眼呢？

"我警告你，不要挑战我的耐性。"四毛再次转头看向蛇仔，"我问你，钱呢？"

"哥，我真不知……"

"砰——"

一声巨响，山林震动，夜鸟惊飞。

蛇仔没有机会把话说完，月光下，他瞪着双眼，露出难以置信的表情。这种表情永久地凝固在他的脸上，在他脑门正中间，突然多了一个圆圆的黑洞。

血顺着洞边流下来，直流进他瞪圆的眼睛里。与此同时，目睹这一幕的大桶子也瞪大了眼睛，他的脑袋生锈了一样，缓缓转向四毛。

月光在树林里投下的阴影让四毛的双眼看来泛着淡淡血红，在他手中，一只乌黑的手枪泛着冷光，枪口的袅袅白烟被山风渐渐吹散。

大桶子牙齿直打战："你、你把他给杀了？"

四毛用手指沾一下溅在脸上还带有温度的鲜血，低头看看染红的指尖："我一早就跟你说过，别试图挑战我的耐性，谁都不行。"

大桶子品出这话的味儿来，连忙高举双手，求饶道："四毛哥，这真是个误会，我也想赶紧给你把这事给办成，我是真没料到，会出这种事。"

"是吗？"四毛撩起上衣擦擦枪口，一步步朝大桶子走去，"当初所有人可都是你建议选的，三番四次保证没问题的也是你，现在事情搞成这样，你说是个误会？你觉得，我会信吗？"

"四毛哥，你听我说，这绝对跟我没有任何关系。"大桶子哭丧着脸，一下给四毛跪下了，他膝行到四毛跟前，抱住他的腿号啕起来，"你说这掉脑袋的事儿，我都愿意跟你干了，我做啥搞这么多有的没的？是，都是我的错，我识人不清，可四毛哥，咱俩可是形影不离啊！你仔细想想看，我哪里来的时间去和他们勾结？这不可能啊……"

"说得好像是有些道理……"四毛略略想了想,"你小子整天的确跟我在一起,好像没有使坏的工夫。"

"那不就是了吗?"大桶子忙道,"四毛哥,你都打算分给我那么多了,兄弟有啥不满意的?我是真被这群小子给坑了——你要我干吗,尽管说,我以后都听你的。"

"都听我的,是吗?"四毛叹了口气,把手伸给大桶子。

"那必须是,保证你一个命令我一个动作。"大桶子见过了关,连忙抓住四毛的手站起身,还拍了拍膝盖上的土。

可他还没站稳,四毛就把枪递到了大桶子眼前。

"这……这什么意思?"

"不是都听我的吗?"四毛笑笑,瞥一眼倒在土里的蛇仔,"拿着,朝他开一枪。这人就算我们兄弟俩一起杀的,一会儿咱们也一起把他给埋了。"

大桶子紧张地咽了口唾沫,手直哆嗦,似乎不敢接。

"你拿不拿?"四毛的笑容渐渐收敛。

"拿!"大桶子一咬牙,把枪一把握进了手心里。

"这就对了,你赶紧开枪,我把他弄过来,扔这坑里。"四毛见状,嘴角一扬,转身去拖蛇仔的尸体,嘴里嘲讽地道,"这小子,费尽力气给自己挖了个坑埋,真有意思。"

就在此时,大桶子的声音恶狠狠从他背后传来:"人是你杀的,我可不想跟你一起被打头。"

四毛背对着他,冷笑一声,放开蛇仔缓缓站起身来。在他身后,大桶子双手握枪对准了他的后脑。

四毛缓缓转过身来,盯住大桶子:"不是我小瞧你,整天叽叽喳喳地摆谱你会,可用枪,你搞得定吗?"

被他这么一说,大桶子微微一怔,四毛把右手伸进口袋,掏出来的时候，他手里已经多了好几枚子弹。"你果然让我很失望。"

大桶子自知中计，把枪往旁边一扔，慌忙又跪在地上，哭喊道："四毛哥，我错了，我求你放过我，我求求你。"

"这么长时间了，我一直没搞明白一件事。"四毛来到大桶子面前，蹲下和他平视："你说，贩毒也是打头，杀人也是打头，你明明都豁出去跟我干了，怎么还能抱有侥幸心理呢？"

见大桶子疯狂磕头，不敢说话，四毛挑挑眉："我替你说吧！其实你心里早就在算计我了，要是没出什么事，大家按说好的分钱，你好我也好。可要是这回出了事，货是我的，卖是书生卖的，跟你大桶子又能有什么关系呢？你啊，"四毛抬手啪啪直拍大桶子的脸蛋，"你这小算盘打得可真溜啊。"

"四毛哥，不敢，我真的不敢算计你啊！"大桶子哭得鼻涕眼泪一大把，抬起头看他。

"哦？你不敢？"四毛起身从地上捡起手枪，退出弹夹，当着大桶子的面，让他看清里面满夹黄澄澄的子弹。

意识到自己又被摆了一道，大桶子的五官顿时扭曲起来，露出绝望的表情。

"你不是不敢，"四毛把枪握在手里，掂掂分量，"你就是没种，敢做不敢当。所以……和你这种人合作，风险真的太大了……"

"不要，不要！"大桶子屁滚尿流地连连后退，四毛已将子弹上膛，瞄准了大桶子的脑门，就在这千钧一发之际，大桶子突然把磕头求饶时偷偷抓在手里的泥土撒了出去，四毛躲闪不及，泥巴落进了他的眼睛，大桶子趁机转身狂奔，而四毛费力地眨着眼睛，凭着模模糊糊的视线，再次扣动扳机。

"砰——"

密林震动，刚安静下来的鸟儿再度惊飞在夜空里。

64

"什么声音?"正在山脚下花店调查的李霄阳走出了店外。

"大晚上,还有祭祀放鞭炮的?"汪鹏鹏揉着鼻头,也跟了出来。

"不是鞭炮!"李霄阳表情严肃,"是枪声,而且是一把高仿版的'五四'发出来的。"

"我天,真的假的?型号也能听出来?"

"回头跟你解释。"李霄阳掏出手机,微信发送了一个定位后,迅速拨通了高俊的电话。

"高俊,看到定位了吗?我在这里听到了枪声。什么?你在附近?行,你尽快过来。"

结束了短暂的交流,李霄阳明显松了口气:"这条线我同学也在跟,他现在就在附近,五分钟之内就能到,咱们先到车里等。"

"行!"汪鹏鹏忙跟在李霄阳身后上了真探组的依维柯。

见两人上车,葛永安扭头道:"都听见了?"

"对,"汪鹏鹏说,"阳哥给他同学打电话了。"

"一共开了两枪!第一枪声音小,第二枪声音比较大,听到第一枪的时候我就报了警。"

"难怪高俊说他就在附近……"李霄阳看葛永安的眼神微微变化,后者不以为意,抬手看表:"估计警方马上就到了。"

"葛头儿,我是真佩服你的预判力,要是我,肯定觉得是有人祭祀,点的炮仗。"

"炮仗和枪的发声原理是两码事。"李霄阳此时终于得空解释,"在子弹上膛后,扣动扳机,枪内的撞针会撞击子弹底火,引燃发射药,产生巨大推进力,把子弹推进枪膛,再经膛线加速,离开枪体完成射击。当子弹被成功射出后,余下的高温火药气体在膛内高压的作用下快速喷出，急剧膨胀形成冲击波，这就是我们听到的枪声。因枪声是一种脉冲噪声，所以具有较强的指向性。又因为不同的枪支在枪体设计上存在差异，所以通过枪声来判断枪种并不困难。"

"还有，"李霄阳看一眼葛永安，"刚才老葛说他听到两声，而我们只听到一声，很可能是因为对方改变了射击角度，从我们所在的位置，才无法听到第一声枪响。"

"这也行？"汪鹏鹏将信将疑。

"可以的。"李霄阳道，"声音沿直线传播，在相同的环境中，产生强弱不同的枪声只有一种可能，第一枪他是枪口向下，射击产生的脉冲噪声向外辐射时，遇到了阻挡物，削弱了声音的传播，加上当时我们还在花店里，听不见也很正常。第二枪之所以特别清晰，大概率是枪口指向了上方，使得脉冲噪声缺少了阻挡，更易传播。"

"一会儿向下，一会向上。"汪鹏鹏皱眉思索道，"难不成他在……打鸟？"

李霄阳翻他一眼："你听说过，用仿制式手枪打鸟的吗？"

汪鹏鹏尴尬一笑："猎枪倒是听过。高仿枪嘛，好像确实没听过……"

"所以我猜测，对方之所以改变射击角度，大概率是因为他们发生了争执，在慌乱中突然开了枪。"

"他们？还不是一个人？"

"不光是这样。在大多数的枪击案中，第一声枪响都是有目标，做好准备才开枪的，所以我担心，山里可能有人员伤亡的情况。"

李霄阳与葛永安对了个眼神，有几分敬佩地道："这个委托，果然和您说的一样，不是表面那么简单。"

……

三分四十秒后，高俊驾驶着一辆民用车，风驰电掣地带着几个穿便装的民警赶到跟前。

"现在什么情况了?"高俊一下车就着急地问。

"人应该还没有出山,他们手里最少有一把仿'五四'。"

"好!"高俊边检查配枪边道,"本地派出所的警车在山脚下的路口,他们熟悉地形,所以我让他们过来帮忙,跟我们分头把死路口,回头我就带几个兄弟进山。"

见高俊子弹上膛,插入枪套,李霄阳抽出一个类似体温枪的东西交到了他的手里。高俊握在手中,看看巴掌大的屏幕,疑惑地问:"这是什么?"

"红外热成像仪,屏幕亮度我给你调好了,就算在夜里打开,也不会暴露你的行踪。"

"这个牛啊!"高俊打开开关,对着自己的队友逐一测试,当清楚地看到那泛着橙红色的人形出现在屏幕中时,他对着李霄阳用力一拍:"谢了啊!老同学。"

"轻点!"李霄阳皱皱眉,"注意安全,等你消夜。"

"得咧。"高俊应了一声,收起嬉笑的表情,露出雷厉风行的一面,对同事道,"一会儿我走在第一位,一切听指令,没我的允许,谁也不能往前冲,听见没有?"

"听见了。"

"好,上山。"

……

等待的时间似乎流逝得特别缓慢,透过车窗,李霄阳望向罗云山的方向。在漆黑夜幕中,层层叠叠的树枝在月光下随风摇曳,发出诡异的簌簌声。

车厢里安静得能听到彼此的呼吸声,汪鹏鹏紧张得时不时起身在车厢内来回活动,每走上几步,他都会弯腰朝车窗外望去。

汪鹏鹏不时焦急地嘀咕："怎么还没有动静？"

"你坐下吧！怎么比高俊他们还着急？"李霄阳无奈地道。

"不是我说，阳哥，"汪鹏鹏一屁股在他身边坐下，"小弟我活了二十出头，头一次遇到这么惊险的情况，你不能怪我提心吊胆啊！"

"皇帝不急太监急，你着急那也没用啊！等着吧！"

"霄阳说得没错，"葛永安也道，"咱们已经尽力了，这会儿得看警方的。"

汪鹏鹏左看看右看看，郁闷道："你俩是商量好了吧！我就兴奋一下不行吗？非得打击一下我的积极性……"

话音未落，砰——砰——两声枪响陡然响起，葛永安猛地回头看李霄阳："谁开的枪？"

"六四式的声音，是高俊他们。"

"都开枪了，难不成遇到了危险？"汪鹏鹏正担心着，李霄阳的手机突然响了起来，一看是高俊，他便按下了免提。

"俊子，你没事吧！"

"呸，我能有事？你可别咒我吧！"高俊的声音中气十足地传来，"人抓到了，一共三个，持枪者小腿受伤，我们这边无人员伤亡。不过有件事，你们可得帮忙，等我下去再跟你细说。"

"呼……"听言，汪鹏鹏使劲拍了拍胸口："吓死我了，还好高哥他们没出什么事儿。"

挂了电话，李霄阳一直悬着的心也放了下来，此时他才长长地出了一口气。

"敢情你也提心吊胆啊！还说我呢！"汪鹏鹏见他这样，禁不住乐了起来。

……

在车上焦急地等了十几分钟，高俊才带着同事把人给押了下来，当看到戴着手铐的是大桶子、四毛还有黑皮时，李霄阳的脸色顿时难看起来。

高俊亲自把三人押上车，自己则爬上了真探组的依维柯。

"在山上，我们简单了解了一下情况，四毛持枪杀死了一个叫蛇仔的人，然后准备将大桶子灭口，是我们及时赶到，才救了大桶子一命。"

高俊说得平静，可落在真探组耳朵里，无异于天降大雷。

汪鹏鹏哆嗦着嘴唇问道："什、什么？他们杀了人？"

"对。"高俊点头道，"尸体还没掩埋，我留了个同事在上面看着，我已经打电话通知了刑事技术科的人，不过这地方离我们局比较远，他们赶来还得有一会儿工夫，勘查现场方面你们是专家，所以回头还得麻烦你们一下，上山协助保护现场。"

"这没问题。"李霄阳说完，才意识到葛永安在车上，他忙朝葛永安看了一眼，"技术没问题，不过，得听我们葛头儿的。"

葛永安微笑着朝他点点头："我们愿意配合警方的行动。"

"那就谢谢葛队啦！"高俊下了车。

在他身后，李霄阳对葛永安笑了笑："多谢葛头儿。"

"我还是比较喜欢听你喊我老葛。"葛永安道，"亲切。"

李霄阳一笑，高俊突然转身，伸了个脑袋进来："说起来，这个叫黑皮的挺奇怪。"

李霄阳皱眉道："怎么说？"

"能抓住他，还多亏了你的热成像仪。要不是我无意间朝头顶一扫，可发现不了树上还蹲了一个。"

"他蹲在树上？为什么？"

高俊道："他说他看见蛇仔离开落仙桥，知道蛇仔最近又起了贩毒的心思，怀疑这人没干什么好事，于是就跟过来看看情况。不想被发现，所以才爬上树藏了起来，谁知接下来就发生了枪击案，他吓坏了，

- 241 -

不敢露头，才一直蹲在了树上。"

李霄阳琢磨着这个过程，问他："你信吗？"

"还没展开调查，也就无法确定真实性，不过我把他拽下来的时候，大桶子和四毛挺惊讶的，这可装不出来，我觉得，他们应该也没想到黑皮会在现场。这人说的，多半不假。"

"世上真有这么巧的事吗？"透过车窗，李霄阳看向坐在警车后排座的黑皮。

这人刚好把头从半开的车窗里探了出来，扭头对着罗云山的方向瞧了瞧。李霄阳刚要移开视线，就在那个刹那，黑皮竟然咧开嘴，无声地笑了起来。

65

两天后，刑警中队大院外。

黑皮推开印着POLICE（警察）标志的铁门，强烈的阳光倾泻而下，他低下头，下意识地用手挡了下头顶的日头，快速往前走去。

然而，一双穿着机车靴的脚突然出现在他的视野中。

他抬起双眼，看见李霄阳悠哉地背着手，上下打量着自己。

"警察已经调查过了，我和这件事无关。"

"是吗？"李霄阳淡淡一笑，龙途的车就停在他身后，他朝后瞥了一眼，"你应该很明白，我不是警察，为什么你会觉得需要跟我解释？"

黑皮沉默不语，李霄阳看看挂着"中国刑警"标志的办公楼，平静地道："我问过了，他们给你办的是取保候审，案件还在进一步调查中，也就是说，你还没有完全洗脱嫌疑。为什么你能这么笃定自己没事？"

"我自己做了什么，难道你比我清楚？"黑皮微微皱眉，"再说，我蹲过号子，自然知道里面的规矩，黄金四十八小时已经过了，他们还能有什么重要发现？"

黑皮向前迈步，李霄阳却突然伸手拦住他。

黑皮斜睨他一眼："怎么？还有事吗？别耽误我回家。"

"回家？"李霄阳似乎听到了很好笑的事，"你回家了，可以玩游戏机，看电影，抽烟喝酒打牌，甚至跟手下混混烤肉吃，过神仙日子，可书生要怎么办？"

黑皮目光冷下来："这话就说得没意思了，他人都死了，怎么，我还得给他弄个追悼会？再说了，整个落仙桥，谁不知道他跟我不对付。他死他的，我过我的。让让，别老挡着路。"

黑皮和李霄阳擦肩而过，李霄阳收敛了笑意，喊道："黑皮！"

黑皮侧了侧脸，但并没停下脚步，李霄阳又在他身后喊："你就这么对这辈子最好的兄弟？"

他突然停下脚步，片刻之后，黑皮转过身，大步来到李霄阳跟前，一把揪起他的领子，愠怒地压着嗓子："别以为你认识条子就了不起，说到底，你也不是警察。劝你少胡说八道，我跟书生怎么回事，跟你们没关系。"

几乎要被他整个拎起，可李霄阳不但丝毫不怕，甚至笑起来："那你急什么？你敢说，他的死，你一点儿也不知情？"

"滚——"黑皮把他推搡到一边，转身要走，李霄阳整整衣领，看着他的背影，冷冷地开了口："书生临死前，给你留了话。"

黑皮陡然转身："你说什么？他留了话？"

"瞧瞧，你这是不知情的样子吗？"

李霄阳打开手机，选取一段录音，把手机递给他。

"听或不听，你可以选。不过我得跟你说明白，你要是打定主意撇清干系，以后就是想听，我们也不会再给你这个机会。"

黑皮狐疑地打量他："我怎么知道，你们不是随便弄了一段语音来唬我？别以为我不知道，现在AI合成的语音，听着跟活人差不多。"

"那你看看这个。"

李霄阳拿出了一把钥匙，用手一捏，塑胶包裹的钥匙头裂开来，一分为二，露出复杂的电路："这是一个录音装置，在书生临死前，他把要对你说的话全都录在了这个里面。你在大晚上挖坟，目的本来就不是它，而且这东西又做得太像钥匙，所以你并没注意到它的存在。可我们干的就是鉴证的活儿，不会放过一点蛛丝马迹。"

听到"挖坟"二字，黑皮眼皮一跳，不过他很快就恢复了平静："凭你一张嘴，我怎么信你？"

"书生死了以后，我们才接了这个案子。我们葛队和他就照过一次面，就凭这，要造假可不容易。而你和他从小一起长大，他说话的语气，你总能听得出来。"

黑皮听了这话，不再犹豫，点开播放键，将手机贴在耳朵上。听到这个声音，他那被警方调查时都平静无波的脸上，终于露出了难以掩饰的哀伤。

等他缓缓放下手机，李霄阳问："这下，能肯定是书生了吗？"

黑皮低落地点点头，权当回答，随后他抬起眼，看向李霄阳。

"事到如今，你可以说说真正的来意了。你在这里守着，不会只是让我听一下书生的声音那么简单。"

"好，那我就开门见山。"李霄阳道，"刑警队你都走过一趟了，介不介意跟我们回鉴定所，把民事部分的委托再核实一下？"

"民事部分？"黑皮面露迷惑。

"我们接了调查书生为何自杀的委托。"李霄阳上下打量了一下身穿工装服的黑皮，"上次被你从落仙桥轰出来，到现在也就十来天，你这么快就忘了？"

李霄阳说着，转身朝车的方向走去，他边走边道："你应该也听出来了，书生的留言肯定不止这一句，要想知道他到底说了什么，那就跟我来。当然，你现在仍然可以转身回落仙桥，继续过你的逍遥日子，不过……"

李霄阳的脚步停在打开的车门前："有件事，我还得提醒你，我打听过，根据市政规划，最晚明年落仙桥就要被拆了，你也过不了几天舒坦日子，你自己和那些兄弟接下来怎么走，怕是还得仔细想一想。要是过去，还有书生这个能看长远的，现在嘛……"

李霄阳没把话说完，抬起大长腿就上了车，等到依维柯的车轮开始缓缓滚动，沉默了半晌的黑皮，终于一个箭步冲了上去……

66

鉴定所接待室，李霄阳把一盘水果端到黑皮面前。

他微微一笑，坐下来："怎么样？这里可比刑警队的审讯室舒服多了吧？"

"刑警队里哪能吃到这些？"黑皮也不跟他客气，拿了片西瓜塞进嘴里。

李霄阳点点头："那你吃着，我刚才就觉得你气色不太好，正好给你补充点糖分，我们从刑警队那边取了个东西，正在处理，你吃好了，我们也就做好了，然后我们再聊。"

黑皮眉毛一挑："什么东西？"

"不急，一会儿你就知道了。放心吧！既然你跟我们来了，有什么我们也不会瞒着你。"

黑皮听了这话，点点头，继续埋头吃了起来，李霄阳抽空给汪鹏鹏发了条信息，一会儿就有了回复。看到"马上好"三个字，李霄阳越发胸有成竹起来。

一盘水果下肚，黑皮果然觉得身子热乎起来，他道了声谢，然后朝衣服内兜摸去。

"怎么，馋烟了？"

"忘了你们这不让抽烟了。"黑皮连忙把手收回来。

"也不是全不让，反正这里也没别人。"

"还是不抽了，你们来落仙桥那次，我记得有两个姑娘在，这不好。"

李霄阳看看黑皮，露出若有所思的表情。

汪鹏鹏正好端着笔记本电脑走了进来，黑皮扭头看向来人，李霄阳趁机不动声色地按下手中遥控器上的红色按钮，"吧嗒"一声，房间的玻璃门悄然锁死。

与此同时，监控室里，老葛带着王怡文与佘小宇坐在电脑屏幕前，一刻不敢放松地盯着接待室里黑皮的一举一动。

"来得正好，那咱们就开始吧。"李霄阳拉拉手套边缘，接过汪鹏鹏递来的物证袋，取出一部老旧的诺基亚直板手机，"眼熟吗？"

黑皮歪头一看，却没说话。

"要不是书生，我们根本就不会知道这部手机的存在，也不会发现手机里的秘密。"

"书生？"黑皮不解，"这跟他又有什么关系？"

"他前往公园自杀之前，在罗云山脚下的花店定了花，钱他是当面付清的，还给老板写了一串手机号，同时他还告诉老板，在清明节那天早上打这个电话，就会有人过来取花。你知道，他干的是跑腿，经常会帮老板送货，熟人熟事的，老板就答应帮他这个忙。

"后来罗云山上出了命案，我们去花店调查，得到了这个号码，并且交给了警方。他们通过技术手段，发现这部手机最后的关机地点在落仙桥，很靠近你的院子。这回你出事，警方到你的住处进行了搜查，在床板底下的书包中发现了这部手机。我在手机上提取到了六枚清晰的指纹，全部都是你留下的，这说明，这部手机平时就是你在用。"

"那又怎样？"黑皮道，"书生自杀了，可马上就到清明节，他爸妈我也认识，算是我的长辈，他订花让我去取，替他上坟，这也没有什么好奇怪的吧！"

"别着急啊！咱们慢慢聊。"李霄阳双手抱胸，平静地缓缓说道，"警察把你带走之后，我们在罗云山勘查现场时发现，书生的电瓶车轮胎印，并没有集中在他父母的坟前，也没有停止在这个地方，而是骑向了后山。在轮胎印集中处，我们又发现了两处坟包，而坟包的中间位置，有明显的挖掘痕迹，说明，这里曾经有人动过。"

黑皮神色不变，但沉默下来。

李霄阳见状继续道："挖开以后，我们发现坑里有一个黑色的塑料袋，里面装着六根1公斤的金条，以及60万元现金，按照现在的金价算，总价值接近三百万。警方讯问了大桶子和四毛，得知书生在出事之前，一直在给他们运毒，因为他从来没出过差错，所以他俩很快决定，通过书生把手里剩下的货全部出手，然后尽快离开这里。谁知道，就是这次交易，出了很大的问题。"

"出了什么问题？"

"还是那句话，别着急，回头都会告诉你的。"

李霄阳调转电脑屏幕，给黑皮看了几张罗云山的现场照片。

"这是蛇仔被杀的墓地，我们从墓碑上提取到了你的新鲜指纹。我估计，连你自己都没有注意，在挖坟的时候，你出了很多汗。你日常就是干体力活儿的，所以出汗对你来说很寻常，而与此同时，体液分泌旺盛的时候，就会带动鼻腔黏膜分泌出了大量黏液，也就是我们俗称的鼻涕。扛大包很难随身携带手纸，所以你就养成了随手擤鼻涕甩掉的习惯，我们也因此提取到了你的鼻涕样本。"

"我确实在那里，未必非得挖坟才能擤鼻涕吧！"黑皮笑着道。

"那确实啊！"李霄阳调出取证时的照片，"不过我刚才忘记告诉你了，我们不是在坟包和墓碑上找的样本，而是在埋金条的坑底发现的，这你又要怎么解释？"

黑皮冷笑："你们说在坑底，就一定是在坑底了？"

"怎么，你觉得我们有栽赃给你的必要？"李霄阳又调出一张铁锹的照片，"三段式折叠铁锹，在你住处发现的，铁锹上和你鞋底缝隙里的泥土，以及你还没来得及清洗的衣服上的泥土样本，我们全部都做了检验，都和坟坑中的深层土成分完全吻合。

"虽说我们没有权限调取监控，但警方可以。现在本市在主要路口安装的，全是升级版人脸识别摄像头，就算你戴着口罩也没用。查阅监控之后，我们发现你在事发前一天晚上，就已经去过了罗云山。你去那里，到底干了什么？"

黑皮只是笑，却不回答。

李霄阳摇摇头，继续道："书生让花店老板打的这个号码，也是你的私密号，外人根本不知道。你和他之前，一定有什么隐情，所以他心中有数，你只要接到这个电话，就一定会猜到真相。至于你说清明节去上坟很常见，其实他定这一天，就是在暗示你，他在自己爸妈的真坟旁埋了东西，而你一定能找得到。只是书生还是低估了你的能力，或者说，整个落仙桥的人，包括大桶子和四毛，他们都小看了你，你黑皮才是这些人里头，算得最精的那一个。"

"这话我听不懂。"黑皮道，"你们要是真能确定什么，干吗还叫我来呢？"

"没关系，叫你来之前，我就料到你不会轻易承认的。至于我们是不是能确定，你还得往下听。"

李霄阳敲击电脑，调出一份电话单："从书生自杀到现在，和你这部私密电话有联系的人一共三个，蝎子、托尼，还有段木。这其中蝎子和你的联系最为频繁，可他是蛇仔的手下，整个落仙桥都知道，他对蛇仔忠心耿耿，你不觉得，这样的一个人居然经常和你通话，这很奇怪吗？"

不等黑皮说话，李霄阳就继续说了下去。

"不管你怎么觉得，反正我们瞧着是挺反常的，你也知道，我们和警方向来关系不错，所以借着他们的手，顺带帮我们问了一下蝎子，你和他到底有什么关联。"

"问出什么来了吗？"黑皮气定神闲，但眼神中却有些怒意。

注意到这一点，李霄阳笑了笑："没有，蝎子听说出了人命，嘴很硬，什么都不肯交代。"

"那你还说什么？"

"他不说，不表示别人不说啊！"李霄阳笑起来，"你和蛇仔出事以后，落仙桥人心惶惶，要问出这点事儿来，并不难。蝎子、你、书生，你们都是落仙桥土生土长的。蝎子他爸是个残疾，这种人在村里很容易被欺负，而且残疾就意味着家里很贫困。他爸死的时候，连个买棺材的钱都没有，那时候你混得还行，看在熟人熟面的分儿上，你出钱出力一手操办，他爸才落了葬。蝎子感激你，一直是跟在你身后的，可奇怪的是，蛇仔来了以后，蝎子莫名其妙地就跟蛇仔混上了。"

黑皮下意识地掏出一根烟嗅嗅："我这人向来随意，愿意跟我当然可以，不愿意了也来去自由。"

李霄阳见他这个动作，微笑道："你其实挺担心他吧！毕竟蝎子都到这个地步了，还是不肯交代跟你有关的事，他跟着蛇仔，其实根本就是你的意思，他是在充当你的眼线。"

黑皮把烟卷朝着掌心一下一下地戳着："说什么都可以，反正你们没有证据。"

"那咱们就聊聊托尼吧！这可就是他亲口告诉我们的了，他最早戴的那个老式助听器，是你出钱给他买的，而你把他赶到落仙桥下，让他跟着书生，是因为你知道，蛇仔这人很危险，是个心狠手辣的毒鬼，可偏偏有些想走邪路的家伙，又很拥护蛇仔。书生也好，托尼他们也罢，你赶他们走，实际上是为了保护他们。因为你出狱时，蛇仔已经在落仙桥有了些根基，你虽然当了老大，可还是干不掉蛇仔，如果直接和他起了冲突，甚至难讲谁胜谁负。这是不得已的取舍，所以托尼也一直记着你的好。书生的死，对你打击很大，你也很想知道书生死的真相，所以，你就让托尼借着外出买洗发用品的空当，给我们提供线索。托尼他们几个人被抓起来又放回落仙桥，托尼也给你打了电话，通话记录我们也掌握了，就是你告诉托尼，一定要想方设法留在我们鉴定所，好给你通风报信，告诉你我们的调查进度。"

黑皮朝他一抬眼："托尼就不会说谎吗？"

"托尼是不是擅长说谎，你应该比我们更清楚。不过我们从来不会因为谁说两句就轻信，我们找到落仙桥的人核对过了，你回到落仙桥时，这地方乱得不像话，要不是书生给你当军师，你恐怕很难从蛇仔手里争到这个老大的位置。后来你们闹翻，到现在还有人觉得奇怪，毕竟你俩号称曾经有过命的交情，就连他爸妈的坟，都是你掏钱翻修的。"

见黑皮又一次沉默，李霄阳趁热打铁道："而且，你这部直板手机里的信息，我们已经恢复，在四毛枪杀蛇仔的头天夜里，你已经接到了托尼的信息，他告诉你我们进了山，正是根据这条消息，你一下子猜到了书生自杀之前可能的行踪，而埋东西的地方，也只有你找得到，没有第二个人。"

"那蛇仔呢？他不也找到了吗？"

李霄阳道："我得出这个结论，当然有原因，不过现在先看看这个。"他单击下一页,调出一张段木的照片,照片上,段木鬼鬼祟祟地抓着照相机,正在四处张望。

"这就是你的第三重保险。在当晚你收到托尼的信息后,又给段木发了一条信息,让他盯紧我们。虽然你和段木第一次见面不是很愉快,但那是因为当时段木调查书生的事,查到你的地盘上,你做出的也是正常的反应。而你和段木的交易,其实没有任何强迫的意思,付款也相当爽快。段木之所以愿意跟你合作,是因为你自始至终都把他当一个记者看待,所以他给你提供线索,是心甘情愿的。有了这三个人的口供帮助,我们就可以从头到尾还原一下,你在这个过程中,到底都是怎么操作的。"

"哦?我的操作?"黑皮耸耸肩,靠在沙发上,"我正好也想听听看。"

李霄阳把相关人员的照片调出来,继续道:"你那些小弟以为书生跟你之间,是发小并且一起打江山的关系,可他们并不知道,你们的感情比他们所有人以为的都要深。

"我们先不说过往的事儿,总之书生不明不白地死了,你是一定要搞清楚缘由的。以你在落仙桥的威望,想要打听出书生在运毒,其实并不困难。只是你心里有数,书生父母的死和他舅舅吸毒有关,所以,他这辈子最恨的就是贩毒。无论如何,他绝不可能心甘情愿去做这件事,这里面必定别有隐情。所以,那段时间你一直动用关系,打听书生到底在为谁办事。而恰巧在这个时候,大桶子和四毛出现了,当天你不在落仙桥,所以是蛇仔和他们先搭上了关系。"

李霄阳拿起凉了的茶水,抿了一口,看着脸上已经毫无嬉笑之色的黑皮:"而蛇仔这个人,一直是你在落仙桥的心腹大患,你早就想除掉他了,可这人属狗皮膏药的,带着一小撮人,赖在落仙桥就是不走,还三天两头想夺权,对这种人,你既不能放纵不管,又担心他会整出什么幺蛾子，所以才会派蝎子跟在他身边，好时刻掌握蛇仔的情况。"

李霄阳让他看大桶子和四毛的照片："书生人没了，却有人上门找人，而蛇仔又表现得对他俩这么殷勤，所以你猜到，这两个人必定是导致书生自杀的关键因素。此时我们接受了委托，这就等于，我们在明，而你在暗，咱们都在同一时间调查书生死亡的真相。

"表面上看，这事儿就是一团乱麻。但托尼是你安插在落仙桥的眼线，段木又正巧自投罗网被你收买，我们真探组的信息就源源不断地通过这两个渠道传到了你那里。

"当然，你也不会放过搞蛇仔的大好机会，你放纵蛇仔去找段木，就是知道蛇仔一贯手段阴狠又吝啬，而段木在黑道可没有什么后台，被他威胁，段木肯定会找你帮忙。这个时候，你就大包大揽，利用段木对蛇仔又恨又怕的情绪，再提高报酬，让他心甘情愿地替你当间谍。实际上，他提供给蛇仔的消息，全都来自你的授意。"

李霄阳盯着显得异常平静的黑皮："戏台都搭好了，角色也都就位，接下来你只需要稳住，让戏里所有人都忽略你就行了。而你，只需要蹲在院里，看他们的动向，对剧本做出调整即可。你梳理了四面八方的信息之后，终于猜出了那个核心线索——书生死前藏起了一个非常重要的东西，具体是什么你不清楚，藏在哪里，你也不知道。

"这是因为书生这个人向来心思缜密，他身边的人却都很心大，他们如果知情，绝对不可能对付得了来找麻烦的大桶子和四毛。一旦穿帮，他们就会有生命危险，按照书生的品性，他不会拿任何人的生命开玩笑。他知道，如果这个世上有一个人能明白他要做什么，那就是和他关系匪浅的你。所以，他打了个时间差，而清明节的那个电话，就是在为你揭晓答案。"

黑皮淡淡道："什么答案？一束花而已，最多不过是寄托哀思。"

"书生让花店老板在清明节给你打电话，表面上是让你过去拿花，实际上，这是一个只有你和他才知道的信号。你当然可以不承认，在书生心里，孤苦伶仃的他，在这个世界上最重要的人，是你。"

听到这里，黑皮的眼神暗了暗，李霄阳敏锐地捕捉到了这个细节，他不动声色地继续说下去："书生知道，你内心和外表不同，脑子非常灵光。不过他并没有料到，因为那个地方太特殊，所以你一收到托尼的短信，就猜到了他藏东西的地方。所以，你并没有在清明节当天过去，而是提前一晚就挖开了书生爸妈的真坟，并且在里面找到了外卖箱，也发现了金条和现金。

"这时，你通过段木和托尼，已经很明白我们真探组实力如何。你知道，只要给我们一些时间，我们一定能追查到山里。所以你没有动这些东西，而是下山买了一包纸钱，装在快递箱里，埋进了书生爸妈的假坟中。"

说着，李霄阳调出了一段录像，画面里，黑皮正在某处摊位上挑选纸钱。

见黑皮面露惊讶，李霄阳道："你应该没有想到，纸钱也有材质、印刷方式等特殊的生产特点。你买的纸钱，生产厂家就在我们当地，想找到销售渠道并不难。再说了，大半夜敲门买纸钱的人本身就不多，人家也担心你是不是借着买纸钱的幌子图谋不轨，所以那天晚上，老板偷偷打开了隐藏在店铺角落的监控摄像头，拍下了你购买纸钱的整个过程。"

说着，李霄阳示意汪鹏鹏点击定格，把黑皮戴着口罩的脸清晰地展现出来。李霄阳指着画面道："你看，这网络摄像头也就百十块钱，可抓拍还挺清晰吧，连你额头上的黑痣都看得清清楚楚。你还不承认这是你吗？"

黑皮自知不能否认，便点点头，爽快地道："行，就算这是我，第二天就是清明节，我忘了，半夜想起来买点纸钱，没有什么说不过去的吧！再说了，你也说生产纸钱的是厂家，出厂的纸钱不会只卖给我一个人，谁知道埋纸钱的到底是谁呢？"

"为什么还要嘴硬呢？"李霄阳摇摇头，"不过也不难猜，书生这个人为人正直，他留下这些钱，又告诉你藏东西的地方，绝对不会是为了让你私吞，而是有别的打算。"

见黑皮死死盯着自己，李霄阳和善地道："你对他的想法，心中一定有数，这么多证据放在跟前，你还是不愿承认，就是因为，你还没弄明白书生到底想要干什么。你在等，等一个答案……"

见黑皮咬紧牙关，李霄阳自顾自地继续道："你之所以这么做，是因为你太了解蛇仔的性子，这家伙为了利益不择手段。和他作对了这么长时间，你早就能猜到他的每一步动作，所以你打算利用这件事，彻底除掉这个心头大患。"

"就跟钓鱼似的，你给蛇仔下了个饵。书生每年都会给父母上坟，可是蛇仔不知道的是，因为书生家一些过去，为了不打扰他爸妈的安眠，你和他给他爸妈弄了真假两座坟。只有假坟前才立着刻有姓名的墓碑。

"等你把一切都布置好，你就让段木按照你给出的版本，给蛇仔打了个电话，段木之前给蛇仔通报的所有信息都是真实可靠的，蛇仔以为段木怕了自己，绝对不会说谎，自然没有任何怀疑。蛇仔能在落仙桥外搞那么多毒圈且并未被抓，说明他这个人脑子也十分活络，你知道，蛇仔能通过只言片语猜到书生把东西埋在了哪里。只要你刻意漏出一些信息，蛇仔这个自以为是的'聪明人'，自然就会想到那地方。

"于是，你在这边一看蛇仔离开，那边就马上让蝎子通知了大桶子和四毛。随后，你抄了个近路赶到罗云山，爬上一棵你事先在假坟附近找好的树，蹲在上面，方便你观察下方的一举一动。

"你知道大桶子和四毛是毒贩，所以你也清楚，蛇仔想吃独食，这次铁定会栽个大跟头，可你没想到四毛敢开枪杀人，更没想到，漆黑的山林里，警察居然能揪出蹲在树上的你。如果……我们没能查到书生在花店留下的那个只属于你的私密号码，你这盘大棋，可谓是必将获得完胜。不过，那样的话，你未必就能真正得到心灵上的圆满。"

"这话我听不懂。"黑皮冷冷开口，"既然你们已经知道了我做过的所有事，为什么不报警抓我？把我弄到这儿来，说这么多话，难道就是为了听我亲口承认你们说得对？"

说到这里，他啐了一口："我呸，什么圆满不圆满的，我一个道上混的粗人，会在乎那些？"

"你在乎，不然就不会跟我走了。"李霄阳调出吴树生的户籍照，黑皮的目光落在书生那张带着微笑、五官清秀的脸上。李霄阳道："道上混的粗人，只是你赋予自己的形象而已。你还记得书生曾经跟你说过的那句话吗？"

"鹏鹏，你辛苦了，去拿瓶可乐喝！"李霄阳支走汪鹏鹏，在电脑上插入外放音频线，在播放软件里，拖入一条时长为66分钟的音频。

他旋即抬头看看对面的黑皮："我们把录音钥匙里分段的音频做了剪辑，但没有更改任何内容，只是在每个段落中间，插入了几十秒的忙音分割。你最想知道的事，听完之后就会明白，你慢慢听，我们到时候再聊。"

说罢，李霄阳单击空格，音频开始播放，他起身走出接待室。屋内只剩下黑皮一个人，一动不动地凝视着电脑屏幕上书生的照片……

……

厚重的玻璃门在李霄阳身后关闭，高俊从椅子上蹦起来："怎么样？"

"已经在给他放录音了。"

"我说，这简直是心理战。这家伙在审讯室什么都不承认，我们明明找了那么多的侧面证据，可确实是没办法证实他和四毛杀人这事儿有直接关系。你要说他动了那笔钱，我们还有理由把他关了，可根据大桶子和四毛的交代，里面的钱和最后那次交易完全对得上，可以说分文不少。所以羁押时间一到，我们也没辙了，只能先给他办个取保候审。"

"所以你就出了个馊主意，把人弄到我们这里？"

高俊扯出个比哭还难看的笑容："都到这个份儿上了，你让我就这么撒手？干脆杀了我得了！我寻思，这个吴树生的民事委托，不是你们所接的吗？刑事这边程序走完了，你们接着走民事，这也合情合理。"

"我懒得跟你掰扯，"李霄阳手指玻璃门，对高俊说，"我可是仁至义尽了，该做的都已经做了，书生的死因在录音里可是说得清清楚楚，等黑皮这边结束，我们的委托就能结案，到底该不该追究、要怎么追究黑皮的刑事责任，那是你们公安局的事，跟咱们真探组一毛钱的关系都没有。"

"对对对！"高俊立马服软，"感谢霄阳鼎力相助。"

"嘴上说得好听，也不来点实在的。"

"啊？"高俊茫然。

"跟他斗心机，说得我嘴干，还不敢喝茶，怕被人家看出咱们没直接证据。"

"得得得——"高俊忙把自己的茶送过去，"喝我的，温度刚好。"

"这还差不多。"李霄阳把茶杯接过去，嘴里嘶的一声。

高俊无奈道："又怎么了？"

"跟这种心机深沉之辈正面对决，不敢动换，我这肩膀不知道怎么了，木木的。"

"我给你捏，这个力气行吧——"高俊说着就上了手。

"右边再重点……爽！"李霄阳一脸享受，闭着眼睛问，"俊子，我跟你实话实说啊！这个黑皮不简单，口风紧得很，我可不保证待会儿能给这蚌壳撬开嘴。"

"这事儿我也想过，要是你这边还行不通，那我就联系刑事技术科再复勘现场，多找找证据。只要检察院那边认可，我就以间接故意致人死亡罪把他给拘了。"

"要找不到更多证据呢？"

"那就真没辙了。"高俊无奈道，"我总不能屈打成招啊！"

李霄阳睁开眼，看向玻璃门内，看着黑皮全神贯注倾听的样子，他没有在他脸上读出更多情绪。李霄阳心头敲起了小鼓，他小声嘀咕："这一次，他会良心发现吗？"

67

2002年，深冬。雪花从天而降，随着凛冽的寒风，掠过铅灰色的天空，飘过弯弯的落仙桥，落进沿水村村尾的一户人家院内。

一名面红耳赤的中年男子打着酒嗝，拖着铁棍从院中走过，他推开西屋的木门，狞笑着，朝正蜷在床上熟睡的男孩走去。

铁棍在水泥地面上划过，发出令人牙酸的刺啦声响，床上的男孩突然惊醒过来，他坐起来，瞪大眼睛，惊恐地望着朝他走来的男人，浑身颤抖地求饶："爸爸……爸爸，别打我……"

可那人毫不留情地抡起手中的铁棒，照着男孩的脑门砸去。

男孩下意识用手去挡，拇指粗的铁棍击中他的胳膊，伴着轻微的咔嚓声和人体被击打的闷响，一道红印出现在细小的胳膊上，男孩大声叫疼，但这似乎只是助长了男人的残虐之心，他高高地抬起手，再度抡起了铁棒。

男孩连忙掀开被褥溜下床，那一下打在了他原本所在的位置，床下的木板发出碎裂声，棍下出现了一处凹陷。

很显然，男人下了死手。恐惧中，男孩只穿着单薄的衣物就跑出了屋子，男子迈着踉跄的步子，在后面边追边骂："你妈这个臭婊子，给老子戴了十四年的绿帽子，和别的男人瞎搞，搞出你这么个野种。现在你妈这个婊子跑了，把你这个野种留下吃我的，喝我的，还天天让人背后嘲笑。老子今天非得打死你不可……"

男孩在寒冷的院里面不停躲闪醉鬼父亲的铁棍，他光着脚，跪在冰面上哀求道：

"爸，我求你，不要打了，我求求你。"

"求我？"男子把铁棍一立，嘴里吐着白雾，含含糊糊地骂道："你这个杂种，还有脸求我？今天老子要是打不死你，老子倒一世霉。"

男孩见状起身就跑，男子抄起铁棍又追了上去。

见无路可逃，情急之下，男孩只能攀上鸡窝，爬上高高的院墙，跳了下去。男人愤愤地拉开大门，朝跑出去没多远的男孩大喊："兔崽子，给老子有多远滚多远，去找你那婊子妈，你要再敢回来，看我不弄死你！"

嘭的一声砸门声传来，气喘吁吁的男孩吓得连忙跑了起来，胳膊上的剧痛让他实在坚持不住，才又渐渐放缓了脚步。

那年是个寒冬，室外气温早就低于了零下10摄氏度，为了取暖，村里家家都关门闭户，加上男孩住在人口最少的村西边，根本没有人听见刚才发生了什么可怕的事。

在疼痛和寒冷的双重折磨下，男孩逐渐没有了往前走的力气，他拖着脚步，哭着四处看去，试图找一个栖身之所，突然之间，他发现前面不远有一户人家的大门正虚掩着。

男孩的父亲是附近有名的酒鬼，村里人看到这人躲都来不及，所以也都像躲瘟神一样躲着他。男孩从来没有什么朋友，一时间也分不清这到底是哪家哪户。然而他的手脚已经冻得好像冰坨子一样，牙齿也直打战。

出于求生本能，男孩强忍剧痛挪了过去，他小心翼翼地推开门，却发现院子里压根没有人影。

院墙里，铁丝上晾着的棉衣引起了他的注意，他悄悄走到窗下，朝屋内瞅了瞅，当发现屋里也没有人，他的胆子便大了起来，回头一把拽掉还没完全晾干的军绿大棉袄，快速套在自己身上，总算感到了暖和一些。他又从墙边找了双棉鞋套上，正转身想走时，一个比他小一号的男孩突然出现在了大门口。

"你是干什么的？为什么穿我爸的棉袄？"

男孩被抓个正着，支吾片刻，手指西边："我，我也是住在这个村子的，就在村西头，我爸叫吴启航，我太冷了，就是借穿一下，回头就还你。"

"我叫吴树生，我怎么从来都没见过你？"

"哦，我一般都是从村西头走，很少来东边的。"

"刚才我在外面看到你了，这么冷的天，你为什么只穿一套秋衣秋裤，连鞋子都不穿啊？"

"我……"男孩被点明窘境，不知该说什么才好。

"既然冷，那你就穿着吧！对了，你饿不饿？"八岁的吴树生善解人意，让男孩呆住了。他看见吴树生朝自己举了举手中银白色的金属饭盒："跟我进屋吧！给你饺子吃。"

听他这么一说，男孩的肚子突然咕咕叫了起来。他才想起，今天父亲出门喝酒，根本没给自己留吃的，他是饿着肚子上的床。

正犹豫着，吴树生走到他跟前，拉住他的手："走吧，我请你吃饺子。"

看着比自己矮了一头的吴树生，感受着手上的温暖，男孩红着眼眶，重重地点了点头。

68

推开双层木门，屋里烧着煤炉，一股暖意突然袭来，一直在哆嗦的男孩顿时放松下来。

吴树生把铝饭盒顺手搁在煤炉旁边，旋即走进里屋，过了一会儿，他费力地抱了一套还挂有吊牌的棉袄出来。

"这是我家亲戚给我买的，他们说我在长个子，买套大点的能多穿几年。"说着吴树生把棉袄放在自己胸前比画，"可你看，这是不是也太大了，我穿上这个，连裤子都省得穿了。"

男孩喃喃地回答："确实大了些。"

吴树生把棉袄递给男孩："你把我爸的脱下来吧！这个给你穿。"

"给我？"

"嗯。"吴树生道，"我爸的棉袄还没干，你快换上这个吧！我妈说，穿湿衣服会感冒的。"

突如其来的关心让男孩有些不知所措，他哽咽着接过棉衣，擦擦眼角："谢……谢谢你。"

接过男孩递来的军大衣，吴树生又道："外边下雪呢！我看你秋衣秋裤都潮了，要不也一并脱了，在煤炉旁烤烤，一会儿就干了。"

男孩想了想，点点头。他刚把上衣脱去，露出黝黑的皮肤和满身的伤疤，身后的吴树生歪着脑袋皱眉想了想，突然拍手道："我知道你是谁了，我见过你。"

"你在哪见过？我怎么没有印象？"

"就是上个月你爸在村西头用铁棍打你那次，好多人围观，我也在。我个头矮，在人缝里面看，没瞧见你的脸，但看到了你身上的疤。"吴树生轻轻摸了一下那条蜈蚣一般隆起的疤痕，"就是这道长的。是怎么弄伤的？"

男孩套上棉袄，把斜铺在整个背上的疤痕盖住，他平静地道："我爸喝醉酒后，拿铁棍烫的。"

"他为什么要这么对你？"

"他酗酒，我妈也是被他打跑的，可他非得说我妈跟别的男人走了，然后就拿我撒气。"

"那你为什么不跑？"

"我……"男孩一时语塞，他摇摇头，"我妈跑了，她不要我了。再怎么说，他也是我爸，我不跟他，又有谁会管我？可是，他把什么都赖在我身上，我算是看明白了，要是继续留下，迟早被他打死。"

虽说吴树生才八岁，但穷人的孩子早当家，他似乎能明白男孩说的心头痛处，便没有继续追问下去，而是拿起用毛巾裹着的饭盒递给男孩："饺子热了，你吃吧。"

"你吃饭了吗？"

吴树生咽咽口水："没事儿，我奶那边还有呢！你先吃，回头我再去拿点呗！"

"那……咱俩一起吃吧！你们家的碗在哪里？"

吴树生下意识地手指靠门边的菜橱："在那。"

男孩起身取了个瓷碗，用筷子把饭盒中的饺子一分为二，给自己留下很少的那半。

吴树生道："一二……才七个，你可比我大！这些我都能吃完，这点能够你吃吗？"

"够了，我吃不了多少……我爸……他根本不管我，我向来是有一顿没一顿，一下吃不了太多。"

听他这么说，吴树生没再客套，夹起一个饺子塞进嘴里："还没问你呢，你叫什么名字？"

"吴超，因为我比较黑，所以工地上的人都喊我黑皮。"

"工地？你不上学了？"

"我妈没工作，那男人自己赚的钱还不够他喝酒的，当初为了让我妈少遭点罪，上到初中我就不念了，现在我在工地给人搬砖，不过最近快过年了，工地也停工了，我就在家闲了两天，他天天在家耍酒疯打人，我还不如在工地干活呢！"

"我妈也没工作，她在饭店给人刷盘子，打零工挣钱，每天都弄到很晚才回来。我爸是教书的，晚上要看着学生晚自习，也要弄到很晚。"

"你爸妈只是回来晚一些，可我爸妈……"

聊到伤心处，黑皮耸耸鼻子，低头把饭盒中的饺子一股脑吃下肚，他正准备抬手擦嘴，突然感到剧烈的疼痛感，他手一松，饭盒当啷一下掉在了地上。

"你怎么了？"见黑皮表情痛苦地捂着自己的胳膊，吴树生放下碗，一把将棉袄给扯了下来。当他看到黑皮高高肿起的胳膊时，他大叫道："不好，你这得赶紧去医院！"

……

县医院骨科收费处，吴国富掀开好几层的手帕，从里边仔细数了75块零钱，递进窗口。

一旁的窦有香看着胳膊打着石膏的黑皮，嘴里埋怨："这吴启航是个神经病吧！哪有把孩子往死里打的？"

"你小声点，这周围都是熟人。要是给他知道了，怕不是要上咱家闹来！"

"自己干缺德事，还不让人说了？"窦有香愤愤地说着，揪心地看着孩子的胳膊:"人医生都说,这伤明显是被打的,要不是黑皮这孩子死活不愿,人一准就报警了,让那酒鬼蹲大牢去!"

"这不是清官难断家务事嘛!"吴国富看看缠着绷带的黑皮,"就你爸那脾气,十里八乡都出了名的,出了这档子事,你要是不愿意回家,等你伤好了,跟你婶子一起去饭店找活干去,虽说赚不了大钱,但吃口饭还是不成问题的。"

黑皮双目微红,重重地点了点头。

69

2016年,夏,国庆物流园外。

一群赤膊青年把一高一矮两名男子团团围住。

"谁让你们来这里捡垃圾的?"

面对呵斥,那面目憨厚的高个男子把一个纸箱紧紧地抱在怀里,口中不停重复:"这是我捡的,是我捡的。"

"你混哪儿的?带个傻子还敢来这里捡垃圾。"青年手指相貌清秀的矮个男子,警告道,"告诉你,整个物流园都是黑皮的地盘,这次就算了,下次再敢来,小心对你不客气。"

"黑皮?"矮个男子一愣,"他是不是叫吴超?"

"你谁啊?我们老大的名号也是你乱叫的?"一名小街流子朝他嚷嚷。

矮个子青年微微一笑:"真没想到,这么多年没见,他都混成老大了。"

为首那人听出了弦外之音:"怎么,你这意思,是认识我们老大?"

"认识,不过是过去的事儿,也不知道他还记不记得我。请问,我能不能见一见他？"

那青年想了想，手指他身后的公交牌："从这站上车，一块钱坐到落仙桥，你要不怕死，你就去。"

"谢谢，"矮个青年客客气气地道，"不好意思，给各位添麻烦了。"

……

"树生，是你？哎呀，赶紧进屋坐！"落仙桥的自建房里，黑皮把二人请进屋内。

吴树生四处打量了一番："你现在怎么住在这里？还有，这屋里怎么放的都是老家具？"

"你知道的，当年我胳膊伤好以后，在我婶工作那饭店刷了几年盘子，后来工资实在是太低，就跟着别人上外地去打工，谁知道给人骗了，被卖去搞传销。"

"传销可是违法的，做不得。"吴树生接过他递过来的可乐打开，转身塞进傻强手里。

见他熟练地照顾傻强，黑皮又拿了一罐给他，自己也灌了两口，黑皮苦笑道："谁说不是呢？所以我也不敢待太久，怕沾上事儿。可是越怕事，越来事。我翻墙逃跑的时候，被几个人给堵在了巷子里。他们手里有东西，我担心，要是被他们抓回去会被打死，就拼命地反抗。结果四个人被我打伤三个，一个重伤，两个轻伤。"

"这……"吴树生喃喃道，"那你后来怎样了？"

"我太害怕了，他们人多，我生怕他们站起来干我，所以，他们倒地以后，我用石头砸了他们的头。整个过程被监控拍得清清楚楚，所以辩护律师也没办法往正当防卫上靠。就这样，我被判了十多年。好不容易出来，发现世道都变了，我没地方去就回了老家。可背着这事儿，压根找不到工作，家里的老房子也给拆了。至于我那个酒鬼爹，前些年喝醉了，掉进了沟里，拆迁的钱，刚好够给他买棺材板的。我呢，也没个地方去，正好落仙桥的工程停了，里面还留着房子，我就干脆把老家的东西都搬到这了。"

黑皮说着，眼神复杂地看看屋里那些摆设："它们，其实都是我妈的陪嫁，留着，算是个念想。"

"这么多年了，还没联系上你妈？"

"唉……"黑皮长叹一声，"她应该是被我爸给打怕了，所以……算了，二十年都过去了，她要是活着，估计早就另外结婚生子了。我这样子，去了不是扰乱人家平静的生活吗？我也就不想找了……"

傻强此时已经跑到了院里，蹲在地上玩起蚂蚁来。黑皮看他举动异常，便问："对了，他是谁？"

吴树生回头看看嘴里叽里咕噜不知在说什么的青年，小声道："他叫傻强，我在饭店当凉菜小厨的时候，他负责给我打下手。那饭店老板不是个东西，看他脑子不灵光，就做局让他去砍竞争对手。后来被我知道了，连夜带他跑出来的。我寻思，我俩有手有脚，怎么都能弄上口饭吃，可真跑出来了，才知道我还是想简单了。他的脑子受过伤，我不能把他一个人放在家里，所以只好干什么都把他带着。他长得五大三粗，面相还有些傻，带着他，更难找活儿干了，而且最重要的是，我俩的身份证都押在了饭店，要是补办的话，需要户口本。可是这些，我现在都没有，我俩只能沿街收点废品，算是勉强糊口。今儿也是巧了，刚好去了物流园，碰到你兄弟，人家喊你名号，我也没想到真能对上号。"

"不是！"黑皮难以置信地举起手，"你打住。我听婶子说，你是打小成绩就好，脑子也好使，学校老师还给你测过智商，你将来就是名牌大学的坯子，怎么会搞成现在这个样子？还有，你怎么会户口本都没有，我叔、我婶人呢？"

"他们……"

见吴树生面带忧伤，黑皮眉心一紧，慌忙站起："他们到底怎么了？你快说啊！"

吴树生仰头看着他，渐渐红了眼圈："他们……他们都死了。"

70

罗云山深处，黑皮跪在两个坟前，重重磕下三个头。

随后他站起身来，咬牙切齿地一拳打在树上，树叶如雨一般簌簌落下："这帮搞毒的，全都该死！"

"我怨过，痛过，但事已至此，我已经接受了现实。"吴树生平静地说着，抄起铁锹，从旁边土堆上挖了点土，盖在父母的坟上。

见他动作，黑皮才注意到，面前的那两座坟包竟塌下去不少。

"这又是怎么回事？"

吴树生手指上山的路："当年我还只是个孩子，家里的钱早就被那个毒鬼掏空了。我实在没钱给爸妈买公墓，只好葬在这山里，就算是这样，从看山的手里买这么一小片地方，也得要三万多，之前这里还压根没有路，年节拜祭很不方便。而这两年上山的人多了，他们在这里开了条小路，我爸妈的坟正好就在这条路上，路太窄也就容一人走，有人要错身而过，就只好踩在坟上，所以，我每隔一段时间，就得来堆点土。"

"这怎么行？"黑皮听得怒火直冒，"叔和婶那么好的人，活着就没过过几天好日子，怎么死了还让人踩在脚底下？"

"我也不想的，我本来打算赚点钱给爸妈迁个坟，可你看……"

"你别管了，过去咱不提了，现在有我。这事儿，包在我身上，一会咱们就去找守山人。"

……

三日后，深夜。

守山人老张带着两名"地里仙"（风水先生）摸黑赶到了山中。

老张把黑皮和书生拉到一边，鬼鬼祟祟地四处看看，小声叮嘱道："现今可不如往日，这山上土地资源管得紧，既然我收了你们的钱，这迁坟的事，我一定给你们办妥，可是，这坟堆好后，你们千万别立碑，不然要是被发现了，铁定怎么埋进去，就得怎么挖出来。"

"那难不成就一直这样？"黑皮不甘心地问。

"先走一步算一步嘛！而且'地里仙'也看过了，旧坟的风水被那条路给破了，如今是凶坟，要是不迁，子孙后代必然有血光之灾哪！您看看怎么办吧！"

黑皮和书生对视一眼，问道："那新坟的风水又怎么说？"

"这一点你放心。"老张拍拍胸脯，"我吃死人饭的，要是敢乱搞，可是要折阳寿的。老头子我今年七十二，明年就是一道坎要过，我可不敢跟你胡来。"

"行，我信你，按你说的来吧！"

"这就对了嘛！"老张指着前面正用石灰粉划线的两名"地里仙"，"回头主坑挖好，他们会先用十只大公鸡的鸡血映坟，然后他们会在坟尾的地方再挖一个附坑，把十只公鸡的尸体埋进去，这样做可以破煞。你们记着啊，每隔三年，就要再杀十只公鸡埋在附坑里，直到这新坟重新立碑。当然，如果你们不得空闲，这事也可以委托我来做。"

这些风水门道，两人是一窍不通，听也听不明白，只得对老张的话言听计从。

黑皮一点头："行，那就托付给你了！"

老张见两人如此上道，满意地道："法事做完，我会在新坟前埋两块小的石碑，做成隐藏的墓碑，你们来拜祭时就把墓碑取出来，拜完了，再埋回去。等风声过了，能凿碑了，我免费给两位逝者凿一个，你们别担心！我老头子说话算话。"

"成！您千万说到做到。"

"那当然了，"老张面色微肃，"不过，还有一件事，我可得提醒你们。"

"您请说。"

老张手指石灰圈内的坟包道："虽然说这是旧坟，但墓碑还在嘛！所以清明上坟时，可别忘了在这里也要烧点纸，否则对两位逝者在下头的影响不好。等到墓碑迁走了，那就可以另说了。"

"行，我们记下了！"

……

回程路上，吴树生在出租车后，感激地透过后视镜看向坐在副驾驶的黑皮："黑皮哥，谢谢你。"

黑皮瞥一眼镜子里的吴树生："说啥呢？你是我兄弟，叔婶两个对我恩同再造，他们受委屈，我铁定不答应，咱们一家人不说两家话，我这就是尽孝道，谢啥？"

吴树生觉得泪水涌动，连忙看向窗外，吸吸鼻子，点头道："对，我们是兄弟，永远都是好兄弟。"

71

2017年冬，深夜的落仙桥显得格外冰冷寂寥。

深夜，睡梦中的黑皮突然被枕头下那部私密手机震醒，他睁开眼，一把将那部诺基亚抓在手里。

看清来电显示上的号码，他心头一紧，忙按下了接听键。

"蝎子？怎么了？"

"大事不好了。"

那边说话的声音很小，黑皮使劲把听筒按在耳边，才能勉强听清："怎么了？到底什么事？"

"蛇仔把书生抓了，现在他们在落仙桥西南的毒棚里。"

"毒棚？"

"书生晚上撞见蛇仔吸毒，他上前阻止，把蛇仔给搞毛了。他现在毒劲还没散，说今天晚上要悄没声地做了书生，我还是借上厕所的工夫给你打的电话，你赶紧过来，不然铁定要出大事。"

"蝎子！还没拉好吗？你赶紧给我过来！"

听到蛇仔的喊叫，蝎子把手机往草丛里一扔，一路小跑来到他跟前。

"你搞什么呢？前列腺不好？尿淋漓尿不尽的？"

"蛇哥，我就是今天晚上水喝多了点，别说得这么难听嘛！以后兄弟还怎么泡妞……"

"还跟我扯淡！谁让关键时刻你不在！"蛇仔伸手在他头上用力扇了一巴掌，随后点了支烟叼在嘴里。

见蛇仔情绪不错，蝎子却突然有了一种不祥的预感。

"蛇哥，怎么我看你挺开心呢？"

"书生这个狗东西，仗着和黑皮有些交情，一天到晚什么屁事都管，跟个唐僧似的，我早看他不顺眼了。"

说着，蛇仔龇牙狞笑："老子玩粉，黑皮都不敢说什么，他居然威胁我说要报警！报警？看老子今天不弄死他！"

"蛇哥，你把书生……怎么了？"

蛇仔迷离着双眼，朝屋内看看："他小子手腕上不是有刀疤吗？既然以前就想自杀，那我就帮他一把呗！"

"蛇哥，这么搞会出人命的！"蝎子面色惨白。

"瞧瞧你那点耗子胆，人哪那么容易死？再说了，死了正好，省得一天到晚听他叨叨。"

他还在说着，蝎子已经掉头冲进屋，他看见吴树生正捂着汩汩冒血的手腕，面色苍白地倚在角落里。

慌乱中，蝎子忙不迭地解开自己的裤带，用力系在了书生的手腕上。

"书生你撑着点，别睡！"给了他两个大嘴巴，蝎子背起已接近昏迷的吴树生就往外跑。

"蝎子，你干吗？想救他？老子要杀的人，你敢啰唆？"还沉醉在毒瘾中的蛇仔上前将他拦住。

蝎子焦急地道："蛇哥，你吸大了！要是在落仙桥搞出人命，咱们的计划可就要打水漂了。"

蛇仔一听，顿时背后一凉清醒过来，看着蝎子背上意识模糊的书生，他忙道："你说得对！这时候不能出事，这怎么办？"

"送医院啊！"

见蛇仔毒瘾已醒，蝎子忙撞开对方往前奔，蛇仔却追了上来："万一医生要问，咱们要怎么说？"

"还能怎么说？"蝎子道，"那当然是他自杀的了！他现在这样，能说半个不字？"

"可他跟黑皮关系可不错，要是他好了，把真相告诉黑皮……"

二人正好奔到桥中间，蛇仔突然抓住蝎子，看向桥下："要不，咱们一不做二不休，把他从这扔下去，到时候，就说他是自杀的。"

"哥你别闹了！"蝎子浑身发冷，"黑皮和他什么关系？你说他自杀，黑皮信吗？要我说，还得让他活着，只要人活着，黑皮就没辙。但凡黑皮不想落仙桥被条子盯上，他不敢张扬的。"

"说得对，说得对！"蛇仔点点头，"还得是你靠谱，那你赶紧把书生送医院，赶紧的。"

……

次日深夜，黑皮独自一人，悄然摸进了书生的病房。

看着刚脱离生命危险的书生，黑皮满脸内疚："是我错了，以你的性格，我就不应该拉着你留在落仙桥。"

书生看着他，咧开干裂的嘴唇，有气无力地笑了笑。

"我可不是在跟你开玩笑。"黑皮沉重地道，"落仙桥是你跟我一起整饬的，这些人的来历你也清楚，我之所以能做这里的老大，一来是因为我坐过牢，对他们来说是一种威慑。二来，我允许他们在眼皮子底下捞点偏食。说实话，蛇仔的事儿，你就不该过问。"

书生忍住失血过多的晕眩，用没有受伤的右手把自己撑起来："你还记得吗？你之前在我爸妈坟头说过，搞毒的，都该死……"

"我当然记得！"黑皮强硬地道，"可凡事都不能操之过急，你别一直催我，我心里有数。"

书生看向黑皮的大花臂，笑容更灿烂了："别人当老大，都雕个龙，刻个凤，你倒是好，一只胳膊上文的都是饺子。"

黑皮心神一松，摇摇头："都什么时候了，你还能这么开玩笑。"

"我就是书读得比你多一点，都说我是你的军师，可我最明白，咱俩之间，我才是那个傻子。管那些人的法子都是你想的，不过是我出的面，那些江湖事，我一个死读书的懂什么？你才是心思最缜密的那一个，能让整个落仙桥几十号人都服你，所以你既然说你心里有数，我就放心了。"

黑皮抬手抓住书生包得刷白的手腕，严肃地道："蛇仔的事，总有一天会有个了断，敢伤我兄弟，这事儿，我跟他没完。"

"其实也没什么，"书生轻声道，"要是这回抢救不过来，我反而轻松了。"

"别扯犊子，你得给我好好活着。"黑皮唰地站起来。

"别突然站起来,看得我头晕。"书生说完,黑皮又缓缓坐下,"放心吧!既然又没死成,我保证好好活着。"

看见他病恹恹的样子,黑皮也没了火气:"那接下来,你可得听我安排。总得以你和傻强的安危为重。"

"行,就听你的,我好好活。"

"蛇仔在落仙桥有势力,在我不能确定把他连根拔掉前,也不可能赶他走。"

"我明白,祸害要放在眼皮子下面。"

"所以,要走也得是你走。"黑皮看向书生,见他没有反对,又继续道,"我担心蛇仔会再对你下黑手,所以你走是走,也不能离开我的视线。地点我都给你选好了,你就住在落仙桥村外的桥洞里。另外,除了傻强,你再从落仙桥带走三个人。"

"谁?"书生露出好奇的眼神。

"牙套、杂耍还有托尼。"黑皮道,"这一年多你也能看得出,他们几个都不是会吃偏食的人,所以落仙桥那些混子早就看他们不顺眼了,让他们跟着你也好有个照应。尤其是托尼,他是我的人,做事也细心,有他照顾傻强,你可以尽管放心,做点你自己的事儿。"

"连傻强的事你都想到了,看来你早就做好了计划。"

黑皮听见这话,与书生相视一笑。

72

三天后的清晨,书生出院后,自己一人回到了落仙桥。

当着众人的面,黑皮把书生住的那间自建房里锅碗瓢盆全都扔出来,指着书生的鼻子大骂道:"狗东西,要死给我死远点,不要拖累了落仙桥。"

"黑皮哥,发生了什么事?"人群中有人问道。

"什么事?"黑皮手指书生,"这家伙过去仗着跟我是同村攀交情,我这才好心收留他在落仙桥,没想到,他竟然给我搞事情,在村子里割腕自杀,要不是发现得早,一准让他把条子惹来,那以后我们还有好日子过吗?"

"什么?"人群顿时嘈杂起来,"书生,你是不是活腻歪了?"

"就是!你要死,也死远点啊。"

"所以,"黑皮手指书生,"我今天就要告诉你,这落仙桥,你不能再待了!"

书生强撑着晕眩,面色苍白地捡起扁了的锅子:"那……你让我上哪去?"

"我管你去哪!"黑皮没好气道,"滚去睡桥洞都不关我事。反正你别到村里来,要死死远点。"

"行!"书生低下头,一件件地拾起地上的衣服,"我也不给各位添麻烦,住桥洞就住桥洞。"

"等等!"黑皮看向人群,"牙套、杂耍、托尼,还有你们三个,给我跟他一起滚蛋。"

"黑皮哥……我们什么也没做啊!"

"没做?就是因为没做,所以才要你们一起滚。"黑皮暴怒道,"让你们搬货搬不动,出去干活你又不愿意,我落仙桥不养闲人,滚!赶紧的——"

……

"我去,这黑皮还真是好糊弄。"在一旁看好戏的蛇仔,边嗑瓜子边对蝎子说。

蝎子点点头:"那是蛇哥下手稳,那一刀割的,连医生都没看出来不是他自己弄的。"

"嘿！你少拍马屁，不合适。一听就听出来了。"蛇仔吐着瓜子皮，看向黑皮的方向，"就算书生不说，这事也瞒不过他。他之所以这样，一来，他是不敢对我怎么样，这就是借坡下驴，让我别追究了。二来，也是顺势把落仙桥不齐心的人都给清理出去。"

"蛇哥，你的意思是？"

"我觉得，黑皮估计接下来要搞大动作……"

蝎子站在他身后，看向蛇仔的背影，嘲讽地小声嘀咕："你猜得还挺准，确实是要搞大动作。"

73

从接待室空调口吹出的凉风，让黑皮不由自主地打了个冷战。

突然从回忆中回到了现实，看着电脑屏幕上的播放条，发现它即将接近一段伞状的声波图，黑皮定了定心神，竖起了耳朵。

那一段里，只有四毛和大桶子的声音……

……

"四毛，我觉得这小子说的话在理。杂耍办事确实莽撞了些，而且这家伙是做跑腿的，刚好可以给咱们走货打掩护。"

四毛平静地回答："不能操之过急，还是等观察一段时间再说吧！"

"嗐，观察个毛线！"大桶子的声音有几分焦急，"既然他想替小弟扛事，那就给他弄几口粉，让他先上瘾，不搞我就打到他搞，到时候要求着咱们给两口，不就任凭咱们摆布了？"

四毛的语气依旧平稳："话虽这么说，可上瘾也需要时间。"

"这个简单，只要在粉里掺点玻璃粉，吸个两三次就成。玻璃粉进肺就见血，那劲儿来得更快——"大桶子发出嘬烟的动静，"我本来是打算把这招用到杂耍身上的，既然他那么想出头，那就别怪咱们不客气了。不过……"

"不过？"

"我选杂耍，原本是因为这家伙无亲无故，而且他对我也信任。我本想先给他搞点粉，等他上瘾后，给咱们送货，这边货送完，那边我就把他带走，到时候咱们找个没人的地方，把他给弄死，也不会有人知道。"

"哦？你还打算杀人灭口。"四毛道，"想得倒是长远。"

"嗐，到时候再说呗！就这么盘算而已，计划赶不上变化快。咱这不也是原先计划得好好的，却又突然蹦出个书生来嘛。不过话又说回来，相比之下，这个书生确实脑子更灵光点。好的是，这也是个没爹没妈的。"

大桶子的语气显然阴森起来："到时候要解决他，应该也不难。"

"好吧！既然你没问题，那就他了。"

……

标注为"1"的音频播完，播放条进入了一段直线，当10秒的过渡忙音播放结束后，标注为"2"的音频又播放了起来。

"书生这家伙确实有两下子。"大桶子兴奋道，"打着送小猫小狗的幌子，次次得手，这连续送了二十多趟，竟然没有一趟出过事。"

四毛慢悠悠地问："他现在瘾头怎么样？"

"现在比我的瘾还大，不过一天最多只给他抽两次，不能搞多，他昨天在卫生间摔了一跤，胸口磕到了马桶上，都喷血了。"

"就吸个粉，怎么还能弄喷血？"

"这你就不知道了，我每次给书生的都是掺了玻璃沫的粉，这种东西只能偶尔搞一下，不能常吸，否则这肺里都是玻璃碴子，能不吐血吗？"

"好家伙。"四毛笑道，"你是不是早就这么想的了？难怪你说，解决他不难。"

"那可不是？"大桶子提高调门儿，"咱们本来就不准备在这里久待，等你联系好那个大买家，把货一把出了，咱们就一走了之。到时候，我估计这个书生也没有几天活头了。他要真出事，条子查起来，他也是吸毒把自己弄死的，咱俩手上，可不沾一滴血。"

"说起来阴的，还是你狠。"四毛语气里满满欣赏之意，"果然，当初找你合作，就是找对人了。"

"对了，四毛哥，我看书生这边也已上道，最近也没出过什么风险，他的考验期是不是就算能过了？"

"抽粉都抽成这样了，确实也差不多了。"

"那……"大桶子欲言又止。

"自家兄弟，有话直说。"

大桶子果然直言不讳："我就是想知道，咱们的大客户联系到了没有？"

"一直都在联系。"

"什么？你是啥时候联系上的？"

"当年我老大来这儿的时候，本来就是要跟他对接的，没想到，这货精得跟猴一样，结果我老大被抓了，他却根本没露头。这行有这行的规矩，我老大死活没有把他给供出来，说起来，他还欠我们一个人情。"

"这人这么精明，他对外的身份到底是什么啊？"

"他可是全市最大的毒品供应商，就是因为藏得好，条子到现在也不知道他的身份。"

"这么厉害？"

"哼，他身份特殊，不是那么好查的。"

"特殊？那他是……"大桶子刚想追问，但很快换了个语气，"算了，我不问了。这事儿，知道多了不好。"

"其实告诉你也无妨。"沉默了一会儿，四毛忽然道，"我之前给老板开车，是为数不多知道这人身份的人，他之所以长期活跃在本市的毒圈，就是因为他的身份不会引起怀疑。你只需要知道一点，他非常谨慎，就算我们曾经见过面，他也不会在短期内跟我们见面的，更不会进行大额交易。"

"你是说，他也在试探我们？"

"对。所以我最近才让书生不停地送小包子，勾起那些毒鬼的欲望。现在查得很严，到处都断货，一旦毒鬼们的馋劲儿上来，你说作为全市的毒老大，他会怎么做？"

"那肯定会主动联系我们。"

"对。"四毛平心静气地道，"我们带着这么多货，可不好流动，最好的办法，就是在本地销掉，而现在，只有他能一下拿出这么多钱来，所以我宁可钓鱼，也不想主动出击。"

"那倒也是。"大桶子又问，"那他现在已经联系我们了？"

"其实，就我所知，书生最近送的货，有几趟就是送到了他小弟的手里，我们的货他现在肯定已经验过了，没什么问题。总价嘛，书生最近来回几次，商量得差不多了。"

"谈到多少？"大桶子很是兴奋。

"一克400，15斤一口价300万，他全拿。"

"才400？可现在市面上小包子都1000到1200了。"

"卖散货也要担大风险，这是他给的最高价了。"

"也对，就有他一个买家，看来也只能这样了。"大桶子又问，"准备什么时候交易？"

"他在准备钱。现在银行大额提现容易被盯上，我让他给我们换了点金条。"

"可金条这玩意，特别容易造假，他会不会……"

"不会，我告诉他手里还有货，他要是想源源不断地赚钱，铁定不敢乱来。"

大桶子忙道："四毛哥，还是你考虑周到，那，咱们就等他那边招呼了？"

"对。"

……

听到这，黑皮眼神渐渐变得晦暗，第三段音频过渡条一秒秒前移，他深吸一口气，稳了稳心神，很快从外放音箱中传出一阵喘息声。

"黑皮……呼……你听到这段录音的时候，我可能……可能已经不在了。你很聪明……应该能猜到，为什么……我没有提前告诉你。

"牙套、杂耍他们……跟我住在落仙桥下，这几年下来，我早把他们当成了亲人，杂耍遇到事儿，我不能不管，四毛和大桶子，要用毒品控制杂耍，逼他给他们运毒，你明白的，这种事我知道了，更不会不管。

"我一家人，都是被毒品给害了，我答应他们的要求，不单要替杂耍出头，我还想知道，他们手里还有多少东西，还打算害多少人。既然我已经知道了，就不会让我们家的悲剧再重演，我必须摸清他们的底细。

"所以，我提出了以'送猫狗'的名义，在跑腿平台下单，其实是替他们送毒的法子。大桶子和四毛，也都觉得这是个一箭双雕的好主意。呵呵……咳咳……只有你明白，我到底是怎么想的。"

黑皮抬手按下空格，暂停了播放，若有所思地像是回答书生的话："只要下了单，就会留下对方的信息，这样一来，警方就可以顺藤摸瓜，把这些人一网打尽。"

他松开空格，书生的声音继续传来："黑皮，你回头……回头告诉警察，从3月12日往后的'猫狗'订单……都是送货。所有下单拿货的人，我都特意让他们出示了微信，他们对我很信任，而我收毒资时，用的是大桶子给我的收款码……而这个码，是用大桶子

159××××2365 的电话号码注册的。警方只要调取这个二维码的收款时间，结合微信账号在跑腿平台的下单信息，就可以……可以找到每一个人。"

书生说到这之后，便陷入了长久的沉默，黑皮险些以为音频出了问题，当他看到进度条还在向前滚动时，便又耐住了性子。

"唔……我……我原本以为……他们只是送小包子，可后来我偷听到，四毛和大桶子……正在等一个大买家，他们要把手里的货全部卖掉，然后远走高飞。而这个买家，就是我们市潜藏多年的大毒枭……这可真是个'惊喜'，我发誓，我一定要把他给挖出来。给他们送了几十趟货，我终于等到了这个机会。

"那天早上……四毛趁我出门送货，联系到了对方。通过录音钥匙，我偷录了四毛的电话，提前知道了第二天晚上的交易时间和交易地点。他们说的那个地方……那个地方我很熟悉。我在脑子里，一遍又一遍地模拟制订好的计划，确保来去路线不会出现问题……我决定破釜沉舟了，黑皮……我知道，不论我成功与否，这都可能是我最后一次送货，所以我一大早，从跑腿基地里找了两块最新的电池换上，这就是，我的背水一战。"

说到这里，书生似乎兴奋起来："大桶子放了一个黑色塑料袋在我的快递箱里，他让我在前面骑，他开车在后面跟。我们一前一后来到一个城中村里，大桶子把车停在进巷子的必经之路上，让我自己单独骑车沿着巷子往里走。才刚骑到一半，就看见一个身穿白大褂的男人，站在门前朝我招手。我见他是个医生，也不敢停车，没想到，他在我身后报出了接头的暗号，这回，我不信也得信了。他带着我，还责怪我不停车，我跟着他进了那间挂满了锦旗的问诊间，他验完货，把一袋子现金和金条交到我的手上。

"黑皮，你知道吗？我当时……根本无法相信，一个慈祥和善、

- 279 -

悬壶济世的医生，居然会是全市最大的毒枭。难怪……难怪这么久了，从来都没有人抓到过他！

"或许是看出了我的疑惑，他居然笑眯眯地告诉我，就算是吸毒鬼，也会有头疼脑热的时候，他们去哪儿都会引起怀疑，唯独他那里不会。因为，他除了自己开诊所外，还有一个工作地点——一家有执照的美沙酮治疗点，平时去的都是吸毒鬼。他这就是灯下黑，他接触吸毒者，是天经地义，他用这种身份去贩毒，自然也不会引起任何人的怀疑。"

书生的声音越来越激愤："当时，他居然还让我转告四毛，货有多少他要多少，等这批货的款回过来，他还会再联系我。"

"可笑，真是可笑极了！"书生一边喘一边笑，"他哪会知道，这就是他罪恶的一生里，最后的一次大买卖。我把东西装进了快递箱，离开了那家私人诊所……咳……当经过大桶子租的那辆车时，我把事先准备好的一袋子冥币扔在了后排座位上。大桶子以为，我对毒品有了瘾，绝对不可能背叛他们，也就没怎么查看，开车就往自建房赶。这个时候，我早就沿小路跑进了罗云山。我知道，只要大桶子发现钱出了问题，一定会满世界找我。所以，我绝不能跟任何人透露我的行踪，尤其是落仙桥的兄弟们，包括你。"

说到这里，书生长叹道："他们逼我吸毒，在毒品里掺了东西，现在，我已经毒瘾很深了，为了搞清楚幕后买卖毒品的这些人，我也做了违法的事，要是算贩毒的数量，够枪毙我一万回了。我的爸妈、舅舅，甚至爷爷奶奶，都是因毒而死，我不希望，这辈子，自己还要以一个毒贩的身份坐在审判席上，所以自打我吸第一口时，就已经想好了我的结局。

"兄弟，记得有一次，你带我去包公广场。当时，你对着包公的石像质问，老百姓都喊你包青天，是因为你敢替百姓鸣不平，可现在你就仅仅是个摆设而已，还在这里坐得牢牢的，不觉得自己可笑吗？

"其实，你对落仙桥那些人放任，我一直很反对。可当我真的经历了这一切，现在想想，似乎明白了一点，你曾经劝我说，人都有自己能力的极限，这个世上除了自己，我们决定不了其他人的命运。所以，不管我做出什么选择，你都千万不要内疚，不要觉得对我的选择有责任。你没说错，你也决定不了我的命运。小时候，我想过，要考好的大学，当一名专家，像我爸，做名老师教书育人也不错。总而言之，我想为了让大家的生活更美好而努力。可到头来，我什么也没做到。所以，你别为我可惜，这条命，我就打算这么用了，我要赌上我的命，把这些王八蛋绳之以法。

"顺利完成了这次交易，我的目的也就达到了，要提供给警方的线索，也都记在了这只录音钥匙里。我研究过我们市的禁毒政策，等我走了，你把这些线索交给警方，可以换回至少二十万的奖金，你用这些干净的钱，给傻强做个手术，再给托尼租个店面，要是你不想在落仙桥再待下去，剩的钱，你可以带着牙套和杂耍，一起干点小买卖。行了，话就说到这了！既然是兄弟，你应该会明白我的感受。对不起，黑皮，我食言了，要是有来世，咱们下辈子，还做兄弟。"

录音已经播放到末尾，程序自动停止。

寂静得只剩下空调风声的接待室里，黑皮端坐在电脑前，面对书生微笑的容颜，早已泪流满面……

74

三天后。

黑皮戴着手铐，从一辆民用车上下来，他站在堤坝上，带着水汽的风拍打在他脸上，他眯起眼睛，看向落仙桥的方向。

高俊从副驾驶座下车，来到他身边："按照吴树生留下的线索，我们全市禁毒系统开展了一次大收网专项行动，禁毒大队的同僚说，那些过去十几二十年来只闻其声、未见其人的毒贩子，这次都被抓了个精光。"

黑皮微微一笑，眼中满是骄傲："书生这家伙，平时看起来文文弱弱的，没想到，一个人干出这么惊天地泣鬼神的事来。"

"确实。"高俊重重地点头，"要不是他，这些藏在灯下黑里的毒贩，不知道还要祸害多少人，多少家庭。"

"要是多年前，他的父母没被毒鬼舅舅杀害，他说不定早已结婚生子，也有可能，真的成了什么专家。可惜……"

高俊看看他，正色道："实不相瞒，我刚上班那会儿曾经来落仙桥抓过人，那时候，我挺瞧不起你们的，我觉得大活人有手有脚，干什么不能吃饭？可后来，干这行久了，经历得越来越多，我才发现，每个人都有自己的苦衷，谁不愿意好好过，但凡有一点希望，没有人愿意摆烂。"

黑皮转头看向这个年轻的警察："没想到，我这辈子，还能听到一个警察跟我这么说。"

"我有个朋友，小时候，我一直以为，他会成为一个警察。甚至我有今天，还是以他作为目标，成天努力的结果。可后来，我当了刑警，他却放弃了。"

高俊看着远方波光粼粼的河面，弯腰捡起一块石头，扔进水中："这些年，我心里一直不痛快。我曾经问过他，明明最想做警察的是他，为什么要放弃。他从来没有直接回答过我，有一次，可能是被我逼急了，他跟我说了一句话。"

高俊深深吸了口气："他说，每个人能够做出的选择，就是他当下能够做出的，最好的选择。"

说着，他看向黑皮："普通人柴米油盐酱醋茶，家长里短，老婆孩子热炕头的生活，很多人觉得是唾手可得，丝毫不珍惜。可对你们这些从小没爹没妈的孩子来说，应该……是一种奢望。"

黑皮沉默片刻，突然道："谢谢。"

"谢谢书生吧！"高俊道，"是他让我意识到，被碾进尘泥的种子，也能开出最绚烂的花。"

二人相视一笑，黑皮道："能不能麻烦你，让我再回一次落仙桥？"

高俊脱下自己的外套，搭在黑皮的手铐上："去吧！不着急，我们在这等你。"

黑皮点点头，转身而去。

75

坐进车中，看着黑皮远去的身影，副驾驶座上的同事转过头，担心地问高俊："就这么放他回去了？"

"他既然愿意交代，就说明已经良心发现，再说，虽然他的处罚不重，但等他出来，这地方估计也要拆了，就让他留个念想吧……"

……

经过一段下坡路，黑皮踏上石板桥，托尼早就在等着了，他兴奋地蹦起来，朝他直挥手："黑皮哥，黑皮哥。"

他的叫声，惊动了其他人，十几名青年一股脑地围了上来。

"黑皮哥，你回来了。"

"黑皮哥，你不知道，自从书生的事被报道出来，政府、派出所，还有志愿者他们都来了，他们答应，帮助我们重新办理身份证，还有工厂的老板过来，说只要好好干，愿意接纳我们去做正式工，咱们终于不用再扛麻包了。"

"还有我，还有我。"托尼挤出人群，兴奋地手舞足蹈，"那工厂正好要组建个理发师班组，说让我当组长，专门给工人理发，我还给咱们傻强争取了个洗头大哥的活儿……"

"呦！不得了，现在连傻强都当上大哥了。我这大哥，将来可就不值钱了。"黑皮的一句俏皮话，引得众人阵阵发笑。

可就在此时，一阵风吹过，黑皮手腕上那件外套正好掉在了地上。

众人看见那副泛着冰冷光芒的手铐后，顿时变得鸦雀无声。

黑皮微微勾起嘴角，抬脚朝前走去，人群在他身前自动分开，让出一条路，当他走到村口时，他突然想起当年书生被赶出落仙桥时对他说的那句话，他说：

"黑皮！我希望你记住，虽然我们不能选择如何出生，但我们可以选择，要做一个什么样的人。"

黑皮停下脚步，他仰起头，迎着刺目的阳光，缓缓抬起了手，对着湛蓝的天空，一撇，一捺，写下一个"人"字。

随后，他放下手，黑黑的脸上绽放出一个灿烂的笑容："你是对的，兄弟……好兄弟——"

76

段木坐在租来的那间小屋里，屋内已重新粉刷过，一切已经焕然一新。他正坐在昂贵的电竞电脑椅上，端着一盒烤鹅，对着巨大的32寸弧面电脑屏大快朵颐。

眼前的手机停在微信界面，一串语音已经播放到最后一个。

"段木，兄弟哎——还记哥的仇呢？这回是哥的错，哥给你道歉了不行吗？我哪想得到，这回你的消息那是真金白银啊？甭管怎样，咱们这么多年交情不能就这么算了，等你消消气，记得给哥回电话啊！"

听到这些低声下气的话，段木却不为所动，仍然埋着头，大口大口地咀嚼着喷香流油的烤鹅。

身边的垃圾桶里，一个剪碎的假记者证静静躺在其中。

77

"我宣布，本案到此为止。"

龙途鉴定所，小会议室里，葛永安起身道："调查完成非常好，大家都辛苦了。回去好好休息！接下来，或许会有更有挑战性的工作，希望大家都保持最佳状态。"

"得嘞！"李霄阳起身要走，葛永安却叫住大家："等等，我还忘了一件事。"

见李霄阳回过头，葛永安道："我们这次的调查，不但化解了委托人，也就是草上飞跑腿公司的舆论危机，而且因为吴树生的义举，让他们的品牌更加深入人心。他们的老板对我们的工作很是感谢，主动提出在委托费用基础上，另外再给我们一笔不菲的酬谢奖金。龙所那里我已经提过了，她的意见是，既然酬谢是给真探组的，收不收，看大家的意思决定。"

"这钱我不打算收，"李霄阳想了想，解释道，"这个案子一开始我是反对接的，虽然结果不错，但我可没那么大脸。"

"我的看法也一样。"佘小宇点点头。

"那你们呢？"葛永安看向王怡文和汪鹏鹏。

"我？我不差钱。"王怡文素手轻拂波浪卷的长发，这随意的动作更显她的美丽动人，"你们随意。"

"我来龙途以后，天天被龙所罚款，还没见过奖金什么样子呢……嘿嘿……"汪鹏鹏缺心眼地笑完，才发现所有人都看着他，忙摆手道，"不是，我就是陈述一个事实。你们知道，我也不缺这一点钱。"

四人看向葛永安，李霄阳道："这样吧！这件事说到底，是吴树生的功劳，这钱不该我们拿。葛队你跟草上飞的老板是朋友，干脆我们用这些钱，换一个福利怎么样？"

"什么福利？"

"一些家境不好、手头很紧张的骑手，工作后会先扣除车辆的抵押款和服装费，就像当时的吴树生一样，这无疑会让他们更加拮据。我建议用这笔奖金设置一个基金，申请的骑手，可以直接领工钱应急，只要一年内能还上就行。这样一来，着急用钱的人，也会更多地选择当跑腿，走正路。"

"这建议不错，也是个救急的办法。"葛永安微笑颔首，"你们觉得呢？"

"挺好。"王怡文点点头。

"这个用法，我没意见。"佘小宇说着，汪鹏鹏也直点头。

葛永安一锤定音："那就这样定了，这事儿我来办，大家散了吧！赶紧回家。"

78

离开会议室，大家都朝大门走去，唯独佘小宇突然停下脚步。

众人朝她看来，她解释道："想起来这件案子的资料还没整理好，我去收拾一下，你们先走。"

等佘小宇转身离去，汪鹏鹏鬼鬼祟祟地贴到李霄阳耳边："阳哥，不跟葛队道个歉？"

"没必要，"李霄阳看着前方清瘦的背影，"葛队不是一般人，这些小事儿，一切尽在不言中。"

见汪鹏鹏似懂非懂，李霄阳又和他咬耳朵："再说了，虽然我对他的直觉是真服气，不过我还是觉得，他好像有哪儿不大对。"

"哪儿啊？"汪鹏鹏咂巴咂巴嘴，"哦，你是说他空降咱们组的事儿？"

"有这本事，这个年纪，在哪个所不是扛把子的技术中坚？所以，他直觉越好，本事越大，事儿就越奇怪。"

"有道理。"汪鹏鹏道，"待会儿去哪儿？要不咱们找个地方吃个饭？展开说说？"

"今天不行，"李霄阳摇摇头，"高俊请客，这可是百年难遇的大事。"

"高哥请客这么难得？"

"你不知道，这兔崽子，小时候我俩学校春游，他就带一瓶茶水，还是灌在可乐瓶里的那种，全吃我的。这就是个铁桶，铁公鸡好歹还有几根毛，他是光面儿的，你别想蹭下一点来。"李霄阳想起高俊那吝啬劲儿，嘴里啧啧有声，"他今天居然跟我说，要请我吃最贵的串儿套餐，事有反常，必生妖邪！我得去会会他。"

"那行，正好我奶说给我炖了东坡肘子！"汪鹏鹏笑得眼睛像弯月亮，"我赶着回家吃去！"

"成——吃好，喝好，身体倍儿棒，吃嘛嘛香！"

李霄阳反手一拍汪鹏鹏的胖肚子，汪鹏鹏哈哈笑起来。

二人身后，王怡文有些走神地看着手中震动不已的电话，手机上显示着"妈妈"字样。

"是没的选,还是说,你就是两个男人都想要?"

犹豫再三,王怡文葱白似的手指还是摁在了红色的拒接键上。

她揣起手机,大步往前走去。

79

夕阳下,众人渐次走出龙途鉴定所,楼顶上,龙梅注视着葛永安的身影缓缓远去,对手机那头的人道:"他留下了,这下你应该放心了。"

"做得好,不过这次,你的代价可不小。"手机那边,传来一个有些老迈的男声,听来竟是葛永安的好友杜瑞成。

龙梅轻笑反问:"不入虎穴焉得虎子?你那个老朋友,可不是那么容易被收服的。"

"也对。"杜瑞成停顿片刻,"你说,如果你哥知道你真正的目的,会不会跟你闹翻?"

"踏出这一步,我就想好了要付出的代价。而他们?多年之前,就应该预料到会有这一天。"

"那行,接下来你还得应付那些股东吧!我就不打扰了,我太太也叫我吃饭了,咱们下次再聊。"

听筒里传来挂断的"嘟嘟"声,龙梅缓缓收起手机,又朝老葛方向看了一眼,果断地转身离去……

80

布置清幽的别墅茶室里,项天悠然自得地夹起一些茶叶放进名家落款的紫砂壶，开始用滚水"洗茶"。

然而，他还没来得及把第一遍的废茶倒掉，就有几个人怒气冲冲地闯了进来。

见来人面露急色，项天忙起身问："李董，张总，王理事，几位有何贵干？"

王理事上前递给他一张本市日报，项天接过一看，标题是《大运科技疑案真相大白，现代鉴证技术大显神通》。

快速浏览了一下内容，项天奇怪地问："案子挺大的，这个腾云鉴定所我记得张总有投资，这有什么问题吗？"

李董和张总交换了一个眼神，张总愁眉苦脸地解释道："就是因为我在腾云、龙途都有投资，所以我才得知了这件事背后的原委。"

"小项啊……"张总叹了口气，"大运科技主事人被投毒这个案子，可以说是万众瞩目。谁家接了这个案子，就有了对社会公众打响鉴定所牌子的最佳机会。腾云所接了这个项目，我很高兴，就多问了两句。谁知人家告诉我，最初大运科技找的是龙途，都已经要签合同了，不知为何，龙梅突然拒绝了人家，又介绍了腾云，这个活儿才落到他们手里的。"

"什么？怎么会这样？"项天费解地缓缓坐下来。

"小项啊！"李董道，"一切都交给龙梅，是不是太过信任她了？"

张总也感叹道："女人啊，还是太容易感情用事……"

项天一言不发，只是若有所思看向那壶已经泡毁了的茶……

81

整理完报告，佘小宇把这起委托的所有相关资料封进了档案袋中。

和保管室办完交接手续,她像往常一样,乘上了最后一班回家的公交车。

下车之后,沿着公交站西侧的小路走了大约十分钟,她一步迈进那个贴满牛皮癣广告的电梯间里。

按亮"22层"的按钮,她深深地呼吸着,扭脸看向电梯的镜面墙,借着有些模糊的倒影,她在自己脸上调整出一个柔和的笑容。

伴着"叮"的一声,电梯门缓缓打开。走出电梯间,她下意识地回头望去,确定身后无人跟随时,她才大步流星地沿着忽明忽暗的过道,一直走到尽头。

掏出钥匙,连续扭动足足五圈,厚重的防盗门才终于被打开。

她站在玄关,迅速转过身将房门锁死,这才放下肩膀上那沉重的牛皮包。

然而,屋内突然有了动静,她忙换上拖鞋,朝那动静处缓步走了过去。

站在卧室门前,她露出笑容,看向屋内。

而就在此时,一名被五花大绑的年轻男子,正躺在屋里的金属折叠床上,费力地昂起头,投来愤怒的眼神。

佘小宇没有说话,那名男子却突然咆哮起来:"大垃圾,大垃圾,我求求你,让我死,让我死,你到底为什么要这样对我——"

面对男子的怒吼,佘小宇收敛笑意,缓缓将卧室的木门拉回、关上。

随后,她转过身,从卧室门前离开。

然而,男子声音依旧从门的那一边传来:"大垃圾!你给我回来!"

佘小宇没有理会,她走进厨房,冷漠地从刀架上抽出一把砍骨刀,在眼前竖起,仔细观察刀锋。

片刻之后,厨房里传出沙沙的磨刀声。

而男子的叫声越来越大,与磨刀声交织成一种诡异的声音——

突然，佘小宇的动作戛然而止，她提起寒光闪烁的砍骨刀冲了冲水，又小心地用白毛巾擦干，动作轻柔得仿佛在擦拭一件艺术品。

她打开冰箱，挑选出什么沉重的东西，咣当扔在案板上，旋即目光一凛，挥刀砍去。

刀起刀落，一根粗重的大骨被利落地斩成两段，她回头看向卧室的方向，诡秘一笑："想死，哪有那么容易！"

图书在版编目（CIP）数据

坏家伙们/九滴水著. -- 北京：中信出版社，2024.3

（九滴水真探）

ISBN 978-7-5217-6412-3

I.①坏… II.①九… III.①推理小说－中国－当代 IV.① I247.5

中国国家版本馆 CIP 数据核字（2024）第 036074 号

坏家伙们

著者： 九滴水

出版发行：中信出版集团股份有限公司
（北京市朝阳区东三环北路 27 号嘉铭中心 邮编 100020）

承印者： 北京盛通印刷股份有限公司

开本：787mm×1092mm 1/16　　印张：18.5
彩插：4　　字数：200 千字
版次：2024 年 3 月第 1 版　　印次：2024 年 3 月第 1 次印刷
书号：ISBN 978-7-5217-6412-3
定价：49.80 元

版权所有·侵权必究
如有印刷、装订问题，本公司负责调换。
服务热线：400-600-8099
投稿邮箱：author@citicpub.com